KB267963

임진운 판타지 장편 소설

대공학자

대공학자 3
임진운 판타지 장편 소설

초판 1쇄 찍은 날 § 2002년 5월 10일
초판 1쇄 펴낸 날 § 2002년 5월 20일

지은이 § 임진운
펴낸이 § 서경석

편집장 § 문혜영
편집 § 장상수 · 박영주 · 김희정 · 권민정 · 이종민
마케팅 § 정필 · 강양원 · 김규진 · 안진원

펴낸곳 § 도서출판 청어람
등록번호 § 제1081-1-89호
등록일자 § 1999. 5. 31
어람번호 § 제1-0240호

주소 § 경기도 부천시 원미구 심곡1동 350-1 남성B/D 3F (우) 420-011
전화 § 032-656-4452 팩스 § 032-656-4453
http://www.chungeoram.com
E-mail § eoram99@chollian.net

ⓒ 임진운, 2002

값 7,500원

ISBN 89-5505-332-0 (SET)
ISBN 89-5505-335-5 04810

임진운 판타지 장편 소설

대공학자

드베인 숲

3

도서출판
청어람

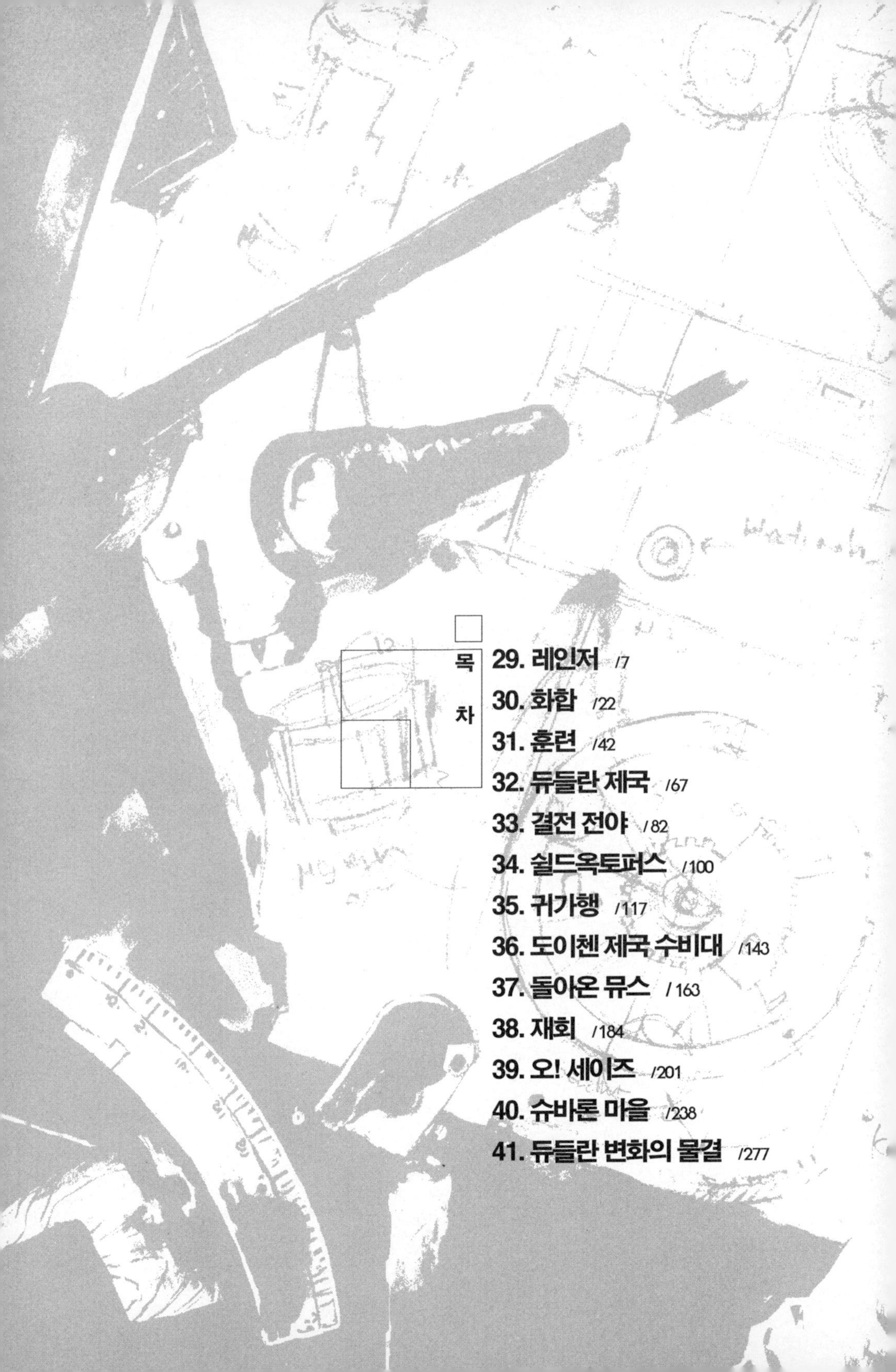

29장 레인저

해가 뜬 지 오래였지만 높은 나무들로 인하여 숲 속까지는 햇살이 미치지는 못하고 있었다. 아무런 생명체도 존재하지 않는 듯 무거운 적막감이 흐르는 이곳에 그 정적을 깨는 거친 숨소리가 들려오기 시작했다.

"헉헉… 모두들 당한 건가? 제길!"

우거진 수풀을 몸을 던져 뚫고 나온 인영은 건장한 체격의 사내였는데, 등에는 긴 활을 메고 있었고 허리춤에 대여섯 개의 단검이 달린 튼튼한 가죽 갑옷을 입고 있는 자였다. 그는 무엇인가에 쫓기는 듯 안절부절못하고 있었으며 눈동자를 빠르게 움직여 사방을 살피고 있었다.

"낭패다. 하필이면 산란기에 이곳으로 들어오다니!"

그가 굵직한 나무에 등을 기대어 거친 숨을 고르고 있을 때 어디선가 처절한 비명 소리가 들려왔다.

"으아악!"

그 목소리의 주인이 어제저녁 때까지만 해도 자신과 함께 술을 즐기던 동료이리라 생각한 그 인영은 거친 욕지거리를 내뱉으며 화풀이하듯 주먹으로 나무를 때렸다.

"이런 젠장맞을! 또 누군가가 당했군! 이제 다음은 나일지도 몰라."

여기까지 생각이 미치자 더 이상 이곳에서 지체할 시간이 없다는 것을 깨닫고 다시금 다리를 움직여 숲 속을 달리기 시작했다. 십여 분쯤 정신없이 앞만 보고 달리던 그는 문득 이상한 느낌이 들었다. 자신이 이 숲에서 레인저로 활동하는 동안 이렇게 많은 거리를 움직였음에도 불구하고 단 한 마리의 마물조차 만나지 않았던 것이다. 조금 생각을 하는 듯하던 그는 딱딱하게 경직되어 있던 표정을 풀며 말했다.

"후후, 그래도 아주 최악은 아니군. 아무래도 유글렌 부족의 활동 범위인 듯한데? 후우~ 이제는 살았어."

그가 안도의 한숨을 내쉬고 있을 때 그가 서 있는 공터 주변의 땅에서 무엇인가가 꿈틀거리며 조금씩 움직이고 있었다.

스스슥—

하지만 그는 아무런 낌새를 알아채지 못했는지 굵직한 나무에 등을 기대앉으며 목을 조이고 있던 가죽 갑옷의 버클을 풀었다. 그제야 숨을 쉬기가 편한지 만족스런 웃음을 짓고 있었다.

"후훗, 이제야 살 것 같군. 아무래도 레인저를 그만둬야겠어. 하루에도 십여 명씩 죽어 나가는 이곳이 뭐가 좋다고 지원을 했었는지… 하긴 요즘도 대륙의 바보들은 이런 것도 모른 채 돈에 눈이 멀어 하루가 멀다 하고 지원하고 있으니… 쯔쯧, 불쌍한 녀석들. 으음? 근데 왜 또 이렇게 목이 조이지?"

갑옷의 버클을 풀었는데도 목이 조금씩 조이는 것을 느낀 그는 손을 올려 목 주위를 만져 보다 이질적인 무엇인가가 그의 손에 잡히는 것을 느낄 수 있었다.

"이, 이것은… 으읍!"

하지만 그는 말을 마치지도 못한 채 숨이 막혀오는지 목 주변을 부여잡고 버둥대기 시작했다. 하지만 그의 목을 졸라오는 힘은 더욱 강해지기만 했다.

*　　　　*　　　　*

뮤스는 테이블을 밝히고 있는 기름등의 불빛 아래로 무엇인가를 만지고 있었다. 기본 모양은 길쭉한 지자총통의 그것이었지만, 그 뒤쪽으로 수많은 장치들이 얽혀 있었기에 지자총통의 원래 크기에 비하여 많이 길어져 있었다. 그는 예술품을 감상하기라도 하듯 이리저리 돌리며 그것을 바라보고 있었다.

"후우, 역시 전뇌지자총통의 출력을 늘려야겠어. 마물들이라도 생명을 빼앗는 것이 탐탁지 않았지만 이렇게 된 이상 어쩔 수 없지."

그는 가방에서 조임쇠와 인두를 꺼내 전뇌지자총통을 분해하기 시작했다. 십여 개의 나선형 못을 돌려 출력 장치의 뚜껑을 열자 그 안쪽으로는 알지 못할 부속들이 서로 맞물려 출력 장치의 내부를 가득 채우고 있었다.

"흠, 외장을 다시 보강해서 더욱 견고하게 만들어야겠는걸? 자, 어디 보자… 이 단자를 반대쪽의 단자로 연결하면 저항을 더 줄일 수 있고… 광선 방출 막의 거리를 가까이 하면 방출 폭이 넓어지고……."

알지 못할 소리를 중얼거리던 뮤스는 자신이 손으로 짚었던 곳에 인두를 가져다 대며 납으로 고정되어 있는 것들을 녹였다 붙였다 하기 시작했다.

그러기를 한 시간. 이마에 흐르는 땀을 소매로 훔쳐 내며 숙이고 있던 고개를 들었다.

"휴우, 이제는 다 된 건가? 나무를 깎아서 외장이나 만들어야겠군."

허리를 이리저리 움직여 몸을 푼 다음 그는 집 밖으로 나섰다. 나무를 구하기 위해 주변을 둘러봤지만 하늘이라도 찌를 듯 솟아 있는 거대한 나무를 베기는 무리였기에 장작으로 쓰기 위해 구해뒀음 직한 땔감들을 생각해 냈다. 집의 뒤쪽으로 돌아가 보니 과연 그의 예상대로 장작들이 쌓여 있었는데, 더욱 좋은 것은 이곳의 나무답게 단단하고 크다는 것이었다.

"이거 한 도막이면 충분하겠는걸?"

쌓여 있는 장작 중 옹이가 없고 결이 마땅한 것을 고른 뮤스는 가방에서 연장들을 꺼내 장작을 다듬기 시작했다. 지금 그는 굉장히 자연스러운 손놀림으로 나무를 깎아내고 있었다. 그에게 목공 기술을 가르친 브라이덴이 봤더라도 놀랄 만한 솜씨였다. 하지만 정작 자신은 그것을 전혀 느끼지 못하고 있어 속도가 더디다고만 생각하는 중이었다. 그의 손이 움직일 때마다 장작은 점차 모양을 형성하기 시작했는데, 미리 만들어놓은 전뇌지자총통의 본체가 딱 들어갈 만한 크기로 속을 파냈다. 이어 내부를 마무리하자 겉은 손으로 잡기 좋게끔 유선형으로 깎아내고 있었다.

"후! 후!"

이제 모두 완성이 되었는지 깎아낸 외장을 향해 입 바람을 불며 그 것에 묻어 있는 티끌을 날렸다.

"이제 조립을 해볼까?"

완성된 외장을 들고 집으로 들어온 뮤스는 테이블 위에 놓여 있는 전뇌지자총통 본체를 외장의 한쪽에 끼워 넣었고, 반대쪽 외장을 부착하며 단단히 고정시켰다.

"후훗, 이 정도면 마물들이 아무리 많다 하더라도 충분할 거야."

완성된 전뇌지자총통을 바라보며 득의의 미소를 지은 뮤스는 그것을 이리저리 겨누어보면서 기뻐했다.

"시험을 해봐야 할 텐데… 아! 장작을 향해 쏴보면 되겠구나."

방법을 생각해 낸 뮤스는 거침없이 외장을 만들던 곳으로 나갔다. 주변을 한번 둘러보던 그는 집의 뒤편으로 걸어가 큼지막한 장작 하나를 들고 와 땅 위에 내려놓고 열 발자국 정도 뒤로 물러섰다. 이제 준비가 다 되었는지 심호흡을 한번 하며 장작을 바라보았다.

"우선 저압 발출부터 시험해 보자."

손에 들린 전뇌지자총통을 바라보며 중얼거린 뮤스는 그것을 앞으로 뻗으며 땅에 내려놓은 큼지막한 장작을 겨냥했다. 정확히 조준을 했다고 생각되자 전뇌지자총통이 들려 있는 손으로 뇌공력을 끌어올렸다.

치지지직.

그리곤 일정 양의 뇌공력이 느껴지자 나직한 목소리로 입을 열었다.

"뇌공력 삼성 발출."

말과 함께 손에 모아둔 뇌공력을 전뇌지자총통으로 흘리자 순간 눈부신 빛 한줄기가 전뇌지자총통으로부터 뻗어 나와 땅 위에 놓여진 장작을 관통해 버렸다.

피융!

순간적으로 눈부심에 눈살을 찌푸리던 뮤스는 눈을 몇 번 깜빡거린 후 장작을 바라보았고, 그것을 본 뮤스는 멍청한 얼굴이 되어버렸다.

"이럴 수가! 아무렇지도 않다니……."

과연 그의 말대로 땅 위에 놓아두었던 장작은 아무 일도 없었다는 듯이 멀쩡한 모습이었던 것이다. 뮤스는 이 허무한 현실을 직시하지 못하는 듯 고개를 도리질치며 말도 안 되는 이론을 펼쳐 내기 시작했다.

"저 장작은 특수한 재질로 만들어져서 엄청난 강도를 지니고 있을 거야. …그러면 어떻게 내가 그걸 깎았을까?"

결국은 스스로도 헛소리라는 것을 깨달은 뮤스는 힘없이 그 자리에 주저앉고 말았다.

"이렇게 허무할 줄이야……."

땅바닥에 주저앉아 허망한 표정을 짓던 그는 자신의 손에 쥐고 있는 전뇌지자총통을 바라보았다. 그리곤 다시 화가 치미는지 힘껏 장작을 향해 던져 버렸다. 그때 놀라운 일이 벌어졌다. 그가 던진 전뇌지자총통에 맞은 장작은 마치 허상이었다는 듯 검은 재로 화해 바람에 흩날려 버리는 것이었다. 그것을 본 뮤스는 소스라치게 놀랐는지 두 눈을 부릅뜨며 입을 벌렸다.

"이, 이럴 수가… 이렇게 엄청난 위력이었다니……."

그제야 전뇌지자총통의 진정한 위력을 두 눈으로 확인한 뮤스는 급히 재가 날리는 곳으로 달려가 전뇌지자총통을 주워 들고선 기뻐하기 시작했다.

"야호! 만세! 이제 나는 돌아갈 수 있다! 하하하하하!"

큐블레인의 집에 모여서 노닥거리던 남자들은 그의 미친 듯이 웃어대는 웃음소리에 놀랐는지 하나둘 밖으로 나오고 있었다. 그중에서도 가장 먼저 나온 사람은 벌쿤이었는데 뮤스의 웃음소리리라는 것을 알아채고서 깜짝 놀라며 뛰어나오는 것이었다.

"뮤스 형, 무슨 일이야!"

뛰어나오는 벌쿤을 바라보던 뮤스는 손을 흔들었다.

"벌쿤! 난 이제 돌아갈 수 있어! 하하하!"

뮤스의 외침에 마을 남자들은 서로의 얼굴을 바라보며 혀를 찼는데, 무슨 일인지 침중한 분위기가 되어버렸다. 돌연 마을 남자들 중 한 명이 분위기를 깨며 벌쿤의 어깨를 두들겼다.

"쯔쯧, 가끔 저렇게 미치기도 하지. 벌쿤, 자네가 잘 좀 위로해 주게."

그의 말에 고개를 끄덕인 벌쿤은 슬픈 표정을 지었다.

"네, 가사 일이 서툴러서 그렇지 좋은 형이었는데……."

하나 뮤스는 자신이 미친 사람 취급을 받는지도 모르고 연신 만세를 부르는 중이었다.

툭탁! 툭탁!

"에헤라 디여라!"

전뇌지지자총통을 완성한 이후로 라이델베르크로 돌아갈 수 있다는 생각에 기분이 좋아진 뮤스는 콧노래를 부르며 무엇인가를 만들고 있었다. 그것은 나무를 깎아 만든 커다란 통이 가운데 매달려 있고 복잡한 나무 부속들이 그것을 지지하고 있는 모습이었다. 하지만 어디에 쓰는 물건인지는 알 수가 없었다. 그의 옆에서 뜨개질을 하던 벌쿤이 뜨개바늘로 그가 만들고 있는 통을 찌르며 물었다.

"형, 이건 뭐야? 이런 걸 만들 시간 있으면 뜨개질이나 배워. 그래야 나중에 여자들 눈에 들지."

그의 말을 듣던 뮤스는 콧잔등을 쓸며 씨익 웃었다.

"후훗, 난 내일 이곳을 떠날 테니까 그런 거 배울 필요 없어. 그리고 이건 내가 이곳을 떠나는 기념 선물이야."

갑작스러운 뮤스의 말에 놀라 몸을 일으킨 벌쿤은 그를 향해 안쓰러운 표정으로 말했다.

"형, 정말 미쳤군. 생각을 해본다더니 결국은 그런 생각을 했던 거였어?"

그가 동정하는 표정으로 물어오자 뮤스는 나무를 깎던 손을 멈추며 그를 바라보았다.

"훗, 이제 나갈 수 있는 방법이 있으니까 괜찮아."

"방법? 어떤?"

"그런 것까지 알 필요는 없고, 이거나 사용해 봐."

뮤스가 의도적으로 말을 돌리자 벌쿤은 걱정되기도 했지만 어쩔 수 없이 그가 만든 이상한 나무통을 바라봤다.

"이 통은 뭔데?"

그는 나무통의 이곳저곳을 살펴보기 시작했다. 하지만 이 복잡하게 생긴 물건이 무엇에 쓰는 물건인지 짐작조차 되지 않는지 골똘히 생각을 하는 모습이었다. 그의 그런 모습을 지켜보던 뮤스는 나무통의 아래에 달린 두 개의 발판을 가리키며 말했다.

"훗, 저 발판들을 번갈아 가면서 밟아봐."

"응? 이렇게?"

벌쿤은 뮤스의 설명대로 나무통 앞에 서서 발판 밟는 모습을 취했다. 그러자 위쪽에 매달려 있는 나무통은 규칙적인 방향으로 덜거덕 소리를 내며 움직이기 시작했다. 발판을 밟으며 땀을 흘리던 벌쿤은 의아한 눈빛으로 뮤스를 바라봤고, 뮤스의 설명은 그의 궁금증을 풀어 주었다.

"그건 빨래기야. 그 나무통 안에 물과 빨랫감을 넣고 그 발판을 밟으면 저절로 빨래가 되는 거지. 아무래도 오늘 아침에 넝마로 만든 빨랫감이 너무 미안해서 말이야."

하지만 그의 설명에도 잘 이해가 되지 않는지 벌쿤이 고개를 갸웃거리며 되물었다.

"그 말이 사실이야? 에이, 겨우 이런 것이 빨래를 해준단 말이야?"

"훗, 믿겨지지 않으면 시험해 봐라."

"그래? 한번 해보지 뭐, 까짓것."

고개를 끄덕인 벌쿤은 서둘러 집으로 들어가 한 뭉치의 빨랫감을 가지고 나왔다. 그리고 우물에서 길어온 물을 빨랫감과 함께 나무통 속으로 넣은 후 그는 젖은 손을 땅으로 털며 말했다.

"그럼 이제 이 발판만 밟으면 된다 이거지?"

그의 물음에 뮤스는 웃으며 고개를 끄덕였고 벌쿤은 신나게 발판을 밟기 시작했다. 빨래기는 전과 같이 움직이고 있었는데 무거운 나무통을 움직이게 하는 것에 비해서 많은 힘이 필요치 않았기에 별다른 무리는 없었다. 차 한잔 마실 정도의 시간이 지나자 팔짱을 끼고 지켜보기만 하던 뮤스가 입을 열었다.

"그 정도면 됐을 것 같은데? 이제 안에 들어 있는 빨래를 꺼내봐."

"벌써 다 됐단 말이야? 힘도 얼마 안 썼는데?"

"세상 모든 일이 힘이 든다고 다 잘되는 것은 아니거든."

그의 말에 동감하는지 고개를 한번 끄덕인 벌쿤은 손을 넣어 나무통 안에 들어 있는 빨래를 꺼냈다. 그러자 나무통 안의 깨끗하던 물들은 회색 빛으로 더러워져 있었고, 벌쿤의 손에 이끌려 나온 빨래는 언제 더러웠냐는 듯이 깨끗하게 변해 있었다. 이 신기한 현상에 놀란 그는 뮤스와 빨래를 번갈아 바라보며 입을 다물 줄 모르고 있었다.

"벌쿤, 먼지 들어간다, 입 닫아라. 확인했으니 됐지? 앞으로 잘 사용하라고."

"혀, 형!"

울먹거리며 말을 하지 못하는 것을 보니 상당히 감동받은 모양이다. 사실 매일같이 산처럼 쌓인 빨랫감과 싸우는 것이 좀 힘들던 것이었던가? 그것을 이 신기한 나무통이 해결해 줄 것이니 이러한 그의 반응도 과한 것이 아니었다.

"고마워, 형!"

뮤스는 감동의 도가니에서 헤어 나오지 못하는 그의 어깨를 토닥거리며 연민의 표정을 지어주었다. 눈물을 훔치던 벌쿤은 신이 난 듯 밝게 웃으며 말했다.

"형, 이 사실을 모든 주부들에게 알려야겠어! 이건 유글렌 부족의 혁명이야! 그럼 다녀올게!"

"그, 그래라."

벌쿤이 설레는 표정으로 남자들이 모여 있는 곳으로 달려가자 뮤스는 그의 모습이 사라지는 것을 확인하고서는 자신이 하룻밤 묵었던 빈 집으로 발걸음을 옮겼다.

츠츠측… 츠츠측…….

일단의 무리가 숲을 헤쳐 가고 있었다. 숲의 어둠에 가려 그들의 수는 확실치 않았지만 대략 서른 명 정도였고, 그들을 둘러싼 모습으로 걷고 있는 짐승들은 훈련이라도 받은 듯 일정한 형태를 이루고 있었다. 무리 중 한 명이 심술난 목소리로 말했다.

"쳇, 오늘 같은 날 채집을 하다니 너무 따분해. 사냥이 재미있는데……."

목소리가 가는 것으로 미루어봐서 여자이리라 짐작할 수 있었다. 그녀의 말에 대답이라도 하듯 또 다른 여자의 목소리가 들려왔다.

"그래도 채집이 덜 위험하잖니. 차라리 따분한 채집이 나아."

대답을 듣던 그녀는 입술을 삐죽 내밀며 입을 다물었다. 그렇게 발걸음을 옮기며 허공을 한번 쓸어보던 여인은 고개를 갸웃거리며 다시 입을 열었다.

"월드린 언니, 오늘따라 마물들의 소리가 안 들리는 것 같지 않아?"

그녀의 물음에 걸음을 멈춘 월드린은 정황을 살피기 위해 주변 소리에 귀를 기울이기 시작했다. 숲 속의 정황을 살피던 그녀는 안색을 굳히며 오른손을 위로 들어 일행들을 멈추게 했다.

"아무래도 네 말이 맞는 것 같아. 정말 이상한걸?"

그녀는 아무래도 불길한 느낌을 받았는지 조용한 목소리로 말을 이었다.

"심상치 않아. 아무래도 오늘은 마을로 돌아가야겠어."

하지만 월드린과 대화를 나누던 나이 어린 여성은 그녀의 의견에 수긍하지 못하겠는 듯 투덜거리며 말했다.

"에이, 설마 무슨 일이라도 있겠어? 우린 유글렌 부족이란 말이야.

드베인 숲의 유일한 부족! 겨우 이런 일로 겁먹어서야 되겠어?"

그녀의 말을 듣던 일행들은 동시에 고개를 돌려야만 했다. 전방에서 빅투스들의 으르렁거리는 소리가 들려왔던 것이다.

크르르르르—

그 소리를 들은 윌드린은 입가로 손가락을 가져가 조용히 하라는 신호를 보냈고, 일행들은 그녀의 신호대로 제자리에 멈춘 채 움직이지 않았다. 일행들의 행동을 확인한 윌드린은 조심스러운 걸음으로 빅투스들이 있는 곳으로 다가갔다.

사박… 사박…….

땅에 쌓인 나뭇잎들을 밟으며 가는 그녀의 발걸음은 더없이 조심스러웠는데, 곧 빅투스들이 있는 곳에 도착하며 그들이 바라보고 있는 곳을 주시했다.

'나무 옆에 뭔가가 있군.'

무엇인가를 확인한 그녀는 손을 들어 주먹을 쥐어 보이며 일행들에게 경계 신호를 보냈고, 세 마리의 빅투스들을 이끌고 그곳으로 더욱 조심스럽게 움직였다. 조금 더 걸어가자 빅투스들이 발견한 것의 정체를 알 수 있었는데, 그것은 죽었는지 살았는지 모를 인영이었다. 고개를 움직이며 그것을 살펴보던 윌드린이 빅투스들의 귓가에 무엇이라고 속삭였다.

그녀의 명령을 받은 빅투스 한 마리가 발자국 소리를 숨긴 채 그것을 향해 걸어갔는데, 곧 지척에 달하자 빠른 속도로 뛰어들며 다리 부근을 물었다. 하지만 그 인영은 이미 죽었는지 아무런 반응이 없었다. 그제야 긴장을 푼 윌드린이 손을 펴 보이며 경계 상태를 해지했고, 등불에 불을 붙이며 그 인영이 있는 곳으로 다가갔다. 불을 가져다 대며 살펴보니 그곳에는 건장한 남성이 죽어 있었는데, 가벼운 가죽 갑옷을 착용한 것이나 등에 활을 메고 있는 것을 보아 레인저임을 알 수 있었다. 그녀가 시신을 살피고 있을 때 일행들이 다가오며 물었다.

"언니, 레인저의 시체 같은데 왜 여기서 죽어 있을까요?"

"자기들끼리 싸우다 죽은 건가? 마물들에게 당했다면 온몸이 난도질되어 있어야 할 텐데……."

그녀들의 떠드는 소리를 들으며 시신을 살펴보던 월드린은 시신의 혀가 입 밖으로 빠져나와 있음에 주목했다.

"혀가 빠져나와 있는 것을 보니 질식사를 한 것 같아. 목이 졸려 죽은 거야."

과연 그녀의 말대로 목 부근을 보니 살의 색깔이 변해 있는 것이 목이 졸린 자국이었다. 또 그곳에 등불을 가져가며 유심히 살펴보니 색이 변해 있는 목에 반점이 있음을 확인할 수 있었다. 그것을 본 월드린은 경악을 하며 뒷걸음질쳤다.

"이것은……!"

그녀의 돌연한 행동을 의아한 듯 바라보고 있던 일행들에게 시선을 돌린 월드린은 떨리는 목소리로 입을 열었다.

"쉬, 쉴드옥토퍼스!"

그녀의 입에서 쉴드옥토퍼스라는 단어가 나오자 의아한 눈빛을 하고 있던 일행들의 얼굴이 급변하며 겁에 질린 표정을 짓기 시작했다.

"언니, 그렇다면 쉴드옥토퍼스가 이곳까지 왔다는 거예요? 그것은 물속에 사는 마물이잖아요!"

"맞아, 이런 곳에 있을 리가 없잖아? 네가 잘못 본 것일 거야!"

그녀들이 물어오고 있을 때 손가락을 꼽으며 뭔가를 계산하던 월드린은 재빨리 고개를 돌리며 다급한 목소리로 외쳤다.

"당장 마을로 들어가야 해! 빨리 서둘러!"

아직 일행들은 상황을 이해할 수는 없었지만 지금 그들 중의 책임자는 월드린이었기에 일단 움직이고 봐야 했다.

"모두 철수한다!"

"빅투스들을 방어 대형으로!"

유글렌 부족의 여인들은 능숙하게 빅투스들의 이동 위치를 변경시키며 빠른 속도로 움직이기 시작했다. 월드린의 옆에서 경계하는 표정을 짓던 여인이 물어왔다.

"언니, 도대체 어떻게 된 일이야?"

서둘러 발을 움직이던 월드린은 이마에 흐르는 땀을 입 바람으로 불어 식히며 대답했다.

"후우, 지금은 쉴드옥토퍼스의 산란기야. 아무래도 그것들이 이곳에 있는 것 같아."

"그렇다면 산란 장소를 이곳으로 택했다는 말이야?"

"재수가 없게 된 거지. 하필이면 우리 부족의 활동 지역으로 들어오다니……."

그제야 상황을 이해할 수 있게 된 여인은 고개를 끄덕이며 마른침을 삼켰다. 그녀의 모습을 바라보던 월드린의 말은 계속 이어졌다.

"아까 죽어 있는 시신은 이곳을 살피고 있던 레인저 중 한 명일 거야. 다른 레인저들도 어쩌면 모두 그것들에게 당했을 수도……."

"그럼 우리를 못살게 굴던 레인저들이 다 죽었으니 우리에게도 더 좋은 것 아냐?"

순진한 그녀의 말에 월드린은 피식 웃었다.

　"간단하게 생각할 문제가 아냐. 쉴드옥토퍼스의 적은 레인저들뿐만이 아니라 우리 부족까지 해당된단 말이야. 그들은 알을 보호하기 위해 산란 장소 주변의 모든 생명체를 살려두지 않지. 아무리 마을이 결계로 보호되어 있다고 하더라도 비축 식량이 없는 마을로서는 정말 위험한 상태야. 채집이나 사냥도 못한 채로 무려 네 달을 지내야 하니까."
　사태의 심각성을 이해한 여인은 아무런 말도 하지 못하며 그녀의 뒤를 따르고 있었다.

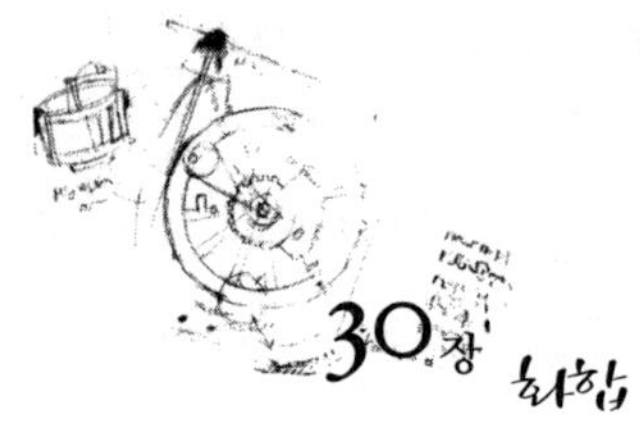

채집을 나섰던 여성들이 돌아오자 마을은 술렁거리기 시작했다. 월드린의 보고로 인하여 마을의 족장은 긴급 부족 회의를 소집했고, 그로 인해 남녀노소 할 것 없이 마을의 공터에 모이게 된 것이었다. 공터의 가운데에는 나무로 만든 큼지막한 의자 다섯 개가 놓여 있었는데 의자마다 한 사람씩 자리를 차지하고 있었다. 그곳에 앉아 있는 노인들은 모두 여자들로 다시 한 번 여성 중심의 부족임을 보여주는 모습이었다.

웅성웅성.

월드린이 가지고 온 소식이 이미 부족 전체에 퍼졌는지 이곳에 모인 사람들은 모두들 안절부절못하는 표정이었다. 그런 마을 사람들을 진정시키며 가장 나이가 많아 보이는 노인이 입을 열었다.

"자, 다들 조용히 하세요. 다들 이곳에 모인 이유를 알 것이라고 믿어요. 그렇지만 조금 더 자세한 상황을 들어보도록 하죠. 월드린, 현

상황을 마을 사람들에게 설명해 주겠어요?"

그녀의 부탁을 받은 월드린은 허리를 굽혀 인사를 한 후 사람들을 향해 몸을 돌려 설명하기 시작했다.

"저희는 마을로부터 5켈리쯤 떨어진 곳에서 한 구의 시체를 발견했습니다. 그 시체는 건장한 남성으로서 복장으로 추정해 보건대 레인저였습니다. 일단 사인은 질식사였는데, 목 주변으로 몰린 핏자국들을 살펴보니 빨판 자국이 있었습니다."

월드린이 단상에 서서 마을 사람들에게 설명을 하고 있을 때, 뮤스와 함께 사람들 사이에 서 있던 벌쿤이 고개를 내저으며 입을 열었다.

"형이 생각하고 있는 방법이 뭔지는 모르겠지만 재수가 엄청 없군. 하필이면 쉴드옥토퍼스가 출몰하다니……."

벌쿤의 동정 담긴 말을 듣던 뮤스는 고개를 들며 그의 얼굴을 올려다봤다.

"너희 누나에게 듣긴 했는데 쉴드옥토퍼스가 그렇게 무서운 마물이야?"

"형이 쉴드옥토퍼스를 몰라서 그래. 평균 다리 길이가 30멜리나 되고 총신장이 60멜리에 달한다고 해. 머리에는 사방으로 엄청난 크기의 방패 네 개를 가지고 있는데, 그것의 위용을 한번 보기만 해도 그 자리에서 얼어버린다고 하더군. 게다가 여덟 개의 다리는 엄청나게 질기고 힘이 좋아서 칼도 잘 안 들어가는 데다가 빅투스 정도는 조금만 힘을 줘도 뼈와 함께 으스러져 버리지."

쉴드옥토퍼스에 대한 설명을 듣던 뮤스는 그 모습을 상상하며 목이 타 들어가는 것을 느꼈다. 그들이 대화를 하고 있을 때도 월드린의 설명은 계속되고 있었다.

"일단 마을의 비축 식량은 열흘 치 정도 양밖에 되지 않습니다. 하지만 쉴드옥토퍼스의 산란기를 계산해 볼 때 4개월을 이런 상태로 있어야 할 것입니다."

설명을 듣던 마을 사람들은 웅성거리며 회의장을 혼란스럽게 만들고 있었다.

"그렇다면 이제 우린 어떻게 해야 하지? 굶어야 하는 건가?"

"그러게 말야. 네 달씩이나?"

"그래도 어떡해. 밖에는 쉴드옥토퍼스가 진을 치고 있는걸."

사람들의 술렁거림을 지켜보던 족장은 주의를 환기시키고 이목을 모으기 위해 외쳤다.

"다들 조용히 좀 하시오!"

그녀의 위엄이 깃든 목소리는 효과가 있었는지 사람들은 입을 다물며 그녀를 바라보았다.

"월드린, 그렇다면 수는 몇 마리 정도 되는 것이지?"

족장의 물음에 그녀는 예의 바른 자세로 대답했다.

"족장님도 아시다시피 그것들은 몰려서 움직이지 않습니다. 그렇기 때문에 산란기를 맞은 한 쌍의 쉴드옥토퍼스라고 생각됩니다."

"그렇다면 그것들을 물리칠 방법은 없겠는가?"

잠시 생각을 하던 월드린은 고개를 저으며 암담한 표정을 지었다.

"지금 저희가 가진 무기나 빅투스들을 가지고는 쉴드옥토퍼스의 가죽조차 잘라내지 못합니다."

그녀의 입에서 부정적인 말이 흘러나오자 겁을 먹은 마을 남자들은 또다시 술렁이기 시작했고, 반대로 여자들은 두 눈에 불을 켜며 전의를 불태우고 있었다. 회의장 분위기가 어수선해지고 있을 때였다. 마을 입구 쪽에서 보초를 서고 있던 한 여인이 뛰어오며 외쳤다.

"족장님! 긴급 사항입니다!"

다급한 그녀의 목소리를 들은 족장은 좌우에 앉아 있는 장로들의 얼굴을 한번씩 둘러보며 뛰어온 여인에게 물었다.

"무슨 일이길래 그러느냐? 쉴드옥토퍼스가 나타나기라도 했느냐?"

"그것이 아니라, 레인저들이 마을 앞에 나타났습니다."

레인저라는 말을 들은 월드린은 얼굴에 적대감을 나타내며 입을 열었다.

"더러운 레인저 녀석들이 드디어 마각을 드러내는군요! 그들 역시 쉴드옥토퍼스들에게 위협받기 시작하자 우리 마을을 빼앗으려는 것입니다!"

그녀가 흥분을 하며 말하자 족장은 손을 들어 그녀의 말을 멈추게 했고 나지막한 목소리로 말했다.

"월드린, 침착하거라. 일단 그들의 말이나 들어보자꾸나."

"하, 하지만……."

족장의 말에 뭐라 반박을 하려 했지만 그녀는 자신의 위치를 알았기에 족장의 말을 따를 수밖에 없었다. 족장과 장로들이 자리에서 일어나 마을 입구로 걸음을 옮기자 마을 사람들은 그 뒤를 따라 움직이기 시작했다. 그들 사이에 끼어 있던 벌쿤이 불안한 표정을 지으며 뮤스에게 물었다.

"형은 그들이 왜 찾아왔을 것 같아?"

그 말을 들은 뮤스는 재미있다는 듯이 웃었다.

"후훗, 그걸 나한테 물어보면 어떡하냐? 이 마을에서 살고 있는 건 내가 아니라 너라고."

"그래도 형이 한 살이라도 더 먹었으니 알 거 아냐."

나이 이야기를 들먹거리자 실제로 나이가 더 어렸던 뮤스는 쓴웃음을 지었다. 잠시 곰곰이 생각해 보던 그는 벌쿤을 바라보며 말했다.

"쩝, 내 생각에는 레인저들이 연합하자는 제의를 해올 것 같은데?"

"연합? 레인저들이?"

"어쩔 수 없잖아, 그들은 머릿수도 모자라는 데다가 안전하지도 못하니. 그렇다고 너희 부족과 싸워서 이길 수도 없고, 숲 속에서 살아남을 자신도 없으니 남은 하나는 연합밖에 없는 거지."

그제야 뮤스의 말이 이해가 되는지 고개를 끄덕이며 감탄사를 흘렸다.

"역시 한 살 많은 사람은 다른걸?"

"이 정도는 조금만 생각해 보면 알 수 있다고."

그들의 대화는 마을 사람들의 걸음이 멈추면서 계속될 수 없었다. 멀리 내다보자 스무 명 정도의 남자들이 마을 앞에 진을 치고 있었다. 하지만 뮤스의 말대로 싸울 의사는 없는지 손에는 무기가 들려 있지 않았다. 유글렌 부족의 사람들이 몰려나오는 것을 보자 그중 우두머리인 듯한 자가 걸어나왔다. 왜소한 키에 마른 듯한 몸집의 그는 뮤스가 상상하던 레인저들과 사뭇 다른 모습이었다.

"벌쿤, 저렇게 작은 몸집으로도 레인저가 될 수 있는 거야? 그것도 우두머리 같은데?"

"물론이지. 오히려 작은 몸집이 큰 것보다 더 편할 거야. 추적이나 감시를 하려면 발자국 소리가 작아야 할 테니까."

"음, 그렇군."

잠시 생각을 하던 뮤스는 사람들의 말소리가 들려오는 것을 느끼고 귀를 기울이기 시작했다. 레인저의 우두머리가 족장에게 다가오자 유글렌 부족의 보초 서던 여인 두 명이 빅투스들을 이끌고 그를 가로막았다.

"무기는 저희들에게 맡겨두시죠!"

쌀쌀맞은 그녀의 말에 뒤에 서 있던 레인저들은 불만인 듯 인상을 썼지만 우두머리는 별다른 반응을 나타내지 않았다. 오히려 사람 좋은 미소를 지으며 자신의 몸에 지닌 단검과 활 등을 그 여인들에게 넘겨주었다.

"이제는 된 것이오?"

우두머리의 질문에 그를 가로막고 있던 여인들은 고개를 끄덕인 후 빅투스들을 비켜 세우며 길을 터주었다. 그녀들에게 가볍게 머리를 숙여 인사를 한 레인저들의 우두머리는 족장의 앞으로 다가가 인사를 건넸다.

"안녕하십니까, 저는 레인저들의 대장인 커크라고 합니다. 이렇게 만나뵙게 되어 영광입니다."

그의 공손한 인사를 받은 족장은 인자하게 고개를 끄덕이며 웃음을 띠었다.

"저는 유글렌 부족 족장인 글로레센이라고 해요. 듣던 소문보다는 예의가 바르군요?"

족장의 말을 듣던 윌드린은 화가 난 표정으로 나섰다.

"족장님, 저들은 지금 족장님을 속이고 있는 거예요! 더러운 레인저들이라고요!"

하지만 정작 족장에게 안 좋은 소리를 들은 것은 윌드린이었다.

"윌드린, 손님 앞에서 이게 뭐 하는 짓인가!"

족장의 꾸지람에 억울하다는 표정을 지은 윌드린은 뭐라 말을 하려 했지만 자신의 뜻을 이루지 못하고 포기하고 말았다.

"죄송하군요, 커크 대장님. 저 아이가 아직 철이 없어서."

"아닙니다, 족장님. 서로 간에 오해가 있어서 그런 것이니 개의치 마십시오."

"이해를 해주신다니 감사하군요. 그건 그렇고 저희 마을에 찾아오신 용건은 무엇이죠?"

이제야 본론으로 들어가는 것을 깨달은 커크는 한숨을 쉬며 이야기를 꺼냈다.

"족장님께서도 이 근방에 쉴드옥토퍼스가 자리 잡은 것을 아시리라 믿습니다."

"네, 저희 부족에서도 지금 그 일로 회의 중이었답니다."

"아! 그렇다면 더욱 잘되었군요. 본론만 말하겠습니다. 저희들을 받아들여 주십시오. 물론 저희들에게 적대감을 가지고 있는 것을 알고 있습니다만, 모두 오해에서 시작되었던 것입니다."

한쪽에 물러나서 커크와 족장의 대화를 듣고 있던 윌드린은 다시금 발끈하며 나섰다.

"오해는 무슨 오해라는 것이죠? 우리가 키우는 빅투스들을 사냥해 마물로 속여 제국으로부터 돈을 받고 있는 걸 모를 줄 아시나요? 또 이제는 마을까지 차지하려는 속셈 아닌가요?"

그녀의 말을 듣던 커크는 씁쓸한 표정을 지으며 대답했다.

"후우, 그렇게 생각하고 계실 줄 알았습니다. 저희가 처음 드베인 숲으로 들어왔을 때는 인간들이 아무도 살지 않는 줄 알았습니다. 그런 와중에 빅투스들과 마주쳤으니 그들이 마물인 줄 알았던 것이죠. 그

후로부터 오해를 풀기 위해 여러 번 이곳을 찾아올까도 생각해 봤지만 더욱 오해가 깊어질까 염려되어 아무런 행동도 취하지 못했습니다.”

하지만 월드린은 아직도 그의 말을 믿지 못하겠는지 언성을 높이고 있었다.

“흥! 그런 얄팍한 속임수에 속으리라고 생각한다면 오산입니다!”

도저히 물러설 생각을 하지 않는 월드린을 난감한 표정으로 커크가 바라보고 있을 때였다. 그의 눈에 불안한 모습으로 자신을 바라보던 여자가 눈에 띄었는데, 반가운 표정으로 그녀에게 손을 흔들며 말하는 것이었다.

“저 아가씨입니다.”

커크가 누군가를 지목하자 그 자리에 모여 있던 사람들이 고개를 돌려 그가 가리킨 곳을 바라보았다. 그곳을 보던 월드린이 의아해하며 물었다.

“핀이 뭘 어쨌다는 거죠?”

“하하, 우리가 만약 아가씨가 말한 것처럼 나쁜 마음을 먹고 있었더라면 저 아가씨가 지금 무사하게 이 자리에 있을 수 있었을까요?”

“그게 무슨……?”

“저 아가씨에게 직접 물어보시죠.”

커크의 말을 들은 월드린은 핀이라 불린 여인에게 와보라는 신호를 했다. 그러자 조금 머뭇거리던 그녀는 어쩔 수 없다는 듯 고개를 숙인 채로 족장과 커크가 있는 곳으로 걸어왔다. 그녀가 불안해하고 있는 모습을 보던 월드린이 머리를 쓰다듬으며 부드러운 목소리로 물었다.

“자, 이제 말해 보렴. 무슨 일이 있었던 거지?”

월드린이 묻자 핀은 겁먹은 표정을 하며 우물거리고 있었다.

"저… 그게……."

"솔직히 말해 보렴, 핀. 이 사람들에게 겁먹을 필요는 없단다."

"그, 그게 아니라… 후우, 예전에 빅투스들을 데리고 주변을 둘러보러 나갔을 때 레인저들의 덫에 걸린 적이 있었어요."

그녀의 말을 듣던 월드린은 그러면 그렇지라는 표정으로 커크를 쏘아봤다.

"흥! 당신들은 이렇게 우리 부족의 활동 지역이란 것을 알면서도 덫을 놓곤 했죠!"

월드린의 말을 들은 커크는 당황하며 그에 대한 변명을 했다.

"아, 아닙니다! 그곳에서 고블린들의 흔적을 찾아냈기에 덫을 놨을 뿐입니다!"

"흥! 거짓말하지 마세요!"

둘이 열을 올리며 말다툼을 하고 있을 때 잠자코 보고만 있던 핀이 용기를 내어 말했다.

"월드린 언니, 그분 말이 맞아요. 그때 저 역시 고블린들의 발자국을 보고 그들을 잡기 위해 갔다가 저분들의 덫에 걸린 거니까요. 그래서 빅투스들과 제가 상처를 입었는데 자상하게 치료도 해주시고 마을 앞까지 바래다 주셨어요."

핀의 해명을 듣던 월드린과 커크의 표정은 서로 상반되었는데 커크는 다행이라는 듯이 안도의 한숨을 내쉬었고, 월드린은 아직도 못 믿겠다는 듯이 핀을 바라보고 있었다. 그런 둘 사이의 어색함이라도 정리하려는 듯 족장이 입을 열었다.

"월드린, 이제 우리가 오해를 풀어야겠구나. 핀의 말을 들어보더라도 거짓은 아닌 듯하니… 그렇지 않니?"

이렇게 된 이상 월드린도 인정할 수밖에 없었기에 보일 듯 말 듯 고개를 끄덕였다. 그녀가 인정을 하자 족장은 멀리 있는 레인저들을 가리키며 말했다.

"그렇다면 저 밖은 위험하니 기다리고 있는 레인저 분들을 들어오라고 하시죠. 저희 마을에 오신 것을 환영합니다."

그녀의 말에 커크는 활짝 웃으며 연신 고개를 숙였다.

"정말 감사합니다, 족장님!"

"뭘요. 서로 오해도 풀었으니 어려운 시기에 도와야지요."

커크는 족장의 따뜻한 마음에 감동이라도 받았는지 갑작스레 포옹을 했다. 그의 예상치 못한 행동에 족장은 잠시 놀랐지만 곧 등을 토닥거리면서 고개를 끄덕였다.

커크의 행동을 먼발치에서 지켜보던 레인저들은 일이 잘 해결되었음을 알았는지 환호성을 질렀고, 커크가 들어오라는 신호를 하자 모두들 기쁜 표정을 지으며 뛰어 들어와 마을 사람들에게 인사를 건네기 시작했다.

또 하루의 해가 저물었고 드베인 숲은 짐승의 울음소리로 가득 차고 있었다. 어둠에 파묻힌다면 적막감이 흘러야 정상이겠지만 이곳 유글렌 부족의 마을은 오랜만에 활기에 들떠 있었다. 레인저들의 합류로 마을이 시끌시끌했는데, 마을의 사람들은 두려워하던 적을 아군으로 맞아들여서인지 든든함을 느꼈고 레인저들은 자신들의 안전을 보장받은 것과 동시에 따뜻한 음식과 가족 같은 정겨움을 느낄 수 있었기 때문이다.

쉴드옥토퍼스로 인해 식량이 많이 부족할 것을 예견해 풍족한 잔칫상을 마련할 수는 없었지만, 배를 달래줄 음식만으로도 충분히 즐거운 시간을 만들어가고 있었다. 마을 곳곳에는 많은 모닥불들이 불을 밝히고 있었고, 그것들을 중심으로 둘러앉은 사람들은 음식이 수북이 쌓인 큰 그릇에서 먹을 만큼의 양을 접시에 덜어 먹고 있었다. 하지만 무슨 일이 일어날지 모르는 상황이었기에 술은 마시지 않고 있었다.

벌쿤과 함께 모닥불가에서 식사를 하고 있던 뮤스는 눈을 돌려 레인저들을 바라보았는데, 하나같이 오랫동안 굶주렸는지 접시에 있는 음식을 입으로 가져가기 바빴다. 그들을 보던 뮤스는 자리를 털고 일어나며 말했다.

"벌쿤, 나는 레인저 대장을 만나보고 올게."

옆에서 식사를 하던 벌쿤은 그 말을 듣고 접시를 옆으로 내려놓으며 몸을 일으켰다.

"형, 나도 같이 갈래! 나도 그 대장이라는 사람과 이야기해 보고 싶어."

"훗, 그렇게 하자."

뮤스는 벌쿤과 함께 커크를 찾아다녔다. 온 마을 사람들이 모두 집 밖으로 나와서인지 상당히 많은 수의 사람들이 북적였는데, 이 많은 사람들 중에서 한 사람을 찾기란 쉬운 일이 아니었다. 하지만 조금 걸어다니다 보니 커크의 모습을 찾을 수 있었다. 그는 냉철하기만 할 듯한 레인저 대장의 이미지와는 전혀 다르게 동네 아이들에게 둘러싸여 식사를 하고 있었다. 동네 아이들은 그의 입에서 흘러나오는 무용담에 넋을 놓고 있었으며, 그런 아이들이 귀여운지 그는 너털웃음을 지으며 이야기를 이어갔다. 아이들의 즐거움을 빼앗기 싫었던 뮤스는 이야기가 끝나기를 기다리며 아이들 옆에 앉았고, 벌쿤 역시 커크의 이야기가 궁금한지 귀를 기울이며 듣기 시작했다.

"그때 마침 아저씨가 등 뒤에 있는 화살을 잡아당겨 고블린을 조준하고 있었단다. 그런데 이게 무슨 일인지 땅이 조금씩 움직이는 느낌이 들더니 순간 엄청나게 큰 뱀이 내 앞을 지나가더라고. 그래서 '와! 이 뱀 한번 엄청나게 굵구나' 라고 생각했지. 그때까지만 해도 그것이 쉴드옥토퍼스일 거라고는 상상도 못했으니까. 너희 같았으면 그게 쉴드옥토퍼스라고 생각이나 했겠니? 그 시간에 린 강에서 수영이나 하고 있는 줄 알았겠지?"

커크가 아이들의 수긍을 바라며 물어보자 그의 이야기에 귀를 기울이던 아이들은 눈동자를 빛내는 동시에 고개를 빠르게 끄덕이며 마른 침을 삼켰다. 그것은 뮤스의 옆에서 이야기를 듣던 벌쿤도 예외는 아니었는데, 덩치만 컸지 아직은 어렸던 것이다. 커크의 흥미진지한 무용담은 계속되었다.

"그런데 뱀이었다면 꾸불거리며 앞으로 나갈 것 아니냐? 그런데 이 녀석은 웬걸? 아무런 움직임도 없이 앞으로 쭉쭉 뻗어 나가더라고. 그래서 슬며시 눈을 돌려 그 쉴드옥토퍼스의 발을 따라 눈을 움직였지. 몸을 움직일 수는 없었어. 내가 그곳에 있다는 것을 알아챘다면 내 몸통보다 굵은 다리로 내 몸을 으스러뜨릴 테니까 말이지."

여기까지 이야기가 진행되자 긴장감이 최고조에 달하는지 아이들은 손으로 입을 가리며 두려운 표정을 지었고, 별 관심이 없던 뮤스까지도 그의 이야기에 귀를 기울이기 시작했다.

"그 다리의 끝에서 엄청나게 큼지막한 녀석의 머리를 볼 수 있었지. 과연 그 녀석의 머리 위에는 둥근 모양을 하고 있는 방패 네 개가 사방으로 하나씩 달려 있었고, 그 아래로 녀석의 빛나는 눈알이 보였어. 마치 날 바라보고 있는 것 같았지. 그때 얼마나 오금이 절이던지 오줌이 찔끔찔끔 나오더라니까!"

이야기를 하던 커크가 주저앉는 듯한 몸짓을 하며 우스꽝스러운 행동을 하자 이야기를 듣던 아이들은 너나 할 것 없이 웃음을 터뜨렸고 뮤스와 벌쿤 역시 미소를 지었다. 그들을 바라보며 흐뭇하게 웃고 있던 벌쿤은 자신의 머리를 두들기며 말했다.

"이런, 시간이 늦었군. 이만 아이들은 잠을 자야 할 시간인걸? 그렇지 않니?"

커크가 이야기를 그만두려 하자 아이들은 아쉬운 듯한 표정을 지으며 불만을 토로했다.

"에이! 이야기는 다 해주셔야죠!"

"맞아요. 오늘 같은 날은 조금 늦게 자도 돼요!"

"더 해주세요. 네?"

아이들이 칭얼거렸지만 커크는 웃으며 어림없다는 듯 고개를 흔들었다.

"오늘은 이 아저씨가 피곤해서 조금 쉬어야겠구나. 내일 계속해서 이야기를 해주마. 알겠지?"

피곤한 듯한 표정으로 양해를 구하자 그의 말이 통했는지 아이들은 하나둘씩 자리를 일어났다.

"아저씨, 내일 꼭 얘기 계속해 주셔야 해요."

"하하, 물론이지."

"그럼 안녕히 주무세요!"

"안녕히 주무세요!"

아이들이 인사를 하며 집으로 돌아갔는데, 돌아가는 중에도 이야기의 여운이 남았는지 쉴드옥토퍼스의 흉내를 내며 서로에게 장난을 쳤다. 이제 이야기가 끝났음을 느낀 뮤스는 커크에게 다가갔다.

"안녕하세요, 커크 대장님이라고 하셨나요?"

뮤스의 인사에 아이들에게 손을 흔들고 있던 커크는 웃으며 그를 바라보았다.

"후훗, 내 이름이 커크인 것은 확실하죠. 그쪽은?"

"아, 저는 뮤스라고 해요. 라이델베르크에 살고 있죠. 그리고 이쪽은 벌쿤이라고 하는데, 아까 대장님과 말다툼을 하던 여자 분의 동생이죠."

소개를 뮤스가 대신해 주자 벌쿤은 손을 내밀며 악수를 청했고, 커크는 그의 손을 마주 잡으며 말을 건넸다.

"하하, 반갑네. 근데 난 또 자네가 전사라도 되는 줄 알았네. 몸이 굉장한 걸 그래?"

"훗, 이 정도야 뭐 보통이죠."

커크의 칭찬에 의기양양해진 벌쿤은 어깨를 으쓱거리며 대꾸하고 있었다.

"그건 그렇고 자네는 참 대단한 누나를 가졌구먼. 부러운걸?"

"성격이 걸걸해서 그렇지 착한 누나예요."

"그런가? 그건 그렇고 뮤스 군은 어떻게 라이델베르크에서 여기까지… 아, 내 정신 좀 보게. 이곳에 좀 앉아서 이야기를 하지."

자신의 실책에 머리를 짚던 커크가 옆 자리에 있는 접시들을 치우자 뮤스와 벌쿤은 그곳에 엉덩이를 깔고 앉았다. 커크가 손에 묻은 음식 찌꺼기를 풀에 비벼 닦으며 말했다.

"자, 이제 이야기해 보게나."

"하하, 그러죠. 제가 이곳까지 오게 된 까닭은······."

뮤스는 이때부터 모닥불에 손을 쬐며 자신이 드베인 숲까지 오게 된 경위를 이야기하기 시작했다. 그 옆은 벌쿤과 커크가 이야기를 시작할 때부터 흥미로움이 가득한 표정을 짓고 있었다. 전뇌거 이야기가 나올 때는 벌쿤과 커크는 침이 마르게 그것에 대해 물어왔고, 그들이 자세한 것을 이해할 수는 없다고 판단한 뮤스는 대강이나마 전뇌거에 대한 설명을 해주었다. 또 린 강으로 추락한 이야기를 했을 때는 혀를 차며 함께 안타까워하기도 했다. 이후 윌드런을 만나 이곳까지 온 이야기가 계속되었는데, 벌쿤 역시 처음 듣는 이야기였기에 완전히 정신을 팔고 있었다.

"…그래서 이곳에 있게 된 거죠."

이야기가 끝나자 커크는 나직한 탄성을 내지르며 대단하다는 표정으로 말했다.

"이런, 어린 나이에 정말 힘든 고생을 했군."

머리를 긁적인 뮤스는 어색한 웃음을 지었다.

"뭐, 그렇게 힘든 것은 없었어요. 그래서 말인데, 혹 제국으로 나갈 때 저도 동행을 하고 싶어서 이렇게 말씀드리는 거죠."

"하하, 그것이야 뭐가 그리 어렵겠는가. 하지만······."

웃으며 이야기하던 커크의 안색이 눈에 띄게 어두워졌다.

"자네도 알다시피 이 마을의 주변, 그리고 드베인 숲의 곳곳이 쉴드 옥토퍼스들의 산란기로 위험하기 그지없다네. 한 마리만 나타난다 하더라도, 스무 명… 아니, 쉰 명이라도 그것을 물리치기가 어렵기 그지 없다네. 자네도 참으로 운이 없군. 절벽에서 떨어져 살아난 것까지는 좋았지만 하필이면 그때가 십 년 만에 한 번씩 있는 쉴드옥토퍼스의 산란기라니, 그 녀석들이 가장 난폭할 때이지."

그의 말을 듣던 뮤스가 조용한 음성으로 입을 열었다.

"만약… 그들의 방패를 뚫을 만한 무기가 있다면요?"

뮤스의 말을 듣던 벌쿤과 커크는 멍청한 얼굴로 그를 바라보다가 어이없는 표정으로 웃어버렸다.

"하하! 그것은 어디까지나 만약이지 그런 것이 있을 리가 없잖나?"

"커크 아저씨 말이 맞아. 그런 것이 이 세상에 있을 리는 없다고."

둘의 반응을 미리 예상했기 때문인지 뮤스는 별다른 표정의 변화 없이 진지한 모습으로 다시 한 번 물었다.

"그러니까 그런 가정을 한다면 어떻죠?"

그가 재차 질문을 해오자 커크는 또다시 웃을 수는 없었는지 자못 진지한 표정으로 뮤스의 얼굴을 바라보았다.

"그걸 질문이라고 하는가? 그런 무기가 있다면 쉴드옥토퍼스의 사냥도 불가능한 건 아니지."

커크의 경쾌한 대답에 뮤스는 밝은 표정을 지었다.

"그럼 제가 그런 무기를 드릴 테니 저와 함께 이 숲을 빠져나가 주세요."

상식적으로 이해가 안 되는 그의 말을 들은 커크와 벌쿤은 그가 미쳤다고밖에는 생각할 수 없었다.

"형, 아무래도 정상이 아니야."

"흠흠… 초면에 이런 이야기 하는 것이 실례이긴 하지만 나 역시 이 친구와 같은 생각이네. 자네, 혹 뭘 잘못 먹기라도 한 건가?"

이런 말까지 들은 뮤스는 그들을 믿게 하는 것은 직접 보여주는 방법밖에 없다는 결론을 내렸다. 가방에 손을 넣어 완성된 전뇌지자총통을 꺼낸 그는 커크에게 내밀며 자신있는 목소리로 말했다.

"이게 그 쉴드옥토퍼스의 방패를 뚫어줄 무기예요."

하지만 뮤스가 건네준 전뇌지자총통을 들고 이리저리 살펴보던 커크는 허탈한 표정을 짓고 있었다.

"하… 이 나뭇조각이 그 녀석의 방패를 뚫어준다는 말인가? 차라리 쉴드옥토퍼스를 망치로 패서 죽인다고 말을 하는 것이 더 믿을 만하겠네."

옆에서 듣고 있던 벌쿤 역시 커크의 의견에 동의하는지 혀를 찼다.

"쯔쯧… 형, 뜨개질하란 말 안 할 테니 제발 정상으로 돌아와 줘."

여전히 변함없는 그들의 반응에 뮤스는 답답한 가슴을 치며 한숨을 내쉬었다.

"어휴! 직접 보여주면 믿으시겠죠?"

한마디 던진 그는 집의 뒤쪽으로 뛰어가 쌓여 있는 땔감 중 커다란 것 하나를 들고 나왔다. 그것의 크기는 상당히 커서 웬만한 도끼질 한 번으로 쪼개기는 어림도 없어 보였는데, 오히려 장작보다는 도끼질을 할 때 필요한 나무 받침으로 쓸 만한 것이었다. 그 모습을 본 커크가 입을 열었다.

"하하하, 자네, 그것으로 무엇을 어쩔 생각인가?"

그들의 연이은 비웃음에 기분이 조금 상한 뮤스는 심술난 표정을 지었는데 목소리에까지 그런 감정이 묻어나고 있었다.

"칫! 멀리 물러나서서 보기만 하세요."

뮤스의 말에 고개를 끄덕여 보인 커크와 벌쿤은 그의 뒤쪽으로 걸어가 멀찌감치 물러섰고, 뮤스 역시 나무덩어리만을 놔둔 채 그들이 물러선 곳까지 걸어갔다. 걸음을 멈춘 그는 전뇌지자총통을 들어 올려 나무덩어리를 겨냥했다.

"잘 보고 있으세요. 뇌공력 삼할 주입."

나직한 그의 말과 함께 전뇌지자총통을 쥐고 있는 손은 금빛으로 물들었다.

"발출!"

이어 그의 외침 소리가 흘러나옴과 동시에 전뇌지자총통의 주둥이에 엄청나게 밝은 빛이 맺혔고, 순간 그로부터 눈부시기 짝이 없는 광선이 발사되어 땅에 놓여 있던 나무덩어리를 관통해 버렸다.

식사를 하던 중에 그 빛을 본 마을 사람들과 레인저들은 무슨 일인지 놀라 식기들을 떨어뜨렸고, 벌쿤과 커크 역시 순간적으로 발현된 빛에 눈이 부셔 손으로 얼굴을 가리고 있었다.

"이, 이것이 어떻게 된 거지?"

"형! 괜찮아?"

벌쿤의 물음에 뮤스는 이제야 속이 후련한지 미소를 지으며 말했다.

"응, 나는 괜찮아. 벌쿤, 저기 멀쩡하게 보이는 나무덩어리 좀 확인해 줄래?"

"어라? 아무렇지도 않은데?"

고개를 갸웃거리는 벌쿤의 얼굴을 바라본 뮤스는 더 이상 대답하기도 귀찮다는 듯이 손을 내저었다.

"그냥 가서 한번 만져 봐."

"그러지 뭐."

뮤스의 부탁을 받은 벌쿤은 나무덩어리를 향해 뛰어갔다. 그리곤 의아한 표정으로 나무덩어리를 만졌는데, 나무의 거친 느낌이 전혀 없다 싶더니 손가락이 나무덩어리 속으로 들어가 버렸다. 다시 손가락을 빼내자 그것은 검은 재가 되어 바람에 흩날렸다. 그 광경을 바라보던 커크와 벌쿤은 입을 벌린 채 다물 생각을 못하고 있었다.

"이… 이……."

커크가 놀라 말조차 하지 못하고 있을 때 뮤스는 그의 옆으로 다가와 득의의 미소를 지었다.

"후훗, 이것이 전뇌지자총통의 위력이죠. 이 정도면 어떨까요?"

"저, 정말 가공할 위력이군. 이것이 어디에서 났는가?"

"제가 만들었다면 믿으시겠어요?"

커크는 재빨리 고개를 가로저으며 대답했다.

"아니, 믿지 못하겠군."

그럴 줄 알았다는 듯이 쓴웃음을 짓던 뮤스는 전뇌지자총통을 가방에 넣었다.

"그러면 마음대로 생각하시죠."

뮤스와 커크가 대화를 하고 있을 때 놀란 마을 사람들이 그들에게 몰려왔고, 앞장서서 다가오던 월드린이 물었다.

"뮤스, 이게 무슨 일이지? 커크 씨가 너희에게 무슨 짓이라도 한 거니?"

그녀는 아직도 레인저들에 대한 감정을 지우지 못했는지 여전히 의심이 가득 찬 말투였다.

"아니에요. 쉴드옥토퍼스를 잡을 만한 무기를 시험해 보고 있었어요."

"쉴드옥토퍼스를 잡을 무기라고? 말도 안 돼!"

뮤스의 이야기를 월드린도 믿지 못하자 커크가 나섰다.

"저 역시 뮤스 군이 처음 말했을 때는 믿지 못했죠. 하지만 그 위력을 목격한 이상 믿을 수밖에 없군요."

커크까지 동의하고 나오자 의아해진 윌드린은 벌쿤을 바라봤고, 벌쿤 역시 증명을 해주기 위해 그녀를 향해 고개를 끄덕였다.

"어떻게 그런 무기를 뮤스가 가지고 있을 수 있지?"

"누님도 제가 만들었다고 하면 믿지 못하시겠죠?"

"그야 물론이지."

그녀 역시 자신의 말을 믿지 못할 것이란 것을 예견한 뮤스는 반포기의 심정이 되어버렸다.

"그럼 아무 말도 안 할 테니 누님도 그냥 커크 아저씨처럼 좋은 무기가 생겼구나 하세요."

"그, 그래."

"아무튼 우리에게 이제 쉴드옥토퍼스를 잡을 만한 무기가 생겼는데 어떻게 하실 거예요?"

뮤스의 목소리에 정신을 수습한 윌드린은 그가 한 말에 대해 생각해보기 시작했다. 하지만 워낙 부지불식간에 일어난 일이라 금세 특별한 생각을 떠올리지는 못했는지 커크의 얼굴만을 바라보았다.

"대장님은 무슨 계획이라도 있으세요?"

"저 역시 지금 이 무기를 봤는데 무슨 계획을 세웠겠습니까."

"흠… 그렇다면 저와 함께 계획을 세우는 것이 어때요? 오늘 저희 집으로 초대하죠."

"하하, 물론 얼마든지 협조하겠습니다."

"그럼 절 따라오시죠."

커크는 가장 찜찜한 사이로 남아 있던 그녀가 자신의 집으로 초대하자 앓던 이라도 빠진 듯 마음이 후련해짐을 느꼈다.

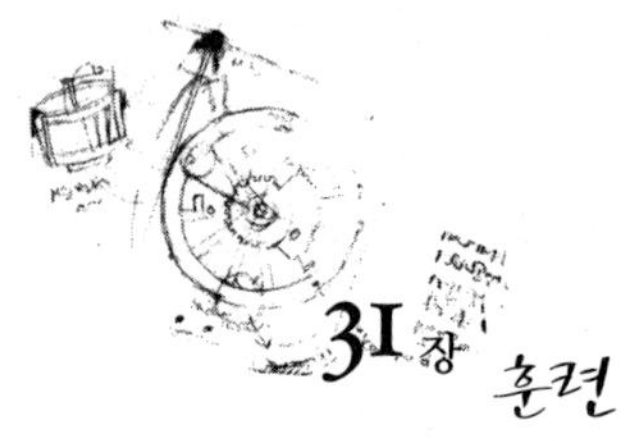

31장 훈련

벽난로와 테이블 위의 기름등이 방을 밝히고 있었다. 기름등의 옆으로는 지도가 놓여 있었고 그것을 둘러싸며 커크와 뮤스, 그리고 월드린과 벌쿤이 앉아 있었다. 이 네 명은 커크가 가지고 온 지도를 바라보며 쉴드옥토퍼스와 싸울 작전을 세우고 있는 중이었다. 지도에 대해 잘 알고 있는 커크가 손가락으로 지도상의 여러 곳을 짚으며 주변의 사람들을 둘러봤다.

"이곳과 이곳, 그리고 이곳이 쉴드옥토퍼스들이 머물 만한 장소입니다."

그의 설명을 듣던 월드린은 궁금증이 생겼는지 볼을 긁적이며 물었다.

"왜 그렇게 생각하시죠? 그들의 움직임을 자세히 알지는 못할 텐데요."

아직도 월드린은 커크에게 감정이 남아 있는지 딱딱한 말투로 일관

하고 있었다.

"음, 레인저들은 훈련받을 때 수많은 마물들의 습성과 특징을 배우게 되죠. 저는 마침 운이 좋게 쉴드옥토퍼스에 대해서도 교육을 받았습니다. 쉴드옥토퍼스들은 산란기에 육지로 나온다고 하더라도 일단 알은 습기가 많은 곳에서 부화를 시키죠. 그 후 새끼들의 빨판으로 머리에 흡착시킨 후 강으로 데리고 간답니다. 따라서 제가 지목한 곳은 이 주변에서 습기가 가장 많은 지역으로 비가 온 후에도 오랜 시간이 지나기 전에는 절대 마르지 않습니다."

그의 말을 듣던 윌드린은 뭔가 꼬투리를 잡아야겠다고 생각했지만 그의 말에는 틀린 점이 없었고, 사실상 쉴드옥토퍼스에 대하여 많이 아는 것도 아니었기에 수긍할 수밖에 없었다.

"그렇다면 뮤스가 가지고 있는 무기로 제거해 버리면 간단한 것 아닌가요?"

그녀의 말에 커크는 고개를 가로저었다.

"쉴드옥토퍼스의 몸체 길이만도 60멜리에 달합니다. 운이 나빠서 큰 녀석이라면 100멜리. 즉, 다리 끝부터 머리까지의 길이가 30에서 50멜리는 된다는 것이죠. 쉴드옥토퍼스라는 녀석은 눈알 속에 뇌가 들어 있기 때문에 방패를 피해 눈을 맞히지 않으면 계속 재생된다는 것을 윌드린 씨 역시 알고 계실 텐데요."

"아뇨, 몰랐는데요."

커크는 너무나 태연하게 아니라고 말하는 그녀의 대답에 믿기지 않는다는 표정을 지었다.

"그럼 그 녀석은 시력이 좋지 않아 소리를 듣고 적을 파악한다는 것은 아시겠죠?"

“아뇨, 그것도 몰랐는데요.”

“네?!”

커크는 우물쭈물 대답하는 그녀의 모습을 보고 한숨을 쉴 수밖에 없었다.

“그럼 그것도 모르고 저 녀석들과 싸우려 했단 말입니까?”

그의 말에 윌드린은 무안하기 짝이 없었던지 얼굴을 붉히며 아무런 말조차도 하지 못하고 있었다. 그녀의 태도를 보던 커크는 계속해서 뭐라 할 수도 없었기에 손을 내저으며 말을 이었다.

“아무튼 이제라도 아셨으니 다행입니다. 이미 말했다시피 쉴드옥토퍼스는 시력이 아주 형편없죠. 그래서 움직이는 소리를 듣고 적을 공격합니다. 저 역시 쉴드옥토퍼스와 마주쳤을 때 그 덕에 살 수 있었고요.”

“그렇다면 대장님의 고명한 의견을 한번 들어보죠.”

심기가 꼬일 대로 꼬인 윌드린은 심통난 말투였는데, 이런 모습은 도시의 여인들과 전혀 다를 것이 없는 모습이었다.

“하하, 뭐 고명하다고 할 것까지야 있겠습니까.”

하지만 더 대단한 것은 말속의 가시를 눈치 채지 못하고 헤벌쭉 웃는 커크였다.

“그 말을 그대로 알아들으신 건가요? 이건 비꼬는 말이라고요!”

“아, 그랬습니까? 전 또… 제 능력을 알아주시는구나 하고 좋아했죠.”

머리를 긁적이며 민망해하는 커크의 표정은 나이에 걸맞지 않을 정도로 순진해 보였다.

“아무튼 하던 이야기나 계속해요.”

"뭐, 그렇게 하죠. 제 생각은 이렇습니다. 그것들이 이동할 때에는 머리에 위치한 방패가 눈을 가리지 않습니다. 그것은 그들의 의지가 아니라 본능인 것이죠. 앞도 잘 보이지 않는 눈인데도 형식상으로 눈을 뜨는 거죠. 정말 웃기지 않습니까?"

커크는 재미있다는 표정으로 주변을 둘러봤지만 그와 함께 테이블에 앉아 있던 윌드린, 뮤스, 벌쿤은 별로 재미없는지 아무런 표정 변화도 없었다. 오히려 별걸 다 웃겨한다는 듯한 표정으로 커크를 응시하고 있을 뿐이었다. 커크는 오늘따라 민망해질 일이 많다고 생각하며 이마에 흐르는 땀을 닦았다.

"흠흠… 아무튼… 이야기를 계속하겠습니다. 일단 발이 빠른 유인조가 쉴드옥토퍼스로부터 멀리 떨어져 요란한 소리를 내면서 유인을 하면 저격조는 쉴드옥토퍼스가 움직일 방향에서 미리 대기하고 있다가 방패가 열렸을 때 뮤스 군의 저 무기로 눈을 쏴버리는 것이죠. 어떻습니까?"

뭔가 대단한 아이디어라도 되는 듯 기대에 찬 눈으로 주변 사람들의 표정을 살폈지만 모두들 심드렁한 표정이었다. 그의 말을 듣고 있던 뮤스가 조용히 입을 열었다.

"저기… 커크 대장님. 제가 가지고 있는 전뇌지자총통은 한 방으로 방패까지 꿰뚫을 수 있을 것 같은데요?"

점점 허물어져 가는 자신의 입지를 느끼고 있던 커크는 마침 좋은 기회라는 듯이 안색을 되찾으며 물었다.

"자네, 그것으로 50멜리 이상의 거리에서 20셀리 미만의 눈을 맞힐 자신 있나? 그것도 방패에 가려져 보이지 않는 것을 말이야."

커크의 말을 들으며 그 크기를 짐작해 보던 뮤스는 식은땀을 흘리며 이 일이 생각만큼 간단하지 않다는 것을 알 수 있었다.

"헤… 전 녀석의 눈이 보이더라도 맞힐 자신 없는데요."

그제야 자신의 입지를 되찾았다고 생각한 커크는 콧잔등을 쓸며 자랑스러운 표정을 지었다.

"그건 걱정 말게나. 레인저들 중에 석궁의 명사수가 있으니."

하지만 웬일인지 그의 말을 들은 뮤스는 다시 한 번 식은땀을 빼야만 했다.

"저… 지금 분위기에 이런 말을 해도 될지는 모르겠는데… 무기는 저밖에 사용을 못하거든요?"

그의 말에 커크는 허탈한 표정으로 이마를 테이블에 박았다.

쿵!

너무나 크게 기대했던 것이 무너져서인지, 아니면 도저히 그의 작전이 성공하기 불가능함을 알았음인지는 알 수 없었다. 조심스럽게 테이블에서 고개를 든 커크는 거의 울먹이는 목소리로 말했는데, 여러 번에 걸쳐 봐왔던 것과 같이 레인저라는 직업답지 않게 꽤 감성적인 성격을 가진 인물인 듯했다.

"자네, 그걸 지금에서야 말하면 어떻게 하자는 건가?"

"에… 이런 걸 말해야 하는 줄도 몰랐는걸요?"

손으로 얼굴을 한번 문지른 커크는 마음을 진정시키려는 듯 차분한 목소리로 말했다.

"그렇다면 한 가지 방법밖에 없겠군."

지금까지 잠자코 듣고만 있던 벌쿤이 궁금한 듯 물었다.

"그게 뭔데요?"

"후훗, 뮤스 군을 훈련시키는 것이지. 그것도 지옥 훈련을."

　나지막한 커크의 목소리가 뮤스의 귀속으로 흘러 들어왔다. 기가 죽어 고개를 숙이고 있던 뮤스는 커크를 바라보며 뭐라 하고 싶었지만 자신의 양 옆에 자리하고 있던 월드린과 벌쿤이 그의 의견에 감탄하는 모습을 보이기 시작하자 말문이 막히고 말았다.

　다음날 오전, 진한 어둠으로 물들어 있는 마을의 공터에서 뮤스는 온몸에 흙탕물을 뒤집어쓴 채 진흙 바닥을 구르고 있었다. 뇌동체술법을 익혀 튼튼한 몸이 된 이상 훈련이 그리 힘들지는 않았다. 오히려 그것보다는 찝찝한 진흙의 느낌이 더 괴로워 얼굴로 튀는 흙탕물에 인상을 찌푸렸다. 손을 들어 얼굴을 훔치려 하자 등 뒤로부터 기합이 잔뜩 들어간 목소리가 들려왔다.
　"지금 뭘 하는 건가! 빨리 기어! 이 정도로 쉴드옥토퍼스를 잡을 수 있다고 생각하나! 저격은 체력이 생명이다!"
　이 목소리는 그의 특별 체력 훈련을 맡은 교관의 것이었는데, 마르고 키가 큰 것이 싱겁게 생긴 외모와는 전혀 걸맞지 않게 아주 독한 인물이었다. 심금을 흔들며 재촉하는 소리가 들려오자 뮤스는 신음성을 내뱉으며 얼굴을 훔치던 손을 내려 다시 진흙 바닥을 기어가기 시작했다.
　'제길! 내가 왜 이런 짓을 해야 하는 거야!'
　속으로의 외침은 거칠었지만 라이델베르크로 돌아가기 위해서 쉴드옥토퍼스를 꼭 쓰러뜨려야 한다는 것을 알았기에 겉으로 표현할 수는 없었다. 진흙을 헤쳐 가며 10멜리가량 기어가자 또다시 기합을 가득 머금은 교관의 목소리가 들려왔다.
　"자, 이제 저 앞의 나무를 10초 이내에 타고 오른다! 실시!"

상식적으로는 거의 불가능에 가까운 명령이었지만 뮤스는 이미 몇 번 당했는지 별다른 표정의 변화 없이 나무에 오르기 시작했다. 하지만 온몸에 진흙 칠을 하고 나무에 오르는 것은 매우 어려운 일이었기에 속도는 매우 더디기만 했다. 속으로 욕을 두어 바가지 퍼붓고 있을 때 교관의 목소리가 다시 들려왔다.

"시간이 늦었다! 다시 출발점으로 복귀!"

그 말을 들은 뮤스는 체념의 한숨을 내쉬며 진흙 바닥이 시작되는 곳으로 뛰어가고 있었다. 사실 그는 처음 훈련을 시작할 때야 느긋한 생각으로 임했지만 조금의 시간이 흐르자 훈련이 장난이 아님을 알아챘고, 왜 전뇌지자총통을 그들에게 알렸을까 뼈저리게 후회를 하는 중이었다.

"자, 다시 기어! 다섯 번 안에 통과하지 못하면 식사는 없다! 나는 죽었다 생각하고 기어라!"

그렇지 않아도 허기를 느끼던 뮤스는 식사 이야기가 나오자 더 이상 참지 못하고 뇌공력을 운용하기 시작했다.

"으아아악! 될 대로 되라! 난 더 이상 못 참아!!"

애초 뇌동체술법을 썼다면 이쯤이야 쉽게 해결할 수 있었지만, 물기가 있는 곳에서 뇌공력을 잘못 운용하면 그 위에 있는 사람이 모두 감전사할 것을 염려하여 참고 있었던 것이다. 하지만 결국 일이 이쯤 되다 보니 도저히 견디지 못하고 특유의 금광(金光)이 흘러나오지 않을 정도의 뇌공력을 근육으로 흘리기 시작했다.

"우하하하, 이제 문제없다!"

자신만만해진 그의 모습처럼 적은 양의 뇌공력만으로도 대단한 변화가 있었는데, 이전까지만 해도 진흙에서 빌빌거리며 헤엄치던 뮤스가 두더지의 그것과 같이 진흙 사이를 재빠르게 누볐다. 진흙탕을 통과한 그는 손가락을 두 번째 마디까지 박으며 나무를 타고 올랐는데 거기까지 걸린 시간이 딱 5초였다. 이 놀라운 변화를 지켜보던 교관은 얼굴이 굳어져 아무 말도 못하고 있었다. 모든 코스를 마치고 교관에게 뛰어온 뮤스는 간절한 표정으로 애원하고 있었다.

"교관님! 저 이제 안 굶어도 되죠?"

참으로 오랜만에 자신 본래의 모습을 보이는 뮤스였다. 마침 점심 식사를 알리는 종소리가 마을 가득 울려 퍼졌다.

땡! 땡! 땡!

교관의 얼굴을 조심스럽게 살피던 뮤스는 그가 정신을 차리려면 시간이 조금 흘러야 한다는 것을 느꼈는지 더 이상 아무런 말도 하지 않고 곧장 윌드린의 집으로 달려갔다. 집 앞에 도착한 그는 부서져라 문을 열며 외쳤다.

"벌쿤! 밥 줘! 배고파 죽겠어!"

집 안으로 들어온 뮤스의 시야로 벌쿤이 들어왔다. 그는 식사 준비를 하고 있었는지 덩치에 전혀 어울리지 않는 앞치마를 두르고 스튜 접시를 테이블에 놓고 있는 중이었다. 뮤스의 모습을 본 벌쿤은 기겁을 했다.

"형! 그 지저분한 모습을 하고 들어오려는 거야? 안 돼! 빨리 가서 씻고 와!"

하지만 뮤스는 너무나 배가 고팠기에 울상을 지으며 애걸할 수밖에 없었다.

"벌쿤, 그러지 말고 한 번만 봐주면 안 되냐?"

"안 돼! 절대 안 돼!"

“치사하게! 아무튼 이곳의 남자들은 너무 까다롭다니까.”

아무리 사정을 해도 봐줄 기미가 보이지 않자 그만 체념을 한 뮤스
는 몸을 돌려 우물로 향했다.

월드린의 집에는 향기로운 스튜 냄새가 진동을 하고 있었다. 몸을
씻고 돌아온 뮤스는 자신의 옷으로 갈아입고서 월드린, 벌쿤과 함께 식
사를 하고 있었다. 오늘도 월드린은 손을 씻지 않고 식탁에 앉은 탓에
벌쿤에게 잔소리를 들었고, 그녀는 뭐 어떠냐고 하며 그 손으로 부레열
매를 뜯고 있었다.

“아참! 뮤스, 그건 그렇고 오늘 훈련은 받을 만했어?”

하지만 뮤스는 대답을 뒤로 미룬 채 스튜를 덜어놓은 접시를 들이키
고 있었다. 그것을 다 마신 뮤스는 접시를 벌쿤에게 건네주며 불만 섞
인 말투로 이야기했다.

“벌쿤, 한 접시 더 부탁해. 그런데 그 훈련은 도대체 왜 받아야 하는
거예요?”

그가 내민 접시를 받아 든 벌쿤은 궁시렁거리며 냄비에 든 스튜를
접시에 퍼 담았고, 월드린은 손에 든 부레열매를 내려놓으며 대답했다.

“아, 그건 커크 대장님이 시킨 거야. 나는 아무 잘못도 없다고. 아무
튼 레인저들은 그렇게 야만적인 방법으로 몸을 단련시킨다니까.”

오늘 역시 거친 말투였지만 그들에게 험한 말을 하던 예전보다는 많
이 양호해진 편이었다.

“헤휴~ 오후 훈련은 어떤 것이었는지 정말 기대가 되는군요. 아,
고마워.”

벌쿤이 건넨 접시를 받아 든 뮤스는 다시금 걸신이 들린 양 허겁지

겁 먹어치우기 시작했다. 그들이 한참 식사를 하고 있을 때 문 두들기
는 소리와 함께 커크의 목소리가 들려왔다.

쿵! 쿵!

"저 커크입니다. 좀 들어가도 될까요?"

또 한 번의 식사 방해에 안면을 구긴 벌쿤이 문을 열자 양손에 무엇
인가를 잔뜩 들고 있는 커크의 모습이 보였다. 그의 모습을 보며 의아
해진 월드린은 스푼을 내려놓으며 물었다.

"들어오시는 거야 상관없지만 그 손에 들고 있는 것은 뭐죠?"

그녀의 질문을 받은 커크는 손에 든 것을 내밀며 이리저리 돌려 보
였다.

"아, 이건 뮤스 군의 가죽 갑옷이고, 이건 벌쿤 군의 가죽 갑옷이죠.
가벼운 데다가 내구성도 괜찮아서 쓸 만하거든요. 아무래도 쉴드옥토
퍼스들과 전투를 하려면 간단한 갑옷이라도 있어야 할 것 같아서요."

"아… 그렇겠군요. 하지만 뮤스의 것은 이해가 가는데 벌쿤의 것은
왜?"

하나 그녀의 질문에 의아한 표정으로 되묻는 것은 커크였다.

"벌쿤 군은 전투에 참여하지 않을 생각인가요?"

그의 말이 재미있는 농담으로 들렸는지 신나게 웃던 월드린이 겨우
자세를 바로하며 입을 열었다.

"깔깔깔! 대장님이 뭘 착각하시는가 본데요, 이곳은 유글렌 부족이
라고요. 이곳에서는 여자들이나 전장에 나가지 남자들은 집에서 살림
이나 하는 거예요."

"하, 하지만 저 엄청난 근력의 사내를 전투에서 뺀다는 것은 큰 전력
손실이라고요!"

여전히 그의 말이 웃기는지 가쁜 숨을 내쉬며 윌드린은 손을 내저었
다.

"아이고~ 웃기도 힘들다. 게다가 이 아이는 한 번도 그런 험한 일
을 해본 적이 없는 걸요?"

정작 웃음의 원인을 제공한 커크는 평범한 남성 중심의 사회에서 근
30년 간 살아온 인물이었기에 그녀의 그런 태도를 쉽게 이해할 수가
없었다.

"흠… 그럼 할 수 없죠."

이때 둘의 이야기를 듣고 있던 벌쿤이 나서며 단호한 목소리로 입을
열었다.

"커크 대장님, 저도 이번 전투에 참여하겠어요!"

돌연한 벌쿤의 말에 놀란 윌드린은 눈을 부릅뜨며 말했다.

"그게 무슨 말이니, 네가 전투에 참가하겠다니?"

"누나, 남자들도 뭔가 할 수 있다는 걸 보여주겠어. 이번 한 번만은
꼭 허락해 줘."

윌드린은 자신의 눈앞에 서 있는 남자가 자신의 말이라면 절대적으
로 따르던 동생인지 의심을 해야만 했다.

"나 정말 잘 해낼 자신 있어, 누나. 그리고 밀린 빨래도 뮤스 형이
만들어준 빨래기 덕분에 전혀 없고, 식사 준비도 다른 남자들이 이해해
줄 거야. 그러니 이번에 날 꼭 데리고 가! 응?"

뮤스는 애걸하고 있는 벌쿤을 보며 그의 행동에 감동하기보다는 속
으로 실소를 터뜨리고 있었다.

'허… 아무튼 적응이 안 된다니까.'

하지만 그의 말을 듣던 윌드린은 충분히 감동을 했는지 조용히 고개

를 끄덕였다.

"알았어. 대신 너는 이 누나 뒤만 따라다녀야 해. 알았지?"

윌드린의 허락이 떨어지자 벌쿤은 진심으로 기쁜지 빠르게 고개를 끄덕였다.

"하하! 고마워, 누나! 뮤스 형, 나도 이번에 같이 가는 거야!"

"그, 그래. 좋겠구나, 벌쿤……."

윌드린 남매가 합의를 본 듯하자 커크는 손에 든 갑옷들을 뮤스와 벌쿤에게 전해주었다.

"자, 여기 있네. 아, 그러면 벌쿤 군, 자네도 전투의 경험이 없으니 뮤스 군과 함께 훈련을 받도록 하게. 그래도 전투에 나가는데 다룰 줄 아는 무기가 하나라도 있어야 하지 않겠는가?"

"네! 알았어요, 커크 대장님. 식사 후에 뮤스 형과 함께 훈련에 참여할게요."

"후훗, 그럼 그렇게 하기로 하지. 전 이만 돌아가겠습니다, 윌드린 씨. 뮤스 군과 벌쿤 군은 나중에 훈련장에서 보자고."

커크가 인사를 하며 집을 나서자 윌드린과 뮤스는 남은 식사를 계속했고, 벌쿤은 뭐가 그리 신나는지 커크가 전해준 갑옷을 옷소매로 닦으며 실실 웃고 있었다.

식사를 마친 뮤스와 벌쿤은 가죽 갑옷을 착용하고 임시로 만든 훈련장으로 나왔다. 원래 그곳은 빅투스들을 훈련시키기 위한 장소였지만 레인저들과 연합한 이후로는 빅투스들의 훈련 대신 레인저들과 마을 여전사들의 훈련 장소로 바뀌어져 있었다. 이곳저곳에서 사람들이 요란한 기합 소리를 지르며 근력 강화 훈련을 하고 있었는데, 쉴드옥토퍼스를 교란시키기 위해 뛰어다니려면 몸이 튼튼해야 했기 때문이었다.

그들을 가로질러 뮤스와 벌쿤이 들어가자 일단의 사람들이 석궁을 들고 과녁을 향해 엎드려 있었고, 그들을 훈련시키고 있는 커크를 볼 수 있었다. 커크 역시 뮤스와 벌쿤이 걸어오는 것을 보았는지 손을 흔들며 맞아주었다.

"여! 식사는 맛있게 했는가?"

그의 질문에 잔뜩 기합이 들어간 벌쿤이 허리를 꼿꼿이 펴며 대답했다.

"넷! 맛있게 했습니다!"

"허허, 이 친구, 기합이 단단히 들어가 있군."

사람 좋은 표정으로 웃던 커크가 격려차 벌쿤의 어깨를 두들겨 주기 위해 손을 올리려 했지만, 벌쿤은 2멜리를 훌쩍 넘는 큰 키였고 커크는 1멜리 60가량의 작은 키였기에 아주 우스운 모습이 되었다. 순간 흠칫한 커크는 벌쿤의 가슴을 털며 말했다.

"무슨 먼지가 이렇게 묻었나?"

어떻게든 난처함을 만회해 보려는 커크의 노력이 가상했지만 이미 그 둘은 알아채고 말았는지 새어 나오는 웃음을 참느라 애쓰는 표정이 역력했다.

"풋… 대장님, 훈련을 시작하죠? 어떤 것부터 할까요?"

어색함에 헛기침을 하던 커크는 마침 화제를 돌려주는 뮤스에게 고마움을 느꼈다.

"흠흠, 일단 벌쿤 군의 무기부터 골라줘야 할 텐데… 석궁은 어떤가?"

커크가 자신의 허리에 매달린 석궁을 떼어 벌쿤에게 건네자 그것을 건네받은 벌쿤은 감동한 표정으로 이리저리 살펴보기 시작했다. 하지만 그를 유심히 바라보던 커크는 이상한 표정을 짓고 있었는데, 2멜리가 넘는 그가 석궁을 들고 있으니 어른이 아이들의 장난감을 들고 있는 듯한 모습이었기 때문이다.

"흠흠, 아무래도 석궁은 안 될 것 같군."

"아니, 왜요?"

의아한 표정을 짓는 벌쿤을 향해 커크를 대신해 뮤스가 나름대로 자상하게 설명해 주었다.

"네 몸 크기를 봐라. 석궁이 어울린다고 생각하는 거야?"

뮤스의 말에 자신의 몸을 훑어보던 벌쿤은 그래도 이해가 안 되는지 물었다.

"왜 안 어울리는데?"

"하하, 네가 석궁을 들고 있으니까 꼭 장난감 가지고 노는 어른 같잖아."

그제야 벌쿤도 이해를 했는지 머리를 긁적이며 석궁을 커크에게 넘겨주었다.

"그럼 전 어떤 걸 쓰면 좋죠?"

잠시 고민을 하던 커크는 자신의 머리를 쥐어박으며 말했다.

"아차차! 내 정신 좀 보게나… 그 활이 있었군!"

뭔가 기억을 떠올린 듯한 그는 레인저들이 묵고 있는 숙소로 뛰어가자 그 모습을 보던 뮤스와 벌쿤은 서로를 바라보며 어깨를 으쓱거렸다.

잠시 후 커크는 천에 싸여 있는 무엇인가를 낑낑거리며 들고 나왔다. 겨우 팔 길이만한 그것의 무게가 대단하기라도 하듯 그의 이마에는 힘줄이 한껏 솟아나 있었다. 벌쿤에게 다가온 커크는 힘에 부치는지 떨어뜨리듯 그에게 넘겨주며 말했다.

"이것을 한번 사용해 보게나. 자네라면 사용 가능할지도 모르겠군."

"이게 뭐죠?"

벌쿤은 설레이는 마음으로 커크가 건네준 물건의 천을 벗겨냈다. 그러자 활이 모습을 드러냈는데, 일반 활에 비해 유난히 짧은 반면 엄청나게 굵은 모습을 하고 있었다.

"어라? 뭐 이런 활이 있지? 이 두꺼운 활이 휘기나 한단 말이에요?"

고개를 갸웃거리며 벌쿤이 묻자 커크 역시 머리를 긁적이며 말을 받았다.

"나도 잘 모르겠네. 얼마 전 수색을 하면서 발견한 것인데 나도 이런 활은 처음 보거든? 무겁기는 엄청나게 무거운 것이… 그래서 도시로 나가는 대로 팔아 치울 생각이었지만 혹시나 해서 자네에게 줘본 것이네."

"그렇군요."

활을 이리저리 훑어보던 벌쿤은 활의 중심을 잡고 어깨 높이로 들었다. 그는 엄청난 신력 덕분으로 그 무겁기만 하던 활을 아무런 어려움 없이 들어 올리곤 오른손을 활의 시위에 가져갔다. 심호흡을 한번 해본 벌쿤은 활의 시위를 당기려 했지만 커크의 말대로 활의 시위는 움직일 생각을 하지 않았다.

"끄응!"

자존심이 상한 벌쿤이 더욱 힘을 주며 당기려 했지만 결과는 마찬가지였다. 한참을 끙끙대던 벌쿤은 결국 활을 신경질적으로 내려놓으며 말했다.

"쳇! 당기지도 못하는 활이 있다니. 이따위 것을 누가 만들었을까?"

그의 모습을 지켜보던 뮤스 역시 고개를 갸웃거리며 그 활을 살펴보기 시작했는데, 그의 날카로운 눈빛이 활을 한번 훑자 그 신비를 벗겨내기라도 한 듯 고개를 끄덕이며 말했다.

"이것은……."

"형, 뭐라도 알아냈어?"

"혹시 떡방아가 아닐까? 이렇게 하는 거 말이야!"

쿵! 쿵!

실실 웃으며 활로 땅을 찧는 뮤스의 모습을 본 벌쿤과 커크가 동시에 한숨을 쉬었다. 옛 생각이라도 하는지 무엇인가에 심취해 땅을 떡방아 때리듯이 때리던 뮤스는 순간 손가락 끝이 그 활의 한 부분으로 들어가는 것을 느꼈다.

"어라? 이건 뭐지?"

이 변화를 자세히 살피던 뮤스는 움푹 들어간 곳을 더욱 힘을 주며 밀어 넣었다. 그러자 짧던 활의 양 옆쪽이 돋아져 나오면서 원래 길이의 세 배나 되는 활의 모습으로 변해 있었다. 뜻밖의 변화에 놀라며 활의 아래위를 살펴보던 그는 고개를 가볍게 끄덕이며 웃었다.

"오호라! 접어서 사용하는 활이었군. 어디 보자… 안쪽은 세밀한 톱니로 이루어져 있고 용수철 작용으로 파괴력을 가중시켰군. 대단한걸? 돋아져 나온 부분의 재료는 굉장한 탄성을 가진 것이고……."

뮤스는 아무래도 직업을 숨길 수는 없는지 그 신기한 화살의 구조에 대해 풀이를 하기 시작했다. 하지만 그의 행동에는 전혀 관심없이 활의 변화에만 관심을 가지고 있던 벌쿤과 커크는 뮤스가 들고 있는 활을 살펴보며 탄성을 내질렀다.

"허… 이런 활이었다니……."

“와! 역시 뮤스 형은 대단해! 이런 것을 알아내다니.”

벌쿤이 놀라는 소리를 듣고서야 정신을 차린 뮤스는 손에 들려 있는 활을 벌쿤에게 건네주며 말했다.

“후훗, 아무튼 이걸 당겨봐. 네게 정말 딱 맞겠는데?”

“웅! 알았어.”

뮤스에게서 활을 건네받은 벌쿤은 활을 들어 올리며 활시위에 손을 가져가 다시 손가락에 힘을 주어 시위를 당겼다. 그러자 활의 양쪽이 조금씩 휘면서 활의 시위가 당겨지기 시작하는 것이었다.

“오오…….”

끼기기긱—

벌쿤이 활의 시위를 끝까지 당긴 후 손가락을 놓자 요란한 공기 찢는 소리를 내며 튕겨졌다.

피융!

시위가 제자리로 돌아온 후에도 활의 양 끝은 계속해서 떨리고 있었지만 벌쿤의 악력이 대단해서인지 그의 팔만큼은 움직이지 않고 있었다. 그 모습을 보던 커크는 손뼉을 쳤다.

“이것 정말 대단하군! 활도 대단하지만 그것을 당겨내는 사람이 있을 줄이야!”

“하하, 뭐 이런 것 가지고…….”

커크의 칭찬에 쑥스러워진 벌쿤이 머리를 긁적이자 뮤스 역시 고개를 끄덕이며 웃어댔다.

“하하, 정말 대단했어. 그 정도면 엄청난 위력을 발휘하겠는걸? 아참, 화살은 어떻게 하죠?”

“글쎄… 일반 나무 화살이면 오히려 힘에 밀려 위력이 반감할 테고… 어떻게 한다?"

커크가 고민을 하기 시작하자 뮤스가 벌쿤의 등을 치며 말했다.

"이 형이 직접 만들어주도록 하지. 기대하라고!"

"에? 형이 직접?"

"그렇다니까. 아직도 이 형을 못 믿냐?"

"아냐, 형! 믿어!"

커크가 끼어들며 말했다.

"그렇다면 대강 됐군. 이제 뮤스 군이 훈련을 해야 할 텐데……."

자신의 차례가 왔음을 깨달은 뮤스는 팔을 이리저리 휘두르며 물었다.

"뭘 하면 되죠?

"음, 어디 보자… 어이, 리온! 이쪽으로 와보게나."

석궁 훈련장을 둘러보던 커크는 그곳에 엎드려 석궁을 손질하고 있는 사내를 불렀는데, 20대 중반의 나이로 짧은 금발 머리의 잘생긴 남자였다. 사실 레인저들에게는 긴 머리가 불편하기 때문에 대부분이 짧은 머리였지만, 이 사내는 보통보다 더 짧은 머리를 하고 있었기에 더욱 눈에 띄었다. 그 때문인지 상당히 차가운 느낌이 드는 자였다. 커크의 부름에 석궁을 땅에 내려놓은 그는 몸을 일으켰는데, 뮤스와 비슷한 정도의 보통 키였다. 그가 다가오자 커크는 뮤스에게 인사를 시켰다.

"뮤스 군, 인사하게. 레인저 중 석궁 솜씨가 가장 좋은 친구일세. 리온, 자네도 인사하게. 뮤스 군이지. 작전 회의 시간에 들어서 알 것이네."

"안녕하세요? 뮤스라고 해요. 잘 부탁드립니다."

뮤스가 웃으면서 인사를 했지만 리온이라는 사내는 냉랭한 표정으로 고개만 살짝 끄덕일 뿐이었다.

"뮤스 군, 자네가 이해를 하게나. 이 친구가 조금 무뚝뚝하긴 하지만 나쁜 친구는 아니니까."

커크의 이야기를 들은 뮤스는 고개를 끄덕였다.

"자, 그럼 벌쿤 군은 나와 함께 나무로 만든 화살로 활 연습이나 하러 가세나. 그리고 리온, 자네도 뮤스 군을 잘 가르치게나."

"형, 그럼 수고해!"

벌쿤은 드디어 훈련이 시작되었음이 즐거운지 커크의 뒤를 재빠르게 따라갔고, 리온과 함께 남은 뮤스는 그의 얼굴을 바라보며 무엇인가 말해 주기를 기다렸다. 하지만 리온은 입 한번 뻥긋하지 않고 손가락을 까딱이며 따라오라는 신호를 했다.

"아, 네……."

조금 기분이 나빠질 수도 있는 상황이었지만 그들이 하는 일의 특성상 그런 성격이 생길 수도 있음을 알았기에 큰 신경을 쓰진 않았다. 리온은 자신의 석궁이 놓여진 자리에 엎드렸고, 옆 자리를 손으로 치며 그곳에 뮤스더러 엎드리라고 했다. 말 한마디 없이 그가 시키는 대로 하던 뮤스는 답답함을 느꼈는지 몸을 뒤이며 물었다.

"말을 한마디도 안 하실 작정이에요?"

그의 물음에 리온은 손가락을 자신의 입으로 가져가며 들릴 듯 말 듯한 목소리로 말했다.

"쉿! 저격수들은 첫 번째 조용해야 한다. 숨도 조심스럽게 쉬어."

그제야 그가 입을 열자 뮤스는 그가 말을 하지 않는 이유를 이해하곤 고개를 끄덕였다.

"그럼 그 무기를 꺼내봐."

처음 보는 사이에 리온은 반말을 했지만 그의 분위기와 잘 어울렸기에 그것이 반말인지 느낄 수도 없었다. 뮤스는 가방에서 전뇌지자총통을 꺼내 리온에게 쥐어주었다. 그것을 받아 든 리온은 그 모습에 신기함을 느꼈는지 딱딱한 표정이 조금 변했다.

"반동은?"

"네? 반동이라뇨?"

리온이 낮은 목소리로 말을 하자 뮤스 역시 자신도 모르게 목소리를 낮추고 있었다.

"쏠 때 반동이 얼마나 생기느냔 말이지."

"아… 거의 없어요."

"좋군."

살펴보는 것이 끝났는지 전뇌지자총통을 다시 뮤스에게 돌려준 리온은 멀리 세워진 둥근 과녁을 가리키며 손가락으로 쏘는 시늉을 했고, 그것이 쏴보란 말이라는 것을 알아들은 뮤스는 고개를 끄덕이며 뇌공력을 손에 모은 채 팔을 뻗어 과녁을 겨냥했다.

"후우……."

숨을 한차례 몰아쉰 뮤스는 손에 모아둔 뇌공력을 흘려 전뇌지자총통을 발사했다. 하지만 어두운 훈련장을 순간적으로 밝히며 발사된 광채는 과녁을 맞히기는커녕 과녁을 지나 그 옆에 있는 굵직한 나무를 맞혀 버렸다. 잠시 후 과녁 옆에 서 있던 굵직한 나무는 몸통의 무게를 못 이겼는지 마치 꺾인 갈대마냥 쓰러져 버렸다.

쿠쿵!

뮤스가 과녁을 못 맞힌 부끄러움에 인상을 쓰며 리온을 바라보고 있을 때, 리온은 눈동자를 떨며 쓰러져 있는 나무를 바라보고 있었다.

"이, 이럴 수가… 설마 했는데 이 정도일 줄이야……!"

그는 조용히 말하라던 자신의 말조차 잊었는지 일반 사람들과 같은 크기의 목소리를 내며 감탄하고 있었다.

"저… 리온 씨, 이제는 어떻게 하죠?"

리온은 아직도 자신의 눈을 의심하는지 두 눈을 비빈 후 다시 바라보았지만 별로 달라진 점이 없자 뮤스를 바라보며 입을 열었다.

"그것을 잠시 나에게 줘봐."

뮤스는 전뇌지자총통을 리온에게 건네줬다. 그것으로 과녁을 겨냥해 보던 리온은 이제는 놀란 마음을 바로잡았는지 처음과 같이 나직한 소리였다.

"겨눔쇠를 만들어야겠어."

혼잣말로 중얼거린 리온은 부츠 부근에서 칼을 꺼내어 전뇌지자총통 총신의 윗부분을 깎아내기 시작했는데 나무로 만든 부분이라서 그런지 어려운 점은 없어 보였다. 그는 깎아내고 겨누어 보고를 몇 번하더니 이내 고개를 끄덕였고, 그것을 뮤스에게 돌려주며 말했다.

"그 위에 깎아놓은 것을 겨눔쇠라고 하지. 뒤에 깎인 요철 모양 사이에 앞쪽의 겨눔쇠를 위치하게 겨냥하고 그 위로 맞힐 대상을 두는 거야. 한번 해봐."

나름대로 이해를 한 뮤스는 리온이 설명해 준 대로 과녁을 향해 겨누었다. 다시 한 번 손으로 뇌공력을 모은 그는 전뇌지자총통으로 그것을 흘렸고, 뇌공력을 공급받은 전뇌지자총통은 광채를 쏟아냈다. 이번에는 좌우의 겨냥은 맞았지만 과녁의 위쪽을 지나쳤다. 이로 인해 과녁의 뒤에 서 있던 애꿎은 나무 하나가 더 넘어가 버렸다. 그 모습을 보던 리온은 미간을 찌푸렸다.

"겨눔쇠의 바로 위에 과녁을 둬야 한다."

"하지만 저 먼 거리에 있는 과녁이 잘 보이지가 않아요. 게다가 어둡기까지 하고."

뮤스가 불만을 털어놨지만 리온은 억양의 변화조차 없이 냉정하게 말했다.

"과녁까지의 거리는 겨우 40멜리, 네가 쉴드옥토퍼스에게서 안전한 거리는 50멜리 이상! 그리고 과녁의 지름 30셀리, 쉴드옥토퍼스의 눈 20셀리! 지금 네 실력이면 딱 죽기 알맞지."

그의 말을 들은 뮤스는 더 이상 할 말이 없었기에 아무 말 없이 전뇌지자총통으로 과녁을 조준했다. 그때 리온이 그의 전뇌지자총통의 총신 부분을 잡았다.

"내가 하는 것을 잘 봐."

그의 행동에 뮤스는 전뇌지자총통을 내리며 그의 석궁을 바라보았다. 화살을 장전한 석궁의 시위는 팽팽하게 당겨졌고 리온의 두 눈은 어둠 속에서도 빛이 나고 있었다.

"쏘기 전에는 숨을 들이쉬며 참는다. 그래야 잔떨림이 없어져."

뮤스에게 주의를 준 리온은 다시 입을 다물며 조심스럽게 석궁의 방아쇠를 당겼고 그와 함께 바람 가르는 소리가 들리며 석궁의 화살이 발사되었다. 급히 고개를 돌려 과녁을 본 뮤스는 과녁의 정중앙을 꿰뚫은 화살을 볼 수 있었는데, 약 2셀리 정도 되는 중심의 동그라미를 화살이 가득 메우고 있었다. 그의 솜씨에 감탄한 뮤스는 박수를 치며 탄성을 질렀다.

"이야~ 정말 대단해요. 그런데 석궁으로 그 녀석의 눈을 맞히면 안 되나요?"

뮤스의 질문에 리온은 석궁을 내려놓으며 말했다.

"그 녀석의 눈은 우리 같은 점막이 아니지. 석궁을 가지고는 상처도 내지 못해."

의문이 풀린 뮤스는 고개를 돌려 과녁을 바라보았고, 또다시 전뇌지 자총통으로 그곳을 겨냥했다.

한편 커크는 벌쿤과 함께 마을의 변두리로 자리를 옮겼다. 석궁은 초보자들도 일정 이상의 명중률을 가지지만 활이라고 하는 것은 그것보다 명중률이 현저히 떨어졌기 때문이다. 게다가 활이라는 것을 처음 만져 본 벌쿤에게는 무슨 일이 일어날지 몰랐기에 사람이 없는 한적한 곳을 찾았던 것이다. 주변을 둘러보던 커크는 이 정도면 됐다 싶었는지 손에 들린 화살 중 한 대를 벌쿤에게 건네주었다.

"이곳이라면 연습하기에 딱 알맞군. 지금은 연습이니 이 촉없는 나무 화살들로 연습하도록 하지."

커크가 건네준 화살은 보통 화살보다 두 배는 길었고 꼬리 부분에 깃이 달리긴 했지만 촉이 없는 것이었다. 그 이유는 일단 철로 만들어지는 촉을 아끼기도 하고 이러는 편이 안전했기 때문이다.

"일단 자네 누나가 활을 쏘는 것을 많이 봐왔을 테니 한번 자세를 잡아보게나."

"그러죠 뭐."

벌쿤이 왼쪽 손에 활을 든 후 팔을 쭉 뻗었는데 장신인만큼 팔의 길이도 길었다. 그 모습을 본 커크는 고개를 끄덕이며 말했다.

"폼은 좋지만 다리는 앞뒤로 조금 더 벌려서 중심을 맞추고 얼굴은 조금 더 세우게나. 좋아, 좋아."

커크의 말대로 몸을 고치긴 했지만 벌쿤은 지금의 자세가 영 어색한 듯했다.

"이거 엄청 불편한데요?"

"아직 익숙해지지가 않아서 그렇지만 처음이니 자세를 교정하기는 쉬울 걸세. 그런 다음 화살을 대고 시위를 먹이게나. 당길 때는 숨을 들이쉬고 쏘기 전에는 숨을 멈추는 거지. 그렇게 몸이 고정됐다 싶으면 시위를 먹인 손가락을 뒤로 빼면서 놓는 거야. 한번 해보게나."

"알았어요."

벌쿤은 커크의 말대로 화살을 시위에 먹이며 숨을 들이쉬었는데 가슴의 기복이 심하지 않도록 조심스러웠다. 그리곤 자신이 정한 목표를 향해 조준을 하며 숨을 멈췄고, 이어 됐다 싶었는지 당겼던 시위를 놓았다.

피융!

시위를 떠난 화살은 순식간에 표적까지 도달했는데, 촉이 없었는데도 불구하고 화살은 보기 좋게 나무를 꿰뚫었다.

"대, 대단하군."

그의 옆에서 놀라는 커크보다 더욱 놀란 것은 벌쿤 자신이었다. 매일 빨래와 설거지만 하던 자신의 손을 내려다보며 이 굉장한 파괴력에 대해 얼떨떨한 표정을 지었다. 그런 그에게 커크가 다가오며 어깨를 두들기려 했지만 아까의 일을 생각하며 등을 두들겼다.

"자네, 정말 자질이 대단한걸? 근력도 대단하고, 몸도 좋고, 집중력 역시… 비결이 도대체 뭔가?"

커크의 말을 들으며 자신의 비결을 생각해 보던 벌쿤은 손가락으로 이마를 긁으며 말했다.

"비결이라… 비결이라면… 빨래를 하면서 단련된 어깨와 설거지를 하면서 쌓은 집중력. 사실 제 넓적한 손으로 설거지를 하려면 여간 힘든 것이 아니거든요. 툭하면 깨져 버리니."

벌쿤의 어이없는 비결을 듣던 커크는 손을 내저었다.

"아, 아니, 그만 말해도 되네. 계속해서 연습이나 하자고."

"네, 그러죠 뭐."

커크에게서 화살을 한 대 더 받아 든 벌쿤은 다시금 활시위를 먹여 목표를 겨냥했다. 그를 바라보고 있던 커크는 그런 그가 든든하기만 했다.

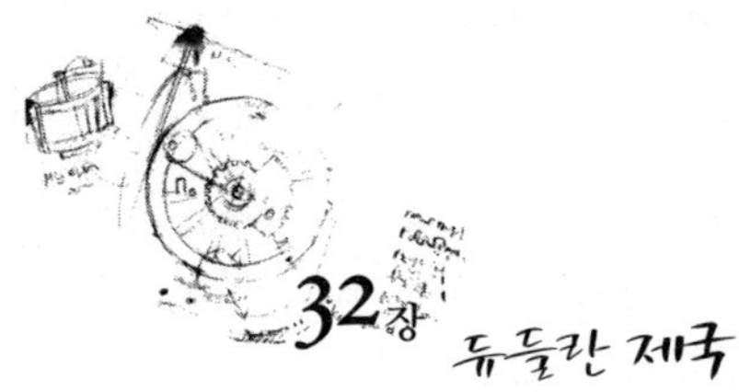

이곳은 대륙의 양대 대국인 도이첸 제국과 듀들란 제국의 국경선. 드넓은 대지에 장정의 허리춤까지나 올라올 잡초들이 무성하게 자라나고 있었다. 양국 간의 국경선인만큼 그 누구의 접근조차 금해지고 있는 이곳에 지금 검은 옷의 인영이 움직이고 있었다.

촤락— 촤락—

상당히 지쳐 있는지 발걸음이 무거워 보이는 그는 무성한 잡초조차 헤쳐 나가기 힘겨워 보였다. 잠시 몸을 멈춘 후 재빠르게 고개를 돌려 사방을 쓸어본 그는 아무것도 눈에 띄지 않자 허리를 숙이며 무성한 잡초들 사이에 몸을 숨겼다.

"헉… 헉… 이런 제길!"

인영은 가쁜 숨을 몰아쉬며 알 수 없는 누군가를 향해 거친 말을 쏟아내고 있었는데 그것은 도이첸 어도, 그렇다고 듀들란 어도 아닌 생소

한 것이었다. 초라하기 그지없는 낡은 후드로 얼굴을 가렸기에 그의
생김새는 알 수 없었으나 키는 약 180셀리가량이었고, 떡 벌어진 어깨
가 단단해 보였다. 그는 어깨에서부터 허리까지 가로 메고 있던 짐에
서 무엇인가를 꺼내보며 중얼거렸다.

"후우… 더 북상해야 하는 건가? 그들이 왜 나를 쫓는 거지? 이곳이
와서는 안 될 곳이라도 되는 건가? 후우… 통신도 두절되고 일행들도
모두 목숨을 잃었으니 이제 어떻게 한다……."

검은 인영이 한숨을 쉬며 탄성을 내쉬고 있을 때 그의 등 뒤에서는
수풀 가르는 소리가 들려왔다.

촤락— 촤락—

후드로 얼굴을 가린 덕에 어떤 표정을 짓고 있는지 알 수 없던 검은
인영은 소리에 귀를 기울인 채 왼쪽 허리춤에 매달려 있는 금속 대롱
에 손을 가져갔다.

"제기랄! 벌써 이곳까지 온 것인가?"

욕지거리를 내뱉고서 금속 대롱을 손에 든 그는 가루와 쇠 구슬을
꺼내 그 안으로 밀어 넣은 후 조금 긴 막대로 그 위를 눌러 다졌다.

"아무래도 여러 명은 무리이다. 수가 몇이나 될지……."

나직한 목소리를 흘리던 그는 왼쪽 허리춤에 달려 있던 갈다란 나무통
을 꺼내 들었다. 그것은 뮤스가 만든 천체만리경과 비슷한 모양이었지
만, 눈을 대어 보는 곳은 나무통의 위쪽으로 달리 붙어 있었다. 그것을
수직으로 세우고 안을 바라보자 신기하게도 그의 등 뒤로 다가오는 추격
자들이 보이고 있었다. 한 손에는 창을, 또 다른 한 손에는 나무 방패를
들고 있는 모습을 보니 훈련을 제대로 받은 어떤 국가의 병사들이었다.

"여섯 명이라… 아무리 봐도 훈련이 잘되어 있는 병사들 같군. 말이

라도 통한다면 항복할 수도 있으련만… 언어 해독기로 말을 하려 한다
해도 저들이 그 시간 동안 기다려 주지도 않을 것이다. 그렇다면 직접
두들겨 보는 수밖에."

심호흡을 한번 한 그는 손에 들린 금속 대롱을 들고 재빨리 일어서
자신을 뒤쫓는 인영들을 바라보고 섰다.

"앗! 저기다!"

"저 녀석을 잡아라!"

듀들란 어로 급하게 외치던 그들은 손에 든 창을 앞세우며 몸을 움
직였고, 그 모습을 바라보던 인영은 손에 든 금속 대롱으로 그중 한 명
을 향해 겨냥했다.

땅!

손에 들린 금속 대롱에서 불꽃을 뿜으며 굉음이 터져 나갈 때 그를
향해 달려오던 병사들 중 한 명이 공격 마법에라도 격중당한 듯 쓰러져
버렸고, 놀란 병사들은 두 눈을 부릅뜨며 자신의 동료를 바라보았다. 하
지만 전투 중에 동료가 죽는 일 정도는 이미 일상이 되어버린 그들이었
기에 다시 정신을 회수하며 손에 든 창을 더욱 힘을 주어 꼬나 쥐었다.

"다들 조심해! 저 녀석이 강력한 마법을 쓴다!"

이미 동료를 한 명 잃은 병사들이 처음과는 생각을 달리했는지 조심
스럽게 다가가자 인영은 연기가 나는 대롱을 손에서 떨어뜨리며 주먹
을 불끈 쥐었다.

"이렇게 된 이상 뇌동체술법으로 상대하는 수밖에."

놀랍게도 지금 그의 입에서 뇌동체술법이라는 단어가 흘러나오고
있었다. 그 순간 옷 밖으로 드러난 살에서 금색의 빛줄기가 일렁인다
싶더니 재빨리 몸을 움직여 자신을 쫓던 자들에게로 향했다.

"핫!"

갑작스럽게 태도를 바꾼 그의 행동에 주춤하던 병사 둘은 창을 들어 그의 행동을 저지하려 했지만 워낙 빠른 속도로 질러오는 그의 주먹에 복부가 답답해짐을 느껴야만 했다.

퍽! 퍽!

"헉!"

"크큭!"

하지만 이들 역시 놀고만 있던 허수아비가 아니었기에 뒤쪽에 있던 자들은 굵은 나무로 만들어진 방패를 가슴 쪽으로 끌어당기며 인영의 재빠른 공격을 막아냈다. 자신의 공격이 무위로 돌아가자 헛바람을 집어삼킨 그는 몸을 뒤로 빼며 병사들의 공격 범위에서 벗어나려 했다. 하지만 병사들 역시 공격 후의 빈틈을 노리고 있었는지 비어 있는 옆구리를 향해 창을 찔러 넣었다.

"헉!"

창이 자신의 옆구리를 노리고 들어오는 것을 본 인영은 놀라며 몸을 비틀어 치명상은 막을 수 있었지만, 오른팔에 기다란 상처가 나고 말았다. 가까스로 병사들의 공격 범위에서 벗어난 그는 오른손을 쥐었다 폈다 하며 상태를 살펴보았다. 출혈이 심해 힘이 조금씩 빠져나가는 것이 느껴졌다.

"헉… 겨우 두 놈을 때려눕히고 힘이 빠져 버리다니……."

그의 중얼거림을 듣던 병사들은 긴장감을 풀지 않은 채 동료들에게 말했다.

"이봐, 저 녀석이 뭐라고 하는 것이지?"

"나도 도이첸 어는 못 알아들어."

둘의 이야기를 듣고 있던 한 병사가 신음성을 흘렸다.

"흠, 저건 도이첸 어가 아니야."

"자넨 이곳에 오기 전에 언어학에 능했다고 했었지?"

동료 병사의 질문에 고개를 끄덕이며 자신의 앞에 서 있는 인영을 바라보고 있었다. 잠시 대치 상태가 지속되자 인영은 일말의 기대로 허리 뒷춤에서 달랑거리는 물건에 손을 가져갔다. 그의 행동에 놀란 병사들이 그에게 창을 겨누며 위협하자 당황한 그는 천천히 그 물건을 들어 올리며 위험한 물건이 아님을 확인시켰다.

"제발 이들이 알아들어야 할 텐데……."

자신이 꺼내 든 물건의 윗부분을 바라보자 그곳에는 놀랍게도 한문으로 된 문자가 나타나 있었다.

─이봐, 저 녀석이 뭐라고 하는 것이지.

─나도 도이첸 어는 못 알아들어.

─저건 도이첸 어가 아니야.

─자넨 이곳에 오기 전에 언어학에 능했다고 했었지.

그 글들을 읽어보던 인영이 그 물건을 향해 중얼거리자 잠시 후 듀들란 어가 그 물건으로부터 흘러나오는 것이었다.

"날 왜 뒤쫓는 것이오?"

이상한 상자에서 말이 흘러나오자 병사들이 놀라 뒷걸음치며 외쳤다.

"다가오지 마라! 그 후드를 벗어서 정체를 드러내라!"

다시 손 위의 물건에 나타난 문자를 읽은 그가 고개를 끄덕이며 얼굴을 가리고 있던 후드를 걷어내자 그 속에서 한 30대 후반 정도 됨 직한 남성의 모습이 나타났다. 놀랍게도 그는 장영실이었다. 그동안 상당한 고초를 겪었는지 그는 조선에서의 모습과는 다르게 초췌했고, 다

듣지 못한 수염이 여기저기로 엉클어져 있었다. 그의 모습을 보던 병사들이 고개를 갸웃거리며 물었다.

"당신은 도이첸 제국의 사람이 아닌가?"

그 물음에 손에 든 물건과 병사를 번갈아 바라보던 장영실은 조심스럽게 말했다.

"내 손에 든 것은 언어해독기라고 하오. 나는 이곳의 말을 못하기 때문에 이것을 거쳐야만 대화를 나눌 수 있소. 그리고 나는 도이첸 제국인가 하는 곳과는 전혀 상관없는 사람이오. 그러니 제발 날 그냥 두시오."

그의 말을 듣던 병사 중 한 명이 기가 막힌다는 표정을 지으며 언성을 높였다.

"우리의 동료를 해치고도 난 상관없으니 보내달라고? 내 손으로 동료의 원수를 갚겠다!"

그가 흥분하며 창을 겨누자 그의 옆에 있던 동료는 창을 막아서며 무겁게 말했다.

"일단 우리는 이자를 상부에 보고해야 한다. 동료가 죽은 것은 언제나 각오하고 있는 일이다. 참아라."

이들의 대화를 언어해독기를 통해 듣고 있던 장영실은 나직한 감탄사를 내뱉었다.

"흠……."

'굉장히 잘 키운 병사들이다. 이들만 보더라도 속해 있는 국가가 얼마나 튼튼한 국가인지 알 수 있겠군. 조선도 이런 점을 본받으면 좋을 텐데…….'

자기들끼리 의견을 주고받던 병사들은 결정을 내렸는지 장영실을 향해 조심히 다가와 말했다.

"몸에 있는 무기들을 모두 내려놓고 그 손에 든 물건만을 소지하도록! 너는 우리와 함께 본부로 돌아간다."

고개를 끄덕인 장영실은 몸에 지닌 물건을 남김없이 내려놓았고, 더 이상 아무것도 소지하지 않았음을 확인한 병사들은 소지품을 회수한 후 그를 묶어 자리를 떴다.

똑… 똑…….

어둡고 습기 찬 공간, 물방울 떨어지는 소리가 규칙적으로 울려 퍼지고 있었다. 어두운 내부를 밝혀주는 것은 기름을 잔뜩 먹인 횟불 몇 개가 다였고 굵직한 쇠창살이 공간과 공간 사이를 나누어주고 있었다. 검은 옷을 입은 한 사내가 차가운 돌벽에 등을 기댄 채 허공을 응시하고 있었다.

"후우… 아직 명신이도 찾지 못했고 조선으로 돌아갈 일은 더욱 막막하기만 하니 도대체 이게 무슨 꼴이란 말인가."

그는 바로 듀들란 제국의 병사들에게 붙잡혀 온 장영실이었다. 이제 유일하게 그가 의지할 수 있는 것은 손에 들려 있는 언어해독기밖에 없었기에 더욱 자신의 신세가 처량하게만 느껴졌다.

철컹!

바깥쪽의 쇠창살이 열리는 소리가 들리며 그림자가 움직이고 있었다. 누군가가 자신이 있는 곳으로 다가옴을 느낀 장영실이 허공에서 시선을 돌려 자신을 가두고 있는 쇠창살 밖을 바라보자 수하들을 이끌고 두 명의 인물이 걸어오고 있었다. 한 명은 고위직의 군인인지 제복인 듯 보이는 딱딱한 옷을 걸치고 있었고, 또 다른 한 명은 유약한 듯한 모습임에도 사람을 이끄는 기운이 풍기는 인물이었다. 그들을 지켜보던 장영실은 짐작하고 있는 바라도 있는지 허탈한 웃음을 지었다.

"드디어 내 운명이 결정되어지는 것인가? 후훗… 이국 땅에서 죽는 것도 서러운데 다른 세계라니……."

나직이 중얼거리던 장영실과는 무관하게 쇠창살이 열리며 두 사람이 들어와 그의 생김생김을 살펴보기 시작했다. 한참 동안을 그렇게 살펴보던 두 인물은 서로를 바라보며 고개를 살며시 끄덕이더니 유약하게 보이는 인물이 걱정스러운 표정으로 입을 열었다.

"몸은 괜찮은가? 나는 듀들란 제국의 재상 각하를 보필하는 게하임이라고 하네. 재상께서 당신을 만나보고 싶어하셔서 이렇게 찾아오게 되었네. 듣자 하니 우리 제국의 언어를 못하지만 그 손에 든 것으로 이야기할 수 있다고 하던데 사실인가?"

손에 든 언어해독기를 바라보고 그 뜻을 알아들은 장영실이 고개를 끄덕여 보였다. 장영실의 말 또한 언어해독기를 통해 듀들란 어로 통역되어졌다.

"그렇소. 이 기계로 당신들과 대화를 할 수 있소."

"오오, 정말 신기하군."

"근데 나를 어떻게 할 작정이오?"

"그것은 재상 각하를 만나보면 알게 될 것이야. 대장, 이자를 풀어주게. 나와 함께 수도로 간다."

그의 명령을 받은 대장은 뒤에서 대기하고 있는 수하들에게 눈짓을 했고, 병사 몇 명이 들어와 장영실을 묶고 있는 줄을 잘랐다. 몸을 움직여 상태를 살펴보던 장영실이 오른쪽 팔에 생긴 상처에 눈을 돌려보니 그 상처는 치료를 하지 않은 상태로 방치되어 있어서인지 구더기가 들끓고 있었다. 그것을 본 게하임은 인상을 찌푸리며 수하들에게 말했다.

"이자를 치료해 주도록. 이런 모습으로 재상 각하를 만나뵌다면 안 좋을 테니."

"넷!"

짧게 대답한 수하들은 한시라도 지체하면 큰일이라도 나듯 서둘러 장영실의 상세를 살펴 능숙하게 치료를 하기 시작했다. 조금의 시간이 흘러 모든 치료가 끝나자 게하임은 그의 상처 부위를 살펴보며 만족한 웃음을 지었다.

"자, 이만 날 따라오게나."

고개를 끄덕인 장영실이 게하임의 뒤를 따라나서며 자신이 갇혀 있던 감옥의 구조를 둘러보곤 그 복잡하기 이를 데 없는 구조에 질려 고개를 가로저었다. 감옥의 밖으로 나오니 햇살이 장영실을 반겨주고 있었다. 하지만 오랜 시간을 어두운 감옥에서 지냈기에 햇살에 적응할 수 없어 똑바로 쳐다보지 못하고 눈살을 찌푸려야만 했다. 아무런 말 없이 게하임의 뒤를 따라가던 장영실은 조금의 시간이 지나서야 빛에 적응했는지 사방의 건물들을 볼 수 있었다. 이곳에 올 당시만 해도 정신을 잃은 상태였기에 아무것도 볼 수 없었는데, 내심 이 세계에 와서 도시 한번 보지 못하고 죽을 뻔했던 생각을 하니 우습기까지 했다.

'음… 대단히 신기한 양식의 건물들이군.'

한참을 그렇게 걷던 장영실은 게하임의 발이 멈추는 것을 느꼈다. 그가 멈춰 선 곳을 바라보자 지금까지 구경해 왔던 건물과는 상대도 안 될 정도의 웅장한 건물이 그 위용을 드러낸 채 서 있었다.

"허, 이런 굉장한 규모의 건물이군."

장영실이 그 건물에 정신을 빼앗겨 자신도 모를 감탄성을 흘리고 있을 때 게하임의 목소리가 들려왔다.

"이곳에서 오늘은 묵고 내일 떠날 생각이네. 재상 각하께서 당신에게 특별 대우를 해주시는 것이니 다른 생각을 갖지 않는 게 좋을 것일세."

고개를 한번 끄덕인 장영실이 건물의 내부로 걸어 들어가자 밖에서 보던 것보다 더욱 웅장한 내부가 그를 기다리고 있었다. 벽을 가득 채우고 있는 독특한 양식의 벽화와 바닥을 수놓고 있는 색색의 광석들, 실내를 밝히는 수십 개의 샹들리에…….

"역시 내부도 규모에 걸맞는군."

입구에서 조금 더 들어가자 거대한 탁자를 사이에 두고 손님들을 기다리는 점원들이 보였다. 그 점원에게 다가간 게하임이 주머니에서 사자 모양이 양각으로 새겨진 패를 내밀자 그것을 본 점원들은 급히 머리를 숙이며 쩔쩔매기 시작했다. 하지만 게하임은 이런 반응에 익숙한지 느긋한 말투로 입을 열었다.

"이곳의 특실 두 개를 비워주게."

"넷! 재상대리!"

장영실을 향해 한번 웃어 보인 게하임은 그를 이끌고 안내를 받으며 층계를 올라갔다. 3층에 당도하자 아름답게 꾸며진 홀과 그 홀을 둘러싼 여섯 개의 큰 문을 볼 수 있었다. 그들을 안내해 온 점원이 문을 열자 고급스럽게 꾸며진 방이 장영실의 눈에 들어왔다.

"이 방입니다, 재상대리님. 또 다른 손님 분은 방 안쪽의 문을 통해 옆방으로 들어가시면 됩니다. 일행이시라면 그러는 편이 편하시지요."

비록 편하다라는 말로 미화를 시켰지만 장영실은 자신이 도망가지 못하도록 취한 조치임을 알았기에 쓴웃음을 지을 수밖에 없었다. 게하임이 손으로 방을 가리키며 고개를 끄덕였다.

"자, 들어가지. 그리고 점심은 방으로 보내거라."

"네! 재상대리!"

안내자가 문을 닫고 나가자 장영실은 방 안의 곳곳을 둘러보며 나직한 탄성을 내질렀고, 게하임은 술잔에 술을 채우며 입을 열었다.

"자네 이름은 뭔가? 이름이라도 알아야 부를 것 아닌가?"

물음에 뒤돌아본 장영실은 가슴을 활짝 펴며 말했다.

"공학자 장영실이라고 하오!"

장영실의 목소리는 언어해독기를 통해 흘러나온 것이기는 했지만 자부심이 한껏 깃들어 있는 말투였다.

"공학자? 그것은 또 뭔가?"

"설명을 하자면 굉장히 길 것이오."

그의 말을 듣던 게하임은 손을 내저었다.

"아아, 길다면 하지 말게. 긴 이야기는 골치 아프거든. 그렇지 않아도 재상 각하와 대화를 너무 많이 해서 죽을 지경인데 여기까지 와서 그러기는 싫다네."

자신의 신세 한탄을 잠시 한 게하임은 손에 들린 잔을 입으로 가져가며 말했다.

"재상 각하께서 자네가 가지고 있던 무기에 관심을 가지고 계시다네. 물론 직접 만나면 자세한 이야기를 해주시겠지만 귀띔이라도 해줘야 할 것 같아서 말일세."

그제야 장영실은 재상이라는 사람이 자신을 찾는 이유를 대강이나마 눈치 챘는지 답답한 한숨을 내쉬고 있었다. 그의 반응을 살피던 게하임이 계속 말을 이었다.

"혹 그것을 자네가 만들어낼 수 있는가? 아차! 잊은 것이 있는데, 자네는 이 국가의 영토를 무단으로 침입한 자일세. 그 자리에서 즉결 처형당하더라도 하등 이상할 것이 없는 죄인이지. 잘 생각해 보고 대답하게나."

한마디로 말해 쓸모가 없으면 목숨이 위태롭다는 말이었다. 한참을 생각해 보던 장영실은 공학자로서 살상 무기를 만드는 것이 내키지 않았으나 이 세계 어디인가에서 헤매고 있을 명신의 얼굴이 떠오르자 고개를 끄덕일 수밖에 없었다.

"호오! 그것 정말 듣던 중 반가운 소리이군."

활짝 웃어 보인 게하임은 기분이 좋아졌는지 남은 술을 들이키며 방 끝에 달려 있는 문을 가리켰다.

"저쪽이 자네 방일세. 안에 있는 음식들은 마음껏 즐기게나. 자네는 지금부터 국빈의 예우를 받을 테니."

한숨을 한번 쉬어 보인 장영실은 그가 가리킨 방문으로 발걸음을 옮겼다. 그의 머리 속은 지금 이순간 복잡한 생각들로 어지럽혀지고 있었다.

타닥! 타닥! 타닥!

드넓은 초원, 세 대의 마차와 그들을 호위하는 듯한 병사들이 그곳을 가로지르고 있었다. 비록 초원이긴 해도 그 사이로 난 길은 온통 흙과 모래였기에 뿌연 먼지가 자욱하게 일어났고, 그것들은 뒤를 따르는 병사들의 입과 코로 들어가 그들의 인상을 찌푸리게 만들고 있었다.

그 일단의 무리 중 가운데 마차 안에는 너무나 상반된 표정의 두 인물이 마주 보고 앉아 있었는데, 바로 듀들란 제국의 수도인 쟈트란으로 가는 장영실과 게하임이었다. 장영실의 얼굴을 살펴보던 게하임은 얇게 뻗은 턱수염을 매만지며 특유의 걱정스러운 표정으로 물었다.

"자네 표정이 왜 그런가? 어제 불편하기라도 했던가? 그래도 최고급 호텔 중의 한곳이었는데?"

그의 물음에 심각한 표정을 짓고 있던 장영실은 언어해독기를 보며

고개를 가로저었다. 그가 자신의 추측을 부정하자 또다시 턱수염을 쓸
며 곰곰이 생각을 하더니 뭔가 짚이는 것이 있는지 조용히 미소 지으
며 입을 열었다.

"혹시… 자네, 무기를 만드는 게 탐탁지 않아서 이러는 것 아닌가?"

장영실은 그의 물음에 아무런 대답도 하지 않고 있었다. 하지만 대
답을 하지 않음이 긍정이란 것을 알고 있는 게하임은 무릎을 치며 웃
기 시작했다.

"하하하, 난 또 자네가 그런 걱정을 하리라고는 생각지도 못했군."

그의 돌연한 반응에 의아해진 장영실은 무시당한 기분이 들었기에
언어해독기를 입에 가져대며 외쳤다.

"왜 그렇게 웃는 것이오? 나는 생명을 해치는 물건 따위 만들고 싶
지 않단 말이오!"

진지하게 대답해 오는 장영실을 보며 게하임이 웃음을 천천히 멈추
며 입을 열었다.

"하아, 자넨 조이센 대륙에서 온 자가 아닌가?"

"조이센?"

장영실의 되물음에 게하임은 고개를 끄덕이며 말을 이었다.

"분명 자네가 이곳의 언어를 못하는 것과 모습으로 봐서 틀림이 없
다고 생각하네. 그렇다면 이 대륙의 상황도 잘 모를 테니 내가 조금 설
명을 해주겠네."

조이센이라는 낯선 이름에 대해서는 몰랐지만, 이 세계로 건너온 후
부터는 길을 잃어 산속을 헤메고 다녔기에 이곳의 사람들과 대화할 기
회가 몇 번 없었다. 그나마 있었던 몇 번의 기회는 사람들이 언어해독
기에서 나오는 소리에 놀라 도망을 쳤기에 제대로 된 대화라 할 수 없

었다. 결국 이곳의 정세에 대해 전혀 아는 것이 없었던 장영실은 손해 날 것이 없다고 생각하며 고개를 끄덕였다.

"후훗, 좋아. 일단 이 대륙은 크게 여섯 개의 국가가 존재하고 있다네. 나머지 네 국가는 군소 국가이지만 우리 듀들란 제국과 이웃 국가인 도이첸 제국은 강대국이지. 그렇지만 서로를 침략할 생각은 전혀 없다네. 서로 전쟁을 일으켜 봐야 비슷한 국력으로 인해 양패구상이 뻔하기 때문이지. 하지만 서로 라이벌 의식을 가지고 경쟁하고는 있다네."

그의 말을 듣고 있던 장영실은 의심이 가는 눈초리로 물었다.

"그렇다면 나에게 지자총통이 제작 가능한지는 왜 물었소?"

"하하, 그렇지! 그것의 이름이 지자총통이었지. 얼마 전 도이첸 제국에서 두 구의 시신과 함께 그 지자총통이라는 것이 발견되었다는 보고가 올라왔네. 물론 우리 측의 첩자가 알아낸 사실이지만."

여기까지 말을 들은 장영실은 눈을 낮게 깔며 죽은 동료들에게 애도를 표했다. 게하임의 이야기는 계속되었다.

"그런데 문제는 도이첸 제국에 그 지자총통을 만들 수 있는 자가 존재한다는 것이지."

장영실은 눈을 크게 뜨곤 게하임을 바라보았다. 한눈에 봐도 크게 흥분해 있는 모습이었는데 언어해독기를 통해 그의 다급한 목소리가 흘러나왔다.

"그, 그가 누구요, 지자총통을 만들 수 있는 자가?"

"이런. 자네 왜 이렇게 흥분하는가? 물론 그자도 자네처럼 제작하지 않겠다는 의사를 표명한 것 같더군. 하나… 우리 듀들란 제국으로서는 그것을 만들 수 있는 인재가 도이첸 제국에 있는 것만으로도 자존심이 상한 것이지. 안 그래도 전뇌거를 만들어내라며 성화인데."

전뇌거라는 말을 들은 장영실은 방금 전과는 비교도 안 될 만큼의 큰 목소리로 외쳤는데, 흥분한 모습이 역력했다.

"지금 전뇌거라고 했소?"

깜짝 놀라 한 손으로 귀를 막은 게하임은 가볍게 인상을 찡그렸다.

"아, 왜 그렇게 흥분하는가. 차근차근 아는 것을 이야기해 줄 테니 흥분을 가라앉히시게나."

비록 흥분을 가라앉힐 상황은 아니었지만 이야기를 들을 시간은 많았고, 게하임이 말을 하지 않는 한 알 도리가 없다는 것을 깨달았기에 장영실은 마음을 가다듬기 시작했다. 장영실이 안정을 되찾자 게하임은 고개를 끄덕이며 입을 열었다.

"혹시 자네가 살던 조이센 대륙에서 전뇌거를 만들 수 있는 기술을 가지고 있나? 도이첸 제국에서 그것을 만든 자도 조이센 대륙의 혈통이라고 했었거든."

그 말을 들은 장영실은 희열에 넘치는 얼굴로 허공을 응시했다.

"드디어 명신을⋯⋯!"

그가 이렇게 흥분하는 이유를 알지 못한 게하임은 턱을 쓸며 궁금한 표정을 지을 뿐이었다.

"흠흠, 아무튼 자네의 능력이 어느 정도인지는 모르겠지만 그에 따라 응당한 대우를 해줄 테니 수고 좀 해주게나. 상부의 지시도 지시지만 도이첸 제국에 지는 것은 나도 못 참겠거든."

간절히 이야기하는 게하임의 말은 더 이상 장영실의 머리에 들어오지 않았다. 그는 오직 명신과 만날 수 있는 실마리를 찾았다는 사실 하나로 가슴이 벅차오르고 있었다.

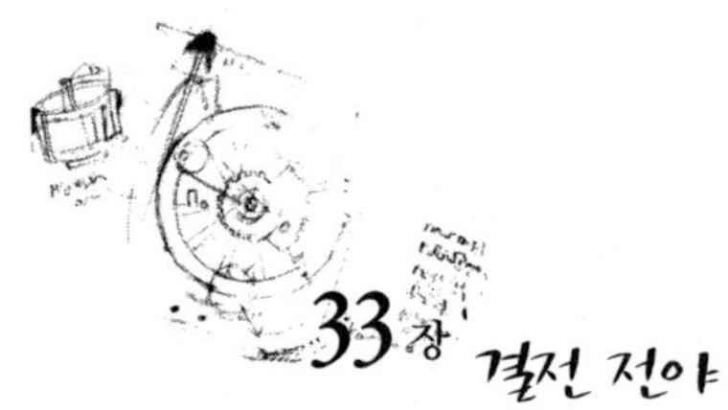

33장 결전 전야

장영실이 듀들란의 수도로 이동하고 있는 그 시간, 뮤스와 벌쿤은 진흙탕을 기어다니며 비지땀을 땅으로 쏟아내고 있었다. 진흙을 머금은 옷은 천근만근인 양 무거웠고, 머리에 엉켜 마른 진흙들은 부스스 떨어졌으며 벌린 입으로는 모래가 씹히는 최악의 상황이었다.

"제길! 아침마다 왜 이런 짓을 해야 하는 거야!"

잠시 기어다니는 것을 멈추며 뮤스가 투덜거리고 있을 때 자신의 옆구리로 누군가가 파고들어 오는 느낌이 나며 벌쿤의 목소리가 들려왔다.

"형, 그건 나도 마찬가지야. 이런 쓸데없는 짓을 해야만 하는 거야?"

"벌쿤, 이 형이 더 답답하다."

"형은 몸이 빈약하니까 해야 되겠지만 난 안 해도 된다고. 이 정도는 정말 쉬워!"

그렇지 않아도 불쾌지수가 높은 상황에서 벌쿤의 말에 뮤스는 발끈했는지 진흙으로 범벅이 된 팔 소매를 걷어붙이며 말했다.

"너, 나랑 팔씨름 한번 해볼래?"

"좋아!"

벌쿤과 뮤스가 세월없이 티격거리고 있을 때 그 둘은 머리 위로 뭔가가 날아옴을 느꼈고, 동시에 사방으로 번갯불이 튀기는 것을 볼 수 있었다.

탁! 탁!

"으악!"

"아얏!"

눈물이 날 정도의 아픔에 비명을 지르며 고개를 돌려 뒤를 보니 그들을 훈련시키던 교관이 손에 몽둥이를 들고 험악한 인상을 쓰고 있었다. 그의 입에선 평소와 같이 요란한 말투가 터져 나왔다.

"제군들! 체력이 다가 아닙니다! 이런 진흙을 더러워하면 진흙에 살고 있을 쉴드옥토퍼스를 어떻게 잡겠습니까?"

나름대로 머리를 굴려보니 그의 말도 일리가 있다고 생각한 두 명의 훈련생(?)들은 다시금 진흙땅을 기어나가기 시작했다.

"영차… 그건 그렇고 벌쿤, 활 쏘는 것은 잘 되어가냐?"

"으음… 커크 대장님이 빨래보다 활에 더 재능이 있다고 하시던걸?"

"그래?"

진흙탕 속을 기던 벌쿤은 입에 흙이 씹히는지 침을 뱉으며 물었다.

"퉤! 형은 어떤데?"

"나는 아무리 잘하려고 해도 잘 안 되더라고. 뭔가 머리를 굴려봐야겠어."

"형이 안 되면 우리가 훈련하는 것들이 모두 허사가 되잖아?"

"이봐, 나도 노력하고 있다니까. 잔소리 말고 빨리 기어. 난 점심 굶기 싫어."

뮤스의 말을 듣던 벌쿤은 피식 웃으며 고개를 끄덕였다.

며칠 동안 월드린과 커크의 사이는 나름대로 개선이 되었는지 같은 식탁에서 식사를 하고 있었다. 겉으로는 작전의 회의 때문에 참는다고 하지만 커크에게 예전처럼 싸늘하게 대하지는 않는 분위기였다. 그들의 옆에는 오전 훈련을 마치고 진흙이 묻은 손으로 음식을 먹고 있는 두 명의 걸신이 보였는데, 바로 벌쿤과 뮤스였다. 월드린은 말린 고기를 칼로 썰며 커크에게 물었다.

"요 며칠 이 녀석들 훈련 성과는 어떤가요?"

커크는 그녀의 물음에 자랑스러운 표정 만면에 떠올리며 대답했다.

"월드린 씨는 벌쿤 군이 활 쏘는 것을 본 적 없으시죠? 정말 대단하답니다! 이런 청년이 지금까지 집 안 살림만 하고 있었다니 참으로 안타깝다는 생각이 들 정도예요."

그의 말에 벌쿤을 잠시 바라보던 월드린은 흐뭇한 표정을 지었고, 눈길을 돌려 뮤스를 바라보며 다시 입을 열었다.

"그래도 중요한 것은 뮤스죠. 뮤스는 어떤가요?"

하지만 그녀의 물음에 커크는 대답을 조금 꺼려하고 있었다.

"흠… 뮤스 군의 훈련을 담당하고 있는 리온의 말을 인용하자면 '뮤스가 가장 못하는 것이 있으면 사격일 것이다' 라고 하더군요. 더 이상 못하는 것이 있으면 세상 살기 힘들 것이라고……."

"그, 그럼 전혀 진전이 없다는?"

"뭐, 그 정도는 아니지만……."

답답한 한숨을 내쉬던 윌드린이 뮤스를 바라보자 식사를 하던 뮤스 역시 그녀를 바라보았다. 두 사람의 눈이 마주치자 뮤스는 고개를 숙이며 나직이 말했다.

"저… 밥 좀 더 먹을게요……."

상황 파악을 전혀 못하고 있는 뮤스의 말을 들은 윌드린은 어이가 없는지 아무런 말도 하지 못했다. 그녀를 바라보던 커크 역시 황당함의 미소를 지으며 말했다.

"윌드린 씨, 너무 낙담은 하지 마시죠. 리온이 잘 가르칠 것입니다."

하지만 그런 표정을 지으며 이야기하는 사람을 믿기도 쉬운 일이 아니었기에 언성을 높일 수밖에 없었다.

"제가 지금 낙담 안 하게 되었나요? 이제 삼 일 후면 마을의 식량이 모두 바닥이 나요! 그전에 쉴드옥토퍼스를 잡아야 하는데……!"

윌드린이 암울한 상황에 대해 열변을 토하고 있을 때 뮤스는 아무런 생각도 없는지 솥을 들고 와 스푼으로 퍼먹고 있었다. 아무리 똑똑해졌다고 하더라도 몸에 익은 습성은 어쩔 수 없었던 것일까?

끼기기긱— 퓽!

한 대의 나무 화살이 파공성을 일으키며 공기를 갈랐고 50멜리 정도 떨어져 있는 곳의 과녁의 정중앙을 깨끗하게 관통했다.

"후우……."

벌쿤은 활을 내리며 한숨을 내쉬고 있었다. 그가 활 연습을 시작한 지 일주일이라는 짧은 기간 동안 이 정도 거리의 과녁 정중앙을 맞힐 수 있다는 것은 대단한 일이었다. 하지만 그의 표정은 굳어 있어 뭔가 모자람을 느끼는 듯했다.

"이 정도 거리에서 과녁을 맞힐 수 있는 사람은 많을 거야. 하지만 남들과 같아서는 결코 인정받지 못해. 난 누나에게 꼭 인정을 받아 유글렌 부족 최초의 남성 전사가 될 테다!"

모종의 결심을 한 벌쿤은 허리춤에 매달린 화살통에서 화살 한 대를 더 빼내어 시위를 먹이며 정신을 집중시키고 있었다. 이때 뮤스의 목소리가 들려왔다.

"벌쿤! 잠깐만!"

"아앗!"

그의 부름에 타이밍을 잃은 벌쿤의 화살은 과녁과는 전혀 무관한 곳으로 날아가 버렸고, 그것을 본 벌쿤은 씁쓸한 표정을 지으며 몸을 돌렸다.

"형, 무슨 일이야?"

벌쿤을 향해 달려오는 뮤스의 손에는 검은색의 화살 스무 개가량이 들려 있었는데 자신을 위해 뮤스가 만든 것임을 알아챈 벌쿤은 환호성을 질렀다.

"와! 형, 이제 다 만든 거야?"

버릇처럼 콧잔등을 쓸어본 뮤스는 화살 하나를 손가락으로 집어 보이며 입을 열었다.

"후훗. 녀석, 많이 기다렸지? 이 화살로 말할 것 같으면 공기의 저항을 최소화했기 때문에 이할 정도 속도가 향상됐고, 깃 모양을 바꿔서 바람이 불더라도 안정적인……."

하나 그의 설명이 한번 시작되면 끝도 없음을 예전에 알아버린 벌쿤은 손을 내저으며 그의 말허리를 잘랐다.

“형! 제발 그만 해. 머리 아프단 말이야.”

“어, 그래? 알았어. 여기 있다.”

머리를 한번 긁적인 뮤스가 어색한 웃음을 지으며 자신이 들고 있던 화살을 벌쿤에게 넘겼다. 아무런 생각 없이 그것을 받아 들던 벌쿤의 몸이 순간 휘청였는데, 그 무게가 굉장했던 것이다.

“이, 이게 뭐야!”

그의 당황하는 모습을 본 뮤스는 미리 말해 주지 않았음을 깨닫고 머리를 두들겼다.

“아아… 미안! 이거 철제 화살이야.”

철제 화살이라는 말에 놀란 벌쿤은 말도 안 된다는 생각에 화살을 땅에 내려놓으며 말했다.

“이 무거운 화살을 어떻게 날린단 말이야?”

“하하, 물론 일반적인 활로 저 화살들을 날리기는 당연히 불가능하지. 하지만 네가 가지고 있는 활의 탄성을 계산해 보면 저 정도 화살쯤이야 가뿐하다고. 한번 해보면 되잖아?”

벌쿤은 의심스러운 표정으로 자신의 발 아래 내려놓은 검은 쇠 화살들을 바라보았다.

“그래도 이건 너무 심한걸. 화살의 무게도 장난이 아니야.”

“그만큼 날릴 수 있다면 파괴력이 대단하다는 것이지.”

그의 말을 듣자 벌쿤은 번뜩하며 생각이 떠올랐다.

‘그래, 이 화살을 자유자재로 쏠 수 있다면 굉장한 전사가 될 수 있어.’

고개를 한번 끄덕인 벌쿤은 쇠 화살 한 대를 집어 올렸는데 그 엄청난 무게에 다시 한 번 신음성을 흘리고 말았다.

"끄응… 이걸 정말 날릴 수는 있는 거야?"

팔짱을 끼고 거만한 표정을 짓던 뮤스는 자신감 어린 얼굴로 고개를 끄덕였다.

"녀석, 의심 한번 많군. 안 그래도 철 다루는 기술이 딸려서 고생했는데."

"알았어!"

벌쿤은 투덜거리는 뮤스를 향해 입을 삐죽 내밀며 쇠 화살을 시위에 먹였다. 그렇지 않아도 무거운 활에 쇠 화살이 더해지자 그 무게는 대단했는데, 아무리 근육질의 벌쿤이라고 해도 만만한 것이 아니었다. 있는 힘을 다해 시위를 당기며 호흡을 멈추자 온몸의 근육들은 잔뜩 팽팽해져 옷 위로 불거져 나왔다.

"우우웁……."

화살을 날릴 표적을 찾으며 주변을 둘러보던 그는 나무 한 그루를 발견하여 그 옹이를 겨냥했다. 그리곤 손가락을 뒤로 빼며 화살을 날렸는데, 지금까지의 나무 화살과는 비교도 되지 않을 만큼의 요란한 파공성을 내며 옹이를 향해 날아갔다.

피슈슈슈숭!

그것도 잠시, 쇠 화살은 요란한 소리를 내며 나무에 박혀 들어갔다. 그 모습을 바라보던 벌쿤의 입은 저절로 벌어졌다. 쇠 화살이 두부에 박히듯 나무에 들어가더니 꼬리만 남기고 멈추었기 때문이다. 그곳으로 급히 달려간 벌쿤은 자신의 두 아름은 됨 직한 나무에 박혀서 꼬리만 내밀고 있는 화살을 바라본 후 뮤스에게로 얼굴을 돌려 해명을 바랬다. 하지만 뮤스는 느긋하게 벌쿤 쪽으로 걸어오며 태연하게 입을 열 뿐이었다.

"호오, 생각보다 더 괜찮은걸?"

벌쿤은 더 이상 뮤스에게 묻는 것을 포기하고 엄청난 파괴력을 내뿜은 자신의 솥뚜껑만한 양손을 바라본 채 마른침을 삼켜야만 했다.

화살을 벌쿤에게 전해준 뮤스는 리온과 함께 바위 위에 걸터앉아 있었다. 평소 같았으면 사격 연습을 하고 있을 시간에 이런 바위에 앉아 있는 것이 뮤스는 참으로 의아했다. 한동안 조용히 어딘가를 응시하던 리온은 고개조차 돌리지 않은 채로 뮤스에게 말했다.

"뮤스."

"네?"

"이번에 계획된 모든 작전이 너를 중심으로 이루어지고 있다는 것은 알고 있겠지?"

"하하, 물론이죠."

그의 대답을 듣던 리온은 이빨을 갈며 뮤스를 내려다보았다.

"한데… 왜 이렇게 실력이 늘지를 않는 것이지?"

뮤스는 한심하다는 말투로 자신을 내려다보는 리온과 눈을 마주치지 않기 위해 이곳저곳으로 고개를 돌렸다.

"흠흠… 노력은 열심히 하는데요… 늘지는 않더군요."

애써 뮤스가 눈을 마주치려 하지 않자 포기한 리온은 다시 허공을 응시하며 말했다.

"그래서 곰곰이 생각을 해봤지."

"어떤?"

"포기하자."

이 무뚝뚝한 사내가 갑자기 어이없는 말을 내뱉자 뮤스는 벙찐 표정을 짓고 말았다. 잠시 동안 아무런 말을 하지 못하던 뮤스는 리온의 다리를 긁으며 입을 열었다.

"헤헤, 농담이시죠?"

하지만 리온의 표정은 변할 줄 몰랐고 고유의 분위기가 풀풀 나고 있는 표정은 장난이 아님을 대변하고 있었다.

"그게 아니라면 방법이라도 있나? 난 솔직히 더 이상 너를 가르칠 자신이 없어."

"헉! 정말인가요?"

리온의 무뚝뚝한 말에 뮤스는 하늘이 무너지는 듯한 충격을 받고 있었는데, 뮤스가 가장 가슴 아파하던 백치 시절의 모습이 떠오르고 있었기 때문이다.

'다른 세계까지 와서 구제불능이라는 소리를 듣다니……'

리온의 말을 나름대로 확대 해석한 뮤스의 안색은 울그락불그락 변해가고 있었다. 그리곤 조금의 시간이 지나도 화를 삭일 길이 없었는지 울화통 터지는 듯 큰 소리로 외쳤다.

"절대 그럴 수는 없어요!"

눈을 부릅뜨며 쏘아오는 뮤스의 말에 정작 놀란 것은 리온이었다. 사실 커크를 기다리며 바위에 앉아 있다가 지나가는 말을 흘렸던 것이었는데, 뮤스가 이렇게 흥분할지는 몰랐던 것이다. 하지만 말릴 새도 없이 뮤스는 어디론가 뛰어가 버렸기에 멍청한 표정으로 그의 뒷모습을 바라볼 수밖에 없었다. 이때 리온을 향해 걸어오던 커크는 주변을 두리번거리면서 입을 열었다.

"이보게, 리온. 뮤스는 어디 갔나?"

"갑자기 어디론가 뛰어갔습니다."

무표정하게 대답하는 리온의 얼굴을 보며 커크는 머리를 긁적였다.

"이런, 오늘은 예비 훈련을 하려고 했는데……."

그의 아쉬운 듯한 말이 끝나자 그 순간 독백인 듯 나지막하고 허무한 밑도 끝도 없는 리온의 말이 흘러나왔다.

"소용없습니다."

딴 곳을 바라보며 말하는 리온을 향해 커크가 물었다.

"소용없다니?"

"예전에도 말했다시피 뮤스는 전혀 재능이 없습니다. 재능을 바라는 것조차 무리죠. 평균 수준도 안 됩니다."

"그렇게까지 말해야 하는 수준인가?"

커크의 되물음에 벌쿤은 고개를 끄덕임으로 일관했고, 커크는 한숨을 내쉬며 고개를 숙였다.

한편, 뮤스는 아무도 없는 사격 훈련장에 도착해 있었다. 서둘러 가방에서 전뇌지자총통을 꺼내 든 그는 땅바닥에 엎드려 과녁을 조준했고 뇌공력을 손에 모아 발사하기 시작했다.

징— 피융!

몇 번인가를 그렇게 쏘아댄 뮤스는 과녁을 잠시 응시하고 있었다. 보기 좋게 그려진 과녁은 아무런 변화도 없었고, 주변의 울타리들만이 재로 화해 바람에 나부끼고 있었다. 그것을 본 뮤스는 화가 났는지 힘껏 땅을 치며 울분을 터뜨렸다.

"제길! 내가 이런 것도 못할 정도로 집중력이 떨어졌단 말인가!"

애꿎은 땅에 화풀이를 한 뮤스는 눈물을 글썽이고 있는 눈으로 고개를 천천히 들었다.

"재수도 지지리 없지… 돌을 때렸어. 아야야……."

뇌공력을 운용하지 않고 땅을 치자 손이 너무나 아팠던 것이다. 그 때 그의 눈앞에는 모양 좋은 돌멩이 하나가 나뒹굴고 있었다. 그것을 본 뮤스는 비명을 지르다 말고 피식 웃으며 말했다.

"후훗, 예전에 이 정도의 돌만 있었으면 비사치기할 때 정말 좋았겠 는걸? 그때가 그리울 때도 다 있군……. 그래, 비사치기!"

뭔가 떠오르는 생각이 있는지 뮤스는 두 눈동자를 빛내며 전뇌지자 총통을 다시 들어 올렸다.

"돌을 던져 십 장 밖의 공깃돌을 맞히던 내가 이따위를 못할 리가 없 어. 그럼 뭐가 잘못된 것이지?"

한동안 중얼거리며 전뇌지자총통을 돌려보던 뮤스는 세밀히 깎여 있는 겨눔쇠를 바라보다 갑자기 자신의 머리를 두들겼다.

"이런 바보! 내가 겨눔쇠를 너무 의식하고 있었구나. 나는 나만의 방법이 있지. 예전에는……."

옛 생각을 하며 자신감을 얻은 뮤스는 전뇌지자총통의 겨눔쇠를 무 시한 채 돌을 던지던 기억들을 떠올렸다.

'일단 두 눈으로 물체를 확인한다. 그리곤 내 어깨에서부터 목표까 지의 직선 거리를 눈대중으로 잡고 숨을 참는다. 심장 뛰는 것이 느껴 지는군. 심장의 박동을 따라 셋을 세고, 그것이 가라앉았을 때 뇌공력 을 흘리는 것이지… 이렇게.'

징— 피융!

옛 감각을 떠올리며 뇌공력을 슬쩍 흘리자 순간 경쾌한 소리가 나며 전뇌지자총통에서는 밝은 빛줄기가 발사됨과 동시에 놀랍게도 평생 맞 을 것 같지 않던 과녁을 관통하였고, 그 중심에 칠해진 붉은 표시는 검 은색으로 변하여 바람에 흩날렸다. 잠시 숨을 고르고 있던 뮤스는 과녘에 구멍이 난 것을 확인하곤 밝은 표정으로 쾌재를 부르기 시작했다.

"야호! 드디어 성공이다! 눈으로만 맞히려고 하니 무리가 있었던 거야."

그때부터 뮤스만의 훈련은 계속되었는데 몸에 비축된 뇌공력을 모두 소진시키고서야 그 자리에서 잠이 들며 훈련을 마칠 수 있었다.

뮤스가 드베인 숲으로 들어온 지도 벌써 열흘이라는 시간이 흘렀다. 레인저들의 혹독한 훈련 덕으로 그의 몸은 알게 모르게 단단해져 있었고, 전뇌지자총통 역시 능숙하게 다룰 수 있게 되었다. 지금 그의 앞에는 모든 유글렌 부족의 사람들과 레인저들이 모여 회의를 하고 있었는데, 출전의 시기를 정하는 자리였다. 유글렌 부족의 전사들을 이끌고 있는 월드린이 사람들을 바라보며 입을 열었다.

"지금까지 훈련에 땀을 쏟아준 여러분, 정말 수고 많으셨습니다. 오늘은 아시다시피 출전의 시기를 정하기 위해 모인 자리입니다. 지금 여유분의 식량은 거의 바닥난 상태이고 내일 오전의 식사가 마지막이 될 것입니다."

월드린의 말에 때가 온 것임을 직감한 마을 사람들은 웅성거렸지만 레인저들은 이런 일에 익숙해져 있는 만큼 별달리 반응을 보이지 않고 있었다. 그녀의 말을 듣던 유글렌 부족의 여전사 한 명이 몸을 일으키며 입을 열었다.

"내일 오전 식사를 하고 출전을 했으면 좋겠어요. 일단 어두운 드베인 숲이라도 싸우기에는 그나마 낮이 나을 테니까요."

그녀의 말을 듣고 있던 커크가 몸을 일으켰다.

"제 생각에는 오늘 밤이 좋을 듯합니다."

월드린은 시선을 옮겨 커크를 봤는데 알게 모르게 레인저 대장으로서의 위용이 흘러나오고 있었다.

"커크 대장님은 왜 그렇게 생각하시죠?"

"쉴드옥토퍼스의 습성상 빛에 민감하기 때문입니다. 특히 이 드베인 숲은 빛이 새어 나오는 곳은 위쪽밖에 없기 때문에 쉴드옥토퍼스의 이목이 모두 위쪽으로 몰리기 때문이죠."

"그렇다면 밤과 어떤 차이게 있게 되나요?"

"쉽게 말해 뮤스 군이 쉴드옥토퍼스에게 쉽게 노출이 된다는 말입니다. 쉴드옥토퍼스의 눈을 저격하려면 높은 곳에 위치를 잡아야 합니다. 사람의 키로는 쉴드옥토퍼스의 눈을 볼 수 없기 때문이죠. 그래서 뮤스 군에게 나무에 오르는 훈련을 병행해서 시켰던 것입니다."

커크의 말에 모두들 동감하는지 모인 사람 모두가 고개를 끄덕였고, 이제야 왜 진흙을 바른 채 나무를 기어올라야 했는가를 깨달은 뮤스 역시 머리를 긁적이며 새삼스럽게 커크를 바라보았다. 월드린은 다시 모인 사람들을 바라보며 입을 열었다.

"혹시 커크 대장님의 의견에 반대하는 분 있으신가요?"

그녀의 물음에 방금 전 의견을 내놓던 여성이 일어났다.

"대장님의 의견을 들어보니 그 말이 맞는 것 같습니다. 우리 모두 커크 대장님의 의견을 따르기로 하죠?"

마을 사람들도 모두 그녀의 생각과 같았는지 박수를 치며 환호했다.

"맞소! 오늘 저녁에 쉴드옥토퍼스를 잡고 내일은 남은 식량으로 축제를 벌입시다!"

"와아!! 쉴드옥토퍼스를 몰아내자!"

"몰아내자!!"

환호하는 마을 사람들과 레인저들을 둘러보던 커크는 아무도 모르게 안색을 굳히고 있었다.

'과연 성공할 수 있을까?'

월드린 역시 그와 같은 생각을 하고 있는지 썩 즐거운 표정은 아니었다. 모인 이들이 서로의 손을 마주 잡고 전의를 불태우고 있을 때 커크가 손을 올리며 주위를 집중시켰다.

"여러분! 그렇다면 오늘 밤으로 출전을 하겠습니다. 모두들 자정에 이곳으로 모여주시길 바랍니다. 그럼 그때까지 피곤을 풀도록 하죠. 이상입니다."

그의 말을 들은 사람들은 힘찬 표정을 지으며 뿔뿔이 흩어져 각자의 집으로 돌아갔고 그곳에 남은 사람들은 커크, 월드린, 뮤스, 벌쿤 네 명뿐이었다. 사람들이 들어가는 것을 확인한 월드린은 커크를 향해 물었다.

"과연 우리가 쉴드옥토퍼스를 이길 수 있을까요?"

하지만 커크는 아무런 대답도 하지 않은 채 뮤스와 벌쿤을 바라보았다. 그들의 대화를 들으며 답답하다는 표정을 짓던 벌쿤이 자신의 가슴을 치며 호기롭게 외쳤다.

"누나, 왜 그렇게 약한 소리를 해? 이 동생이 그 녀석을 잡아줄 테니 걱정하지 마!"

그런 동생이 대견스러운지 월드린은 피식 웃으며 얼굴 표정을 바꿨다.

"풋! 당연하지! 네가 누구 동생인데."

다행스럽게 분위기가 풀려가자 뮤스 역시 웃으며 끼어들었다.

"하하, 이봐요. 쉴드옥토퍼스는 내가 잡는다고. 그런 화살로 잡을 수 있을 것 같아?"

"다들 형 포기한 눈치던데 뭐. 아무리 노력해도 사격 솜씨가 늘지 않는다며?"

"이 녀석아, 예전의 뮤스님이 아니시란 말이다!"

"그래 봐야 며칠 사이에 얼마나 늘었겠어?"

"너, 이 녀석!"

뮤스가 요란법석을 떨며 벌쿤을 잡으려 했지만 벌쿤은 이미 빠르게 그의 손에서 빠져나와 놀리며 도망가고 있었다.

"헤헤, 날 잡아보셔! 나도 못 잡으면서 어떻게 쉴드옥토퍼스를 잡으려고?"

"너! 거기 서라!"

"내가 활 맞았어? 서란다고 서게? 히히히."

그렇게 장난을 치며 사라지는 두 사람의 모습을 바라보며 커크는 웃음 짓고 있었다.

"후훗; 언제나 활력이 넘치는 아이들이군요."

윌드린 역시 그와 같은 곳을 바라보며 고개를 끄덕였다.

"아직 철은 좀 없지만 참 밝은 아이들이에요. 벌쿤도 뮤스가 오기 전만 해도 매일 투덜거리기만 했는데 많이 변했고요."

"후훗, 아무튼 든든한 동생을 두셔서 참 부럽군요. 저런 가족이 있다니 정말 부럽습니다."

"그럼 대장님은 가족이 없으신가요?"

그녀의 물음에 커크는 쑥스럽기만 한지 머리를 긁적이고 있었다.

"하하, 대장님이라는 소리 좀 빼주시면 안 됩니까? 그냥 커크라고 부르시죠. 이렇게 보여도 아직 서른도 안 됐는걸요?"

"에? 정말요?"

커크와 윌드런이 대화를 하고 있을 때 뮤스와 벌쿤은 통나무집 뒤에 숨어서 놀라고 있었다. 사실 교묘한 연출로 자리를 비켜준 그들이었는데, 윌드런도 시집 갈 나이가 됐다고 생각한 벌쿤은 마침 커크가 마음에 들었기에 둘만의 자리를 마련했던 것이었다. 통나무집의 뒤에서 어이없다는 표정을 짓던 벌쿤이 떨리는 입을 열었다.

"형, 들었어? 커크 대장님이 서른이 안 됐대."

"으응… 나도 들었어, 벌쿤. 세상에… 난 마흔 살 정도는 된 줄 알았는데… 어렸을 때 보약이라도 잘못 먹었나?"

"사실이라면 더 잘됐는지도 모르겠어."

"너, 설마 너희 누나와 커크 대장님을?"

뮤스의 물음에 대답 대신 고개를 끄덕여 보였다.

"하하, 그럼 커크 대장님도 이곳에서 살아야 한다는 말이야? 네 누나가 그런 것을 할 리는 없다고 보는데?"

"그건 나도 잘 몰라. 둘이 알아서 할 일이니… 아무튼 더 지켜보자고."

뮤스와 벌쿤은 쑥덕거림을 멈추고 다시 두 남녀의 대화에 귀를 기울였다.

"후우, 저도 한때는 가족이 있었죠. 부모님께서 일찍 돌아가셨기 때문에 동생과 함께 살았거든요. 하지만 벌쿤 군처럼 우락부락한 남동생이 아니라 작고 깜찍한 여동생이었어요."

커크의 말에 윌드런은 삐딱한 표정을 지었다.

"당신을 닮았으면 그리 깜찍할 것 같지는 않은걸요?"

"윽! 그럼 절 안 닮았다고 치죠. 어쨌든 예뻤으니까. 아무튼 우리는 블리엔 지방의 한 농가에서 컸어요. 봄이면 함께 들판으로 나가서 양을 쳤고, 가을이면 가을 축제를 즐겼고, 겨울이면 스노우 드래곤을 만들면서 놀았죠. 그리고 또다시 봄……."

"에? 여름에는 뭘 했나요?"

"아, 블리엔 지방은 북쪽이라 여름이 없죠. 봄, 가을, 겨울 세 계절뿐이랍니다."

"음… 이제 이해가 됐으니 계속하세요."

커크는 헛기침을 하며 목을 가다듬었다.

"흠흠, 제가 스무 살이 되던 때… 아주 슬픈 일이 일어났답니다."

"아……."

"제 동생과 헤어져야만 했죠. 나에게 유일한 혈육인 그 아이를… 그 몹쓸 녀석이 빼앗아가 버렸답니다. 그때의 아픔으로 저는 레인저에 지원해 이런 생활을 하며 매일같이 동생을 떠올리곤 한답니다."

"저런, 그렇다면 동생 분은 못된 영주가?"

월드린의 물음에 커크는 묵묵히 고개를 가로저었다.

"그렇다면 도적들에게?"

이번에도 마찬가지로 고개를 내저었다. 월드린은 궁금증이 물씬 이는 눈빛으로 커크를 바라보며 답답한 듯 소리를 질렀다.

"그럼 뭐예요?!"

흥분해 있는 그녀를 본 커크는 피식 웃으며 말했다.

"마을의 한 녀석과 눈이 맞아서 결혼했죠 뭐. 후훗."

"에엑? 그게 뭐예요?"

월드린이 어이없음에 비명을 지를 때 커크는 손을 내저으며 변명을 했다.

“저에겐 얼마나 충격적이었는데요? 평생 남자를 모르고 살 줄 알았던 동생이 결혼할 거라며 그 녀석을 집에 데리고 왔을 때 저는 엄청나게 충격을 받았다고요!”

“푸하하하하! 그래서 지금 동생은 어때요?”

“말도 마세요. 매번 갈 때마다 행복해 죽겠다고 비명을 지르고 있죠. 그래도 매부가 정말 착한 녀석이라 믿음직하답니다.”

커크의 이야기로 둘 사이의 분위기는 어느새 부드러워졌고, 그렇게 긴 이야기를 나누며 날은 어두워져 가고 있었다.

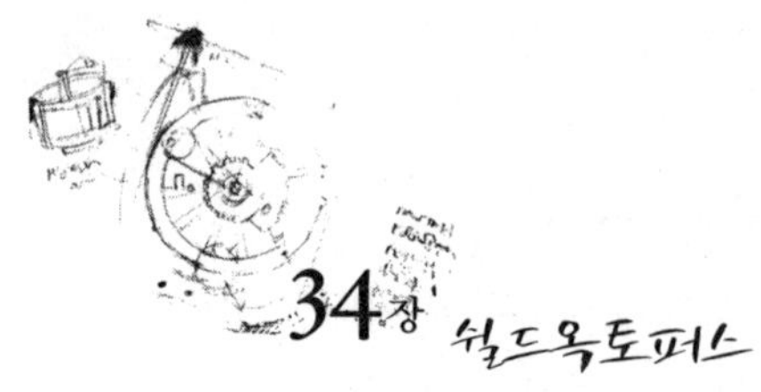

드베인 숲의 나무 사이로 조금씩 새어 들어오는 빛이 완전히 사라져 밤이 되었을 때 유글렌 부족의 모든 전사들과 빅투스들, 그리고 레인저들이 마을의 공터에 모여 자신의 무기들을 점검하고 있었다. 그들 사이에 껴 있던 뮤스와 벌쿤도 소지품들을 점검하고 있었는데 벌쿤이 흰 천으로 활의 손잡이를 닦으며 말했다.

"형, 떨리지 않아?"

"내가 누구냐. 천하의 뮤스인데, 당연히 떨리지. 말시키지 마라. 심장이 멈출지도 몰라."

"푸하하! 형의 농담은 정말……."

"농담이 아냐. 그러는 넌 어때?"

뮤스의 말에 자신의 몸을 이리저리 둘러보던 벌쿤은 씨익 웃으며 대답했다.

"나야 언제나 멋지지."

"누가 너 멋지냐고 물어봤냐? 아무래도 떨려서 제정신이 아니군."

"응, 떨려죽겠어."

뮤스와 벌쿤의 대화가 이어지고 있을 때 단상에 올라가 있던 커크는 작전에 대한 설명을 하기 시작했다.

"이번 작전은 수색조, 유인조, 저격조로 나누게 됩니다. 수색조는 모두 레인저로 편성되어 쉴드옥토퍼스의 위치를 찾아내게 됩니다. 그 다음 유인조는 수색조로부터 100멜리가량 떨어져 행동을 하는데, 쉴드옥토퍼스의 이목을 끄는 것입니다. 이것은 기동성이 좋은 유글렌 부족의 빅투스 전사들이 맡고, 그사이 저격조가 나무 위에서 위치를 잡는 것입니다. 저격조는 레인저의 석궁 사수들과 벌쿤, 그리고 뮤스가 맡게 되겠습니다. 수색조의 조장은 제가, 유인조의 조장은 윌드린 씨, 저격조의 조장은 리온입니다. 각 조의 행동은 조장이 인지하고 있기 때문에 조장들의 지시에 따라주기 바랍니다. 이상."

"와아!!"

그의 설명이 끝나자 마을 사람들과 레인저들은 무기를 손에 들며 함성을 질렀고, 커크도 고개를 끄덕이며 단상에서 내려왔다. 잠시 후 전사들과 레인저들이 자신이 속해 있는 조로 움직이자 벌쿤과 뮤스 역시 자신들이 속해 있는 저격조의 조장인 리온을 향해 발걸음을 옮겼다. 뮤스가 저격조의 사람들을 살펴보니 모두 사격장에서 함께 훈련하던 레인저들이었는데, 평소의 넉살 좋던 모습들은 사라진 지 오래고 눈빛에는 긴장감과 흥분감만이 교차하고 있었다.

하지만 리온은 언제나 똑같은 표정과 눈빛이었기에 식사를 하러 가는 사람인지 전투를 나가는 사람인지 모를 지경이었다.

“자, 다들 들었겠지? 레인저의 석궁 사수들은 유인조를 지원하며 뮤스가 위험할 때 쉴드옥토퍼스의 이목을 끈다. 뮤스, 너는 우리 중 가장 앞쪽에 위치한다.”

리온의 말을 잠시 생각해 보던 뮤스는 혀를 빼며 놀랐다.

“흐엑! 제가요?”

“그렇게 놀랄 것 없어. 위험할 때는 석궁으로 쉴드옥토퍼스의 감각을 무디게 만들 테니 너는 천천히 조준해서 쏘기만 하면 된다.”

“아, 알았어요.”

물론 설명만큼 간단히 해결될 일이 아니란 것을 느끼고 있었지만 꽁무니를 뺄 수도 없는 형편이었다. 리온이 뮤스에게 지시를 내리고 있을 때 벌쿤이 나서며 물었다.

“그럼 저는 뭘 하죠?”

고개를 돌려 벌쿤을 바라보던 리온은 잠시 생각하는 표정을 짓더니 이내 그의 입에서 간단하기 그지없는 대답이 흘러나왔다.

“몰라.”

“에? 조장님이 모르시면 누가 알아요?”

“그런가?”

무표정, 무책임한 얼굴로 머리를 긁적이고 있는 리온의 태도에 벌쿤은 불만이 가득 담긴 고함을 버럭 질렀다.

“그런가가 아니라고요! 지금까지 얼마나 피나는 연습을 했는데 고작 대답이 그거라니!”

손가락을 하나 펴 귓구멍을 막던 리온은 손을 내저으며 말했다.

“그럼 뮤스를 엄호해. 됐나?”

자신이 할 일을 말해 주자 그제야 화가 조금 풀리는지 뮤스를 바라보며 고개를 끄덕였지만 아직도 화가 다 풀린 것은 아니었기에 뾰로통한 표정을 짓고 있었다. 뮤스는 그의 옆구리를 찔렀다.

"저 사람은 원래 저래. 내가 얼마나 힘들게 훈련을 받았는지 이해가 되지?"

"응, 이해가 된다."

벌쿤과 뮤스가 죽이 맞아 리온의 험담을 하고 있을 때 그것을 방해라도 하듯 리온은 전달 사항을 말하기 시작했다.

"각 조들 간의 신호는 피리로 한다. 피리 소리가 길게 한 번 울리면 쉴드옥토퍼스의 출현, 짧게 한 번, 길게 한 번이면 유인조의 활동 시작, 길게 두 번이면 저격조 위치, 길게 세 번이면 쉴드옥토퍼스 사냥 성공, 반대로 짧게 세 번이면 실패다. 그 즉시 이곳으로 귀환할 것. 알았으면 출발하지."

"넷!"

저격조 레인저들의 우렁찬 대답 소리가 울려 퍼질 때를 같이하여 수색조를 위시한 저격조, 유인조가 유글렌 마을을 빠져나가기 시작했다. 마을에 남은 남자들과 어린아이, 노인들은 그런 그들 뒤에서 손을 흔들며 배웅하고 있었다.

유글렌 부족의 마을로부터 5켈리가량 떨어진 습지대, 일단의 무리들이 조심스러운 발걸음으로 움직이고 있었다. 그들을 이끌고 있는 사람은 다름 아닌 레인저 대장인 커크였다. 잠시 눈을 빛내던 그는 발걸음을 멈추며 허리를 숙였다.

스슥.

커크가 손을 내밀어 자신이 딛고 있는 곳의 흙을 만져 보자 양 옆의 흙

괴는 다르게 끈적이고 있음을 알 수 있었다. 손으로 흙을 쓸고 간 거리를 측정한 커크는 뒤를 따라오는 사람들을 향해 멈추라는 수신호를 보냈다.

'이쪽으로 이동했군. 속도는 그리 빠르지 않아, 조금 후면 마주치겠어.'

대충 계산을 하며 다시 발걸음을 천천히 옮기던 커크는 갑자기 불길한 기운이 흐르는 것을 느낄 수 있었다.

'뭔가 이상해. 아무리 어둡더라도 녀석들의 크기를 예상해 볼 때 이 정도의 거리라면 시야에 확보가 되어야 할 텐데?'

고개를 갸웃거리던 그가 다시 주의 신호를 하기 위해 몸을 돌리려 할 때 문득 다리가 무거워짐을 느꼈다.

"헉!"

가슴이 철렁일 정도로 놀란 그는 천천히 눈동자를 깔아 아래를 바라보았는데, 다행스럽게 쉴드옥토퍼스의 다리라고 하기에는 너무나 얇은 무엇인가가 자신의 다리를 감고 있었다. 안도의 한숨을 내쉰 커크는 몸을 숙여 풀어내려 했지만 그것의 정체를 깨닫자 다시 몸이 굳어버릴 수밖에 없었다.

'쉬, 쉴드옥토퍼스의 새끼? 그렇다면 여긴?!'

그가 이곳에 쉴드옥토퍼스들의 산란 장소임을 눈치 챈 동시에 사방의 나무들을 통째로 부수며 조원들을 감아오는 엄청난 기둥을 볼 수 있었다.

퍼퍼퍼퍽!

그림자로 보더라도 그것이 무엇인지 알 수 있었던 수색대들은 혼비백산하여 사방으로 몸을 날렸고, 그 덕에 쥐포가 되어 세상을 하직하는 일만은 간신히 피할 수 있었다.

푸슉.

몸을 웅크리며 움직임을 숨기고 있던 커크는 손에 잡고 있던 쉴드옥토퍼스 새끼의 단단한 눈에 칼을 박아 넣으며 몸을 일으켰다.

"이런 녀석을 살려둘 수는 없지."

그리고는 나직한 목소리로 자신의 바로 옆 수풀에 숨어 있는 조원들을 향해 지시했다.

"피리를 불어 유인조에게 신호해라. 우리의 할 일이 끝났으니 이제 저 녀석을 피해서 퇴각한다."

삐이이이익!

그의 말이 떨어짐과 동시에 숲 속의 어딘가에서 피리 소리가 울려 퍼졌고, 조원들은 재빠르게 몸을 움직이기 시작했다. 쉴드옥토퍼스 새끼의 피가 묻은 칼을 소매에 닦아내고 허리춤에 꽂은 커크 역시 천천히 뒷걸음질치며 온 길로 되돌아가기 시작했다.

쿠구구궁!

이때, 그의 등 뒤로부터 굵직한 쉴드옥토퍼스의 다리가 또다시 휘둘러지며 수백 년 동안 자리를 지키고 서 있던 나무들을 무자비하게 쓰러뜨리기 시작했다.

퍼퍼퍼펙!

그 여파에 휩쓸린 커크와 조원들의 몸은 실 끊어진 연처럼 날아가야만 했는데, 둔중한 소리를 내며 떨어진 커크는 내장이 뒤틀리는 듯한 충격을 받았다. 조금 후 간신히 몸을 일으킨 그는 다리가 풀렸는지 두 발로 서 있기조차 힘든 상태였다.

"젠장할! 발길질 몇 번으로 이 꼴이 되어버리다니! 정말 사는 게 힘들군!"

그가 주변을 둘러보니 몇 명의 부하가 비틀거리며 정신을 차리지 못하고 있었다.

"괜찮나?"

조원들의 상태를 살펴보기 위해 힘겹게 몸을 움직이려 할 때였다.

촤좌좌작!

그의 양 옆을 둘러싸고 있던 수풀들이 거침없이 흔들리며 엄청난 굵기를 가진 쉴드옥토퍼스의 다리가 튀어나와 순식간에 비틀거리던 조원들을 낚아채 공중으로 들어 올렸다.

"끄아아악!"

쉴드옥토퍼스의 다리에 들어 올려진 조원들은 처절한 비명을 지르기 시작했고 그 장면을 보던 커크는 넋이 나간 사람처럼 움직이지 못하고 있었다.

뿌드득.

허공에서 조원들의 뼈 어긋나는 소리가 소름 끼치도록 생생히 들려온 지 얼마 후, 이제는 죽었는지 더 이상 비명 소리가 들리지 않았다. 다만 시신들을 내던진 쉴드옥토퍼스의 다리만이 아무 일도 없었다는 듯 그 자리를 조용히 빠져나가고 있었다.

크릉.

아무런 움직임도 보이지 않던 숲 속의 어디에선가 여인들의 나직한 말소리가 들려오고 있었다.

"핀, 네 빅투스 좀 조용히 시켜."

"네, 언니."

"벌써 쉴드옥토퍼스의 이목을 끈다면 우린 다 죽음 목숨이야."

"죄송해요."

이들은 유인조를 맡고서 몸을 숨기고 있던 유글렌 부족의 전사들이었다. 월드린에게 꾸지람을 들은 핀은 고개를 숙이며 반성하는 표정을 짓고 있었고, 그녀의 뒤에서 함께 숨죽이고 있던 여전사들은 핀의 등을 두들겨 주며 괜찮다는 위로를 하고 있었다. 그녀들의 위로를 받은 핀이 고마움을 느끼며 입을 열려는 순간, 허공의 침묵을 깨우는 소리가 들려왔다.

삐이이이익!

멀리서 피리 소리가 들려오자 월드린은 긴장된 눈빛으로 유글렌의 전사들을 바라보며 재빨리 행동 지시를 내리기 시작했다.

"수색조와 쉴드옥토퍼스가 조우했다. 저격조에 유인 시작을 알리고 다들 연습했던 것과 같이 유인 준비해!"

삑! 삐이이이익!

저격조에게 피리를 불어 유인 개시 신호를 보낸 유인조의 조원들은 일사불란하게 빅투스들의 귀에다 무엇인가를 속삭였고, 그녀들의 말을 알아들은 듯한 빅투스들은 하나둘 포효하기 시작했다.

쿠워워엉! 커홍!

빅투스들의 포효를 확인한 월드린은 피리 소리가 들려온 방향을 한 번 응시했다. 그리고는 조원들에게 주먹을 쥐어 보이며 유인 개시 신호를 하자 그녀들은 빅투스들의 등에 올라탄 후 의식적으로 큰 움직임을 보이며 왔던 길로 후퇴하기 시작했다.

삑! 삐이이이익!

수색조와 일정한 거리를 두며 걸어가던 저격조는 유인조의 피리 소리를 들으며 제자리에 멈춰 섰다. 고개를 들어 주변 나무들의 높이와 위치를 확인한 리온이 자신의 뒤를 따라오던 저격조원들에게 눈빛으로 신호를 보내자 그의 설명을 충분히 들었던 조원들은 서슴없이 자신에게서 가장 가까운 곳에 위치한 나무를 오르기 시작했다. 그들 중에는 뮤스와 벌쿤도 끼어 있었는데, 훈련의 성과가 나타나는지 능숙한 자세로 나무에 오르고 있었다. 같은 나무에 올라간 뮤스와 벌쿤이 레인저들의 위치를 확인하기 위해 주변의 나뭇가지들을 살펴보자, 모두들 한곳에 시선을 고정한 채 움직일 줄 모르고 있었다.

푸스슥!

그 둘의 시선 역시 다른 저격조원들의 시선을 따라 소리가 들려오는 곳으로 향했다. 그곳으로부터 어두운 그림자 하나가 빠른 속도로 그들을 향해 다가오는 것이 보였는데 흐물거리는 모습으로 보아 쉴드옥토퍼스임을 충분히 짐작할 수 있었다. 뮤스의 옆 가지에 몸을 숙이며 서 있던 벌쿤이 흥분된 목소리로 말했다.

"형, 저 녀석이야!"

벌쿤의 말에 침을 한번 꿀꺽 삼킨 뮤스는 아무런 말 없이 고개를 끄덕이며 전뇌지자총통을 꺼내 조준했다. 하지만 아직 쉴드옥토퍼스의 눈은커녕 실체조차 확인이 되지 않은 상태였기에 어디까지나 준비 자세일 뿐이었다. 검은 그림자는 점점 뮤스를 비롯한 저격조를 향해 다가오고 있었다. 그것이 쉴드옥토퍼스임을 알긴 했지만 한 번도 보지 못한 생명체에 대한 두려움이 뮤스의 가슴을 짓눌러 무겁게 만들었다.

'침착하자. 아직은 아니야.'

뮤스가 스스로를 위로하며 침착을 유지하고 있을 때 벌쿤이 몸을 움직이는 것이 느껴졌다. 눈동자를 돌려 그를 보니 어깨에 메고 있던 활을 풀어 준비하는 모습이었는데 잔뜩 긴장한 탓인지 손끝이 떨리는 것을 볼 수 있었다. 덩치에 맞지 않게 긴장하는 모습이 우습다고 생각한 뮤스는 속으로 웃음을 삼키며 조금이나마 안정을 취할 수 있었다.

'후훗, 아무튼 웃기는 녀석이라니까.'

이제 쉴드옥토퍼스의 형체가 드러날 정도로 거리가 좁혀져 있었다. 70멜리… 60멜리… 50멜리… 그것의 가장 긴 다리가 뮤스가 있는 나무 아래를 통과할 때 50멜리가량 떨어져 있는 몸통으로부터 반짝이는 무엇인가가 보이기 시작했다. 그것이 쉴드옥토퍼스의 눈임을 알아챈 뮤스는 숨을 죽이며 전뇌지자총통으로 그것을 겨냥했다. 하지만 정지해 있는 목표물로 훈련을 하던 때와는 다르게 움직이는 목표물이기에 어려움을 느끼고 있었다.

'아냐, 이 정도 움직임은 충분히 계산해 낼 수 있다. 일정한 속도이니 별무리가 될 수는 없지.'

뮤스는 눈조차 깜빡이지 않고서 쉴드옥토퍼스의 눈을 바라보기 시작했고, 그것의 일정한 움직임을 간파한 뮤스는 손으로 뇌공력을 모으기 시작하며 숨을 죽였다.

'그래, 심장 소리가 느껴진다… 하나… 둘… 셋… 이때다! 뇌공력 오성 발출!'

손에 집중시킨 뇌공력을 전뇌지자총통으로 흘리자 눈이 부시도록 밝은 빛이 발사되었다. 그로 인해 잠시나마 쉴드옥토퍼스의 전신이 드러났는데 거대한 방패 모양의 막을 머리에 왕관처럼 쓰고 있는 모습을 하고 있었으며, 그 길이는 예상보다 더욱 길어 120멜리에 육박하고 있었다.

그것도 잠시, 전뇌지자총통에서 발사된 빛이 사라지자 사방은 다시 암흑으로 물들었다. 결과를 숨죽이며 바라보던 저격조원들은 더 이상

쉴드옥토퍼스의 움직임이 느껴지지 않자 가슴을 쓸어 내리며 안도의
한숨을 쉬었다. 그것은 벌쿤 역시 마찬가지였는데, 쉴드옥토퍼스가 움
직이지 않음을 확인한 그는 흥분한 얼굴로 뮤스를 향해 외쳤다.

“형, 성공이야! 쉴드옥토퍼스를 잡았어!”

그의 말을 시작으로 여기저기서 환호성이 튀어나오고 있었다. 하나
고개를 숙여 숨을 고르던 뮤스는 순간 주변이 다시 조용해짐을 느꼈는
데, 옆의 나무로부터 들려오는 누군가의 비명 소리로 인해 재빨리 고개
를 들어 무슨 일인지 살펴야만 했다.

“으아악!”

“무슨 일이야?!”

대답은 방금 전 자신의 옆에서 환호성을 지르던 벌쿤의 입에서 들어
야만 했다. 그는 겁에 질렸는지 입술은 새파랗게 변해 가늘게 떨리고
있었다.

“녀, 녀석이 다시 살아났어…….”

“뭐, 뭐라고? 제길!”

파파파팟!

뮤스가 고개를 돌려보자 죽은 듯 움직이지 않던 쉴드옥토퍼스의 다
리들 사이로 또 다른 다리들이 뻗어 나오며 나무 위에서 환호성 치던
조원들을 공격하고 있었다.

“공격해라!”

황급히 정신을 차린 조원들은 엉겹결에 석궁을 쏘면서 대항하고 있
었지만 쉴드옥토퍼스에게 상처를 입히기에는 너무나 미약한 무기들이
었기에 속수무책으로 당하고만 있을 수밖에 없었다.

“으아아아악!”

뮤스 역시 그들과 같이 공포에 질려 있었다. 몸은 얼어붙은 듯 움직이지 못했고 전뇌지자총통을 들고 있는 손은 힘이 빠져나가 금세라도 그것을 떨어뜨릴 것 같았다. 하지만 멀리서 들려오는 리온의 외침으로 정신을 차릴 수 있었다.

"뮤스! 저놈은 아까 그놈이 아냐! 두 마리가 동시에 돌진해 오고 있었다! 빨리 눈을 찾아 쏴버려!"

정신이 혼란스러웠지만 그의 말조차 알아듣지 못할 정도는 아니었기에 없는 정신을 수습하며 서둘러 쉴드옥토퍼스의 눈을 찾기 시작했다. 그와 함께 쉴드옥토퍼스의 눈을 찾던 벌쿤이 손으로 가리키며 외쳤다.

"형! 여기야! 우리 나무 바로 아래!"

벌쿤이 가리킨 곳을 황급히 바라보자 그의 말대로 반짝이는 쉴드옥토퍼스의 눈을 볼 수 있었다. 뮤스는 재빨리 전뇌지자총통을 겨누었다. 하지만 쉴드옥토퍼스 또한 뮤스의 위치를 파악하고 있었는지 거대한 다리를 휘둘러 그가 서 있던 나뭇가지를 박살 내는 동시에 그의 몸을 날려 버렸다.

퍼버버벅!

옆의 가지에서 뮤스가 당하는 장면을 지켜보던 벌쿤은 분노하며 화살의 시위를 먹였다.

"이 망할 자식! 감히 뮤스 형을……! 죽어랏!"

그의 손에서 당겨진 시위가 놓아지며 묵직한 쇠 화살이 파공성과 함께 허공을 갈랐고, 그것은 쉴드옥토퍼스의 머리를 향해 날아 들어가 박혔다. 하지만 별다른 피해가 없는지 쉴드옥토퍼스의 공격은 계속되고 있었다. 한편 쉴드옥토퍼스의 다리에 맞아 나가떨어진 뮤스는 고개를 한번 흔들어보며 정신을 차리고 있었다.

“휴우… 뇌동체술법으로 보호하지 않았으면 가루가 될 뻔했군.”

몸에 큰 이상이 없음을 확인한 뮤스는 이내 자신이 걸려 있는 나뭇가지에서 몸을 일으켜 전황을 살폈다. 사방에선 살아남은 저격조원들이 석궁을 날리고 있었으며 벌쿤도 흥분한 상태에서 쇠 화살들을 쏘아대고 있었다.

“벌쿤 녀석, 저렇게 흥분하다간 위험해!”

뇌공력을 사용해 몸을 날린 뮤스가 막 쉬드옥토퍼스의 공격에 당하려던 벌쿤을 껴안으며 다른 나뭇가지로 몸을 피했다.

누군가의 손길을 느낀 벌쿤은 고개를 돌려 손의 주인을 확인하자 그것이 뮤스의 것임을 알 수 있었다.

“형, 아직 살아 있었네?”

어이없는 그의 말에 피식 웃어 보인 뮤스는 싱겁게 대답했다.

“난 장가도 못 가고 죽기는 싫다. 내가 처리할 테니 넌 피해 있어.”

벌쿤에게 한마디 한 뮤스는 전뇌지자총통을 들어 그들을 지나쳐 간 쉴드옥토퍼스의 눈을 겨냥하고 있었다.

“자, 이 녀석 이번에야말로… 엇!”

쉴드옥토퍼스의 눈을 겨냥하던 뮤스가 갑자기 머리를 짚으며 휘청이자 벌쿤이 다급하게 부축을 하며 물었다.

“형! 왜 그래?”

“큭! 저 녀석에게 발길질당하면서 골이 흔들렸나 봐. 조금 있으면 괜찮아지겠지만 이 정신으로는 저 작은 눈을 맞힐 수 없는데 큰일이군.”

그의 상태를 살펴보던 벌쿤은 입술을 깨물며 말했다.

“그럼 내가 이 화살로 끝낼게.”

벌쿤의 말에 뮤스는 고개를 가로저었다.

"그 화살이 아무리 쇠로 만들어진 화살이라지만 저 녀석의 눈을 뚫고 들어가기에는 무리가… 쇠?"

뮤스는 무슨 생각이 떠올랐는지 급히 말을 돌리며 벌쿤을 바라보았다.

"벌쿤, 꿰뚫지는 못하더라도 저 녀석의 눈을 맞힐 수는 있겠지?"

갑작스런 그의 물음에 벌쿤은 엉겁결에 고개를 끄덕였고 뮤스는 의미심장한 미소를 지었다.

"그럼 화살을 날려줘. 그 이후는 내가 맡을게."

"알았어. 뭔가 방법이 있겠지."

심호흡을 한번 한 벌쿤은 쇠 화살 하나를 꺼내 시위에 먹였고 호흡을 멈추며 쉴드옥토퍼스의 눈을 겨냥했다. 그리곤 손에 잡고 있던 시위를 놓자 쇠 화살은 지금까지보다 더 요란한 파공성을 내며 허공을 갈라 보기 좋게 쉴드옥토퍼스의 눈에 박혔다.

쐐아아악! 퍼퍽!

하지만 쉴드옥토퍼스는 아무렇지도 않은지 계속해서 저격조원들을 공격하고 있었다. 벌쿤이 낙담하는 표정을 지으며 뮤스를 바라보자 뮤스는 재빨리 전뇌지자총통으로 쉴드옥토퍼스의 눈을 겨냥하며 말했다.

"후훗, 넌 죽었다! 뇌공력 오성 발출!"

그의 외침과 함께 전뇌지자총통으로부터 또 한 번의 눈부신 빛줄기가 발사되었는데 안타깝게도 목표물을 약간 빗나간 듯 보였다. 하나 놀라운 일은 그 다음에 벌어졌다. 바로 엉뚱한 곳으로 날아가던 빛이 순간적으로 방향을 바꾸며 그것의 눈을 관통해 버렸던 것이다. 벌쿤은 이 기적 같은 일에 입을 벌린 채 뮤스를 바라봤고, 쉴드옥토퍼스의 다리들과 혈투를 벌이던 저격조원들 역시 그것들이 더 이상 자신들을 공격하지 않자 의아한 표정으로 뮤스에게 눈을 돌렸다.

"와아! 뮤스 형이 녀석을 잡았어요!"

벌쿤이 요란스럽게 떠들기 시작하자 여기저기에서 싸우던 저격조원들은 상황을 정리할 수 있었다. 그제야 긴장이 풀린 저격조원들은 제자리에 주저앉으며 한숨을 내쉬었다. 그들 중 누군가가 신호를 해야 한다는 것을 기억해 냈는지 숲 속으로는 피리 소리가 울려 퍼지고 있었다.

삐이이이익! 삐이이이익! 삐이이이익!

벌쿤은 문득 소리치다 말고 고개를 갸웃거리며 나무 위에 걸터앉아 쉴드옥토퍼스를 바라보고 있는 뮤스에게 물었다.

"형, 그런데 그 빛이 어떻게 방향을 바꿀 수 있었어?"

쉴드옥토퍼스에게서 시선을 돌려 벌쿤을 바라본 뮤스는 활짝 웃으며 대답했다.

"후훗, 다 네 덕이야. 전뇌지자총통은 번개와 비슷하다고 보면 되는데, 네가 저 녀석의 눈에 철침을 박아줬기 때문에 그곳으로 빨려 들어간 거야. 이해가 돼?"

"아니."

벌쿤의 뚱한 표정에 콧잔등을 쓸어본 뮤스는 나무에서 내려오며 말했다.

"후훗, 그럼 번개가 치는 날 그 쇠 화살 들고 벌판에 서 있으면 이해가 될 거다. 아, 저기 사람들이 오는군."

뮤스의 말에 벌쿤이 고개를 들어보니 월드린이 이끄는 유인조와 커크가 이끄는 수색조의 조원들이 손을 흔들며 모습을 드러내고 있었다. 빅투스들을 이끌고 오던 월드린이 외쳤다.

"벌쿤! 뮤스! 무사하니?"

그녀의 목소리를 들은 벌쿤은 벌떡 일어나며 월드린에게 활을 흔들어 보였다.

"하하하! 누나, 내가 저 녀석의 눈을 맞혔어!"

"대단한걸?"

뮤스와 벌쿤이 무사한 것을 확인한 후 윌드린이 커크에게 고개를 돌리자 그는 아직도 굳어 있는 표정이었다. 그런 그의 모습에 걱정이 되는지 윌드린이 조심스럽게 입을 열었다.

"커크 씨, 괜찮으세요? 커크 씨?"

정신이 없는지 불러도 아무런 대답이 없던 커크는 조금 지나서야 그녀의 말에 대답했다.

"네? 부르셨습니까?"

"안색이 안 좋아 보이시네요."

"흠… 뭔가가 찜찜해서요. 그리고 희생이 너무나 컸습니다."

커크의 말에 고개를 끄덕여 보인 윌드린이 그의 등을 두들기며 위로의 말을 전했다.

"힘내세요. 모두들 자신들이 한 일에 만족하고 있을 거예요. 그리고 찜찜한 건 기분 탓이겠죠."

윌드린과 커크가 대화를 하고 있을 때 뮤스는 쉴드옥토퍼스의 사체를 손가락으로 눌러보며 말했다.

"커크 대장님, 그런데 궁금한 게 있어요!"

뮤스의 목소리를 들은 커크는 조금이나마 표정을 풀며 그의 얼굴을 바라보았다.

"궁금한 것이라니? 그게 뭔가?"

"하하, 다른 게 아니라 보통 문어는 다리가 잘리더라도 한참 동안 움직이다가 죽는데 이 녀석은 바로 죽네요?"

그의 말을 듣던 커크는 인상을 찡그리며 사람들을 향해 다급히 외쳤다.

"이런 망할! 찜찜했던 이유를 알겠군! 다들 빨리 이곳에서 빠져나간다!"

커크가 손을 저으며 후퇴 신호를 내리고 있을 때, 땅바닥에 늘어져 있던 쉴드옥토퍼스의 다리가 이성을 잃은 듯 꿈틀거리며 사방의 나무들을 때리기 시작했다.

쿠구구궁!

다리에 맞은 아름드리 나무들은 수수깡마냥 힘없이 쓰러져 내렸고, 그 나무들은 쓰러지며 유글렌 부족의 전사들과 레인저들을 덮치고 있었다.

"으아아악! 나무가 넘어간다!"

"빨리 몸을 빼내!"

그때 나무 위에 서 있던 벌쿤은 나무가 쓰러지며 땅에 나뒹굴었는데 큰 부상을 당하지는 않았는지 욕지거리를 내뱉으며 몸을 일으켰다.

"이 빌어먹을 문어자식!"

재빨리 벌쿤의 옆으로 달려온 뮤스는 그를 일으키며 말했다.

"벌쿤, 빨리 빠져나가자! 저것은 생각없이 꿈틀거리는 것일 뿐이니까 이곳만 벗어난다면 녀석은 금방 죽어버릴 거야!"

"알았어, 형!"

몸을 일으킨 벌쿤과 뮤스는 재빨리 왔던 길을 되돌아 빠져나왔고, 그 자리에서 허둥대던 레인저들과 전사들 역시 급히 자리를 피해 마을로 귀환할 수 있었다.

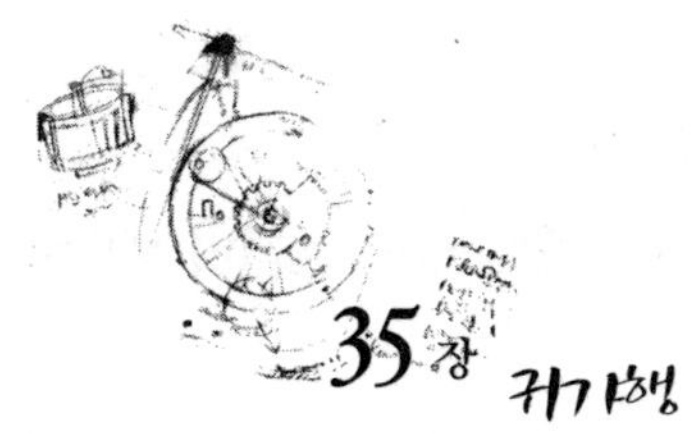

35장 귀가행

"와하하하! 그때 엄청난 빛이 번쩍이더라니까!"

"저도 봤어요. 멀리 있었어도 밝은 섬광이 보였거든요!"

"그러게 말이야! 그렇게 멋진 광경은 처음 보는 거였어!"

"벌쿤의 실력도 대단했지!"

"아무렴, 그걸 말이라고 하나?"

새벽임에도 불구하고 쉴드옥토퍼스를 잡은 전사들과 레인저들은 한바탕 어우러져 파티를 벌이고 있었다. 음식들은 내일 아침에 먹을 식량들이었지만, 그것만으로도 흥을 돋우기에는 충분했고, 날이 밝은 후 채집을 가거나 사냥을 나가도 되었기 때문에 이제 식량에 대한 걱정은 저 멀리 물러나 있었다.

마을의 영웅이 된 뮤스의 주변에는 술을 권하는 사람들이 장사진을 이루고 있었는데, 친구들과 어울려 술을 마시던 악몽이 떠오른 그는 애써 거절하며 나무에서 뽑은 수액을 술 대신 마시고 있었다. 한껏 취해 들떠 있던 커크가 입을 열었다.

"뮤스 군, 자네는 언제 이곳을 떠날 생각인가?"

뮤스는 커크의 말에 마시던 잔을 입에서 떼어 빙빙 돌리며 대답했다.

"훗, 준비되는 대로 떠날 생각이에요."

웃으며 이야기하는 뮤스의 얼굴을 바라보던 벌쿤은 마시던 술잔을 내려놓으며 어두운 표정을 지었다.

"형, 그럼 이제 다시는 못 보는 거야?"

"글쎄… 인연이 된다면 다시 보게 되겠지. 커크 대장님은 언제 이 숲을 나갈 생각이시죠?"

뮤스의 물음에 시원한 한숨을 내쉰 커크는 나무에 가려 보이지 않는 하늘을 바라보며 대답했다.

"흠, 난 이제 이 숲이 지겨워졌어. 그래서 날이 밝으면 자네와 약속한 대로 여길 떠날 생각이지."

"하핫! 정말이에요?"

"물론이지."

커크의 말에 기뻐하던 뮤스는 고개를 돌려 벌쿤의 얼굴을 바라보았다. 그의 얼굴에는 한 가닥의 아쉬움이 남아 있었는데 뮤스 역시 마음 한구석의 허전함을 느끼고 있었다.

"벌쿤, 오늘 이 형이랑 같이 잘래?"

뮤스의 물음에 벌쿤은 마치 기다렸다는 듯이 대답했다.

"후훗, 그러지 뭐!"

"얼굴이나 펴. 사내대장부가 이까짓 헤어짐으로 울상을 지으면 되겠냐?”

등을 두들기며 위로해 주는 뮤스에게 고개를 끄덕여 보인 벌쿤은 다시 잔을 들며 뮤스에게 웃는 모습을 보여주었다.

“그럼 오늘은 아무런 생각도 하지 않고 즐기지 뭐.”

“그래, 그래야 벌쿤답지.”

서로의 잔을 마주친 벌쿤과 뮤스는 평생을 함께한 형제처럼 웃으며 떠들기 시작했다. 조촐한 파티가 끝난 후 뮤스와 벌쿤은 한 침대에서 천장을 바라보며 누워 있었다. 그들 둘 모두 헤어질 생각을 하니 잠이 오지 않는지 몇 시간 동안이나 서로에 대한 이야기를 하고 있는 중이었다. 잠시 침묵을 지키던 벌쿤이 입을 열었다.

“형, 형이 온 곳은 어떤 곳이야?”

물음에 곰곰이 생각해 보던 뮤스는 마침 떠오르는 말이 있는지 입을 열었다.

“흠… 나도 적응이 되지 않는 곳이야. 사람들도 엄청나게 많고, 학교도 많고, 잘난 척하는 사람들도, 생활이 어려운 사람들도 많지. 그렇지만 활력이 있는 것이 아주 마음에 들어.”

그의 말을 듣던 벌쿤은 또다시 입을 다물며 침묵을 지켰다. 벌쿤이 아무런 말도 하지 않자 뮤스는 옆으로 몸을 돌려 누우며 물었다.

“무슨 생각 하는 거야?”

대답을 하지 않던 벌쿤은 잠시 후 들릴 듯 말 듯한 목소리로 말했다.

“형…….”

“응. 말해 봐, 듣고 있으니까.”

잠시 뜸을 들이던 그는 마음의 결심을 했는지 입술을 깨물었다.

“형, 나 형 따라가면 안 될까?”

“뭐, 안 될 것도… 뭐?! 날 따라온다고?”

무심결에 대답을 하던 그는 몸을 일으키며 놀란 듯 외쳤다.

“그 말 진심이야? 그럼 너희 누나는 어떻게 하고?”

“글쎄… 누나야 혼자서도 씩씩하게 살아가는 사람이니까…… 난 이곳에서 아직 결혼도 하지 않았고 누나도 조금 있으면 결혼을 할 테니… 물론 커크 대장님과 잘 되지 않은 듯해서 조금 아쉽지만.”

“흠, 너희 누나가 그걸 허락해 줄까?”

뮤스의 말투를 보아 자신의 생각대로 기울어옴을 느낀 벌쿤은 몸을 일으키며 그의 팔을 잡았다.

“형, 그러니까 형이 누나를 설득해 줘! 그럼 누나도 허락해 줄 거야. 응?”

덩치에 어울리지 않게 애처로운 눈빛으로 부탁을 하는 벌쿤을 보며 뮤스는 자신도 모르게 고개를 끄덕일 수밖에 없었다.

쉴드옥토퍼스의 악몽에서 완전히 해방된 유글렌 부족의 마을은 평소보다 더욱 상쾌한 아침 공기가 감돌고 있었다. 밤새 한잠도 자지 못한 벌쿤은 날이 밝았다는 것을 확인하고 뮤스를 흔들어 깨웠다. 인상을 찡그리며 침대에 몸을 비비던 뮤스는 텁텁한 목소리로 말했다.

“으응… 무슨 일이야……”

“형, 벌써 아침이야! 빨리 일어나서 누나를 설득해 줘!”

“아… 벌써 아침이야? 난 잠도 덜 잤다고.”

“정 그렇다면 어쩔 수 없지.”

장난기가 그득 담긴 웃음을 지은 벌쿤은 이불을 말아 뮤스를 감쌌고, 그것을 어깨에 짊어지며 문을 박차고 집을 나섰다. 벌쿤의 행동에 감

짝 놀란 뮤스는 버둥거리며 그의 어깨에서 벗어나기 위해 애쓰기 시작
했다.

"벌쿤, 이게 뭐 하는 짓이야!"

"헤헤… 형이 안 일어나니까 이러는 수밖에."

"나 내려놔!"

"여기서 떨어지면 다칠지도 몰라. 가만히 있어."

뮤스의 말에 전혀 아랑곳하지 않은 벌쿤은 잰걸음으로 자신의 집 앞
까지 걸어가 멈췄고, 문을 두들기며 외쳤다

"누나, 문 열어. 나 벌쿤이야."

끼익.

"하하, 누나, 잘…….."

아침 인사를 하며 웃음 짓던 벌쿤의 표정은 순식간에 싸늘히 얼어버
렸는데, 그것은 뮤스 역시 똑같은 상황이었다. 그 이유는 문을 열어준
이가 윌드린이 아닌 속옷 바람의 커크였기 때문이었다. 할 말을 잃은
벌쿤이 입만 뻥긋거리자 그의 어깨에 매달려 있던 뮤스가 싸늘한 분위
기를 깨며 물었다.

"이, 이게 어떻게 된 거죠?"

뮤스의 물음에 커크는 얼굴을 붉히며 지나가는 개미가 말한다 해도
이보다는 클 정도의 목소리로 떠듬거리며 말했다.

"그, 그러니까… 쉽게 말해서… 이 숲에 정붙이고 살아야 할 일이
생겼다고… 할까?"

"으엑!"

"큭!"

커크의 대답을 대충 짐작은 했지만 직접 들으니 더욱 충격이 컸던지

벌쿤은 입으로 괴상한 신음성을 토해내고 있었다.

"그렇다면 이 숲을 나가는 건 어떻게 된 거예요?"

"아… 밖에서 이렇게 서 있지 말고 들어와서 이야기하자고."

어느새 그의 말투는 이 집 주인의 그것인 양 바뀌어 있었는데, 집으로 들어와 보니 윌드린 역시 속옷 차림으로 침대에서 머리를 긁적이고 있었다.

"여! 잘 잤니?"

아무렇지도 않은 듯 인사를 하는 그녀의 모습에 발끈한 벌쿤이 소리를 질렀다.

"누나! 태연하게 말 좀 하지 마!"

"그럼 어떻게 말할까? 아참, 너희 매형께 인사는 했어?"

역시 예상대로 벌쿤의 말을 들을 윌드린이 아니었다.

"잘도……."

두 남매의 이야기를 듣던 뮤스는 크라이츠와 자신의 모습을 보는 듯해 어색하지는 않았지만, 커크의 이야기는 들어야 했기 때문에 둘의 말을 잘라야만 했다.

"그럼 커크 대장님은 이곳에 남는다는 건가요?"

커크는 뮤스의 물음이 어떤 의미인지 알았기에 고개를 저으며 말했다.

"아, 그 점은 염려 말게. 숲을 잠시 떠나서 여동생을 만나고 와야 할 것 같거든? 오후쯤 다른 레인저 대원들과 이곳을 떠날 걸세."

"휴우, 그건 정말 다행이군요."

뮤스가 한숨 쉬고 있을 때 벌쿤은 하룻밤 사이에 일어난 모든 것을 받아들이기로 했는지 평온한 표정을 지으며 뮤스를 바라보았다.

"형, 이제 난 거리낄 게 없어."

고개를 한 번 끄덕인 뮤스는 월드린을 바라보며 벌쿤의 이야기를 꺼냈다.

"저… 이번에 벌쿤도 저와 함께 갔으면 하는데요, 허락해 주시면 안 될까요?"

벌쿤은 월드린의 얼굴을 보며 대답을 기다렸는데, 오히려 월드린은 손뼉을 치며 응답했다.

"정말 잘됐구나. 안 그래도 살림을 차리면 이 집에서 함께 사는 게 무리라고 생각했는데. 바깥 세상은 남성 중심 사회니까 벌쿤, 너 정도면 잘 살아갈 수 있을 거야!"

크라이츠와 대등할 정도의 이상한 성격을 보유한 월드린을 보며 뮤스는 그녀 역시 드래곤이 아닐지 의심이 갔다. 하지만 벌쿤은 그런 것들이야 아무래도 상관없다는 듯 뛸 듯이 기뻐하며 월드린을 껴안았다.

"누나, 정말 고마워!"

"떠나려면 짐을 챙겨야지? 이럴 시간 있니?"

들뜬 표정을 지어 보인 벌쿤은 서둘러 장롱을 뒤지며 온갖 옷가지들을 끄집어내기 시작했다. 그러는 동안 월드린은 뮤스를 바라보며 말했다.

"뮤스 정도면 믿고 동생을 맡길 수 있지. 부족한 점이 많더라도 잘 보살펴 줘."

"당연하죠. 이제 벌쿤은 제 친동생이나 마찬가지예요."

그의 대답에 월드린은 만족한 표정을 지으며 고개를 끄덕였다.

유글렌 마을은 떠나는 레인저들과 뮤스들을 환송하기 위해 모두들

나와 있었다. 이미 족장과 장로들을 비롯한 모든 마을 사람들과 인사를 한 레인저들은 짐을 꾸리고 있었고, 뒤늦게서야 짐을 모두 꾸린 벌쿤은 엄청난 크기의 배낭을 메고 나타났다. 물론 배낭이 객관적으로 볼 때 크기가 큰 것이지, 그의 몸집에 비한다면 딱 알맞는 크기라고 할 수 있었다. 사실 원래 벌쿤이 가져가려 했던 짐의 양은 지금의 두 배는 되었지만 뮤스의 마법 가방에 덜어 넣었기에 이 정도에서 그친 것이었다. 그들이 집에서 걸어나오고 있을 때 커크는 살아남은 레인저 열두 명에게 여행 계획을 설명하고 있었다.

"자네들도 알겠지만 쉴드옥토퍼스의 산란기이기 때문에 다른 마물들이 날뛰지 못한다. 지금부터 두 달 정도 드베인 숲은 안전 지대인 셈이지. 그래서 쉴드옥토퍼스들의 산란 지역만 피해 나가면 예상 소요 기간은 열흘. 열흘 후 이 숲에서 빠져나가게 된다. 질문있나?"

"없습니다."

레인저 대원들의 대답을 들은 커크는 뮤스와 벌쿤을 바라보았다. 그의 시선은 벌쿤의 배낭에 머물러 있었는데, 이미 그들과 친해졌고 벌쿤의 매형이 되었기에 말투는 편안해져 있었다.

"벌쿤, 그 짐을 다 가지고 가려는 생각이야?"

"네. 안 되나요?"

"후훗, 여기 대원들의 짐을 좀 보라고. 최소한의 생필품과 음식, 무기가 아니면 소지하지 않잖아. 급박한 상황이 생겼을 때 다 챙길 수 없거든?"

"그렇지만 전 이곳을 완전히 떠나서 외부에 정착해야 하는걸요?"

"그래도 어쩔 수 없어."

머리를 긁적이며 고민을 하던 벌쿤은 야릇한 표정으로 뮤스를 바라보았다. 뮤스 역시 그의 의도를 눈치 채고 어깨를 으쓱였다.

"좋아. 대신 옷가지만 내 가방에 넣어주겠어. 두꺼운 옷은 가방 입이 좁아서 안 들어가니까 빼놓고 가도록 해."

"헤헤, 역시 형밖에 없다니까."

둘의 대화를 듣던 커크가 뮤스의 가방을 살펴보며 말했다.

"이 가방에 벌쿤의 옷을 다 넣겠다고?"

그가 의아해하는 것을 충분히 이해한 뮤스는 고개를 끄덕이며 말했다.

"이건 마법 가방이에요. 무한대로 물건들을 넣을 수 있죠. 그리고 커크 대장님, 이것 좀 지니고 다녀주세요."

뮤스가 건네준 것은 단추 모양을 한 금빛의 물체였는데, 그것을 받은 커크는 이리저리 돌려보며 물었다.

"이게 뭔데? 금으로 만든 거냐?"

"아… 그냥 선물이라고 생각하세요. 금으로 만들었으니 잃어버리지 않도록 조심하시고요."

"뭐, 그렇게 하지."

벌쿤의 짐을 해결 본 커크는 고개를 돌려 그들을 마중 나온 월드린을 바라보았다. 겨우 며칠 만에 결혼을 해버린 사이기에 조금 어색하긴 했지만 그녀를 아끼는 마음만은 각별했다. 월드린이 다가와 그의 귓가에 뭔가를 속삭였다.

"커크, 돌아오면 내 밀린 빨래나 좀 해줘요. 그리고 잘 다녀와요."

"그, 그런……."

월드린의 말에 당황한 커크가 얼굴을 붉히자 두 남녀의 대화를 듣지 못한 벌쿤은 뮤스의 허리를 찌르며 말했다.

“누나가 야한 이야기 했나 봐. 커크 대장님 얼굴 빨개지는 것 좀 봐.”

“하… 그런가? 내 생각에는 돌아와서 집안일할 준비나 하라는 것 같은데?”

이때 무안한 모습을 보였다고 생각한 커크가 서둘러 몸을 돌리며 말했다.

“자, 이제 다들 출발!”

커크의 말이 떨어지자 레인저들은 아쉬운 표정을 지으며 마을 밖으로 걸어나가기 시작했고, 벌쿤은 윌드린과 포옹을 하며 작별 인사를 했다.

“벌쿤, 나가서도 뮤스 말 잘 듣고 몸조심하거라.”

“후훗. 누나, 걱정 마. 가끔 커크 대장님과 연락이 되면 찾아올게!”

“그래… 또 보자꾸나.”

그녀의 말에 고개를 힘차게 끄덕여 보인 벌쿤은 등을 돌리며 뮤스를 따라갔다. 그런 벌쿤의 뒷모습을 보는 윌드린의 눈가에는 아무도 모를 눈물이 맺히고 있었다.

＊　　　＊　　　＊

라이델베르크의 건물들 지붕 위로 해가 넘어가 붉은 노을을 뿌리고 있을 때 이곳의 명물이 되어버린 공학원 역시 하루를 마무리하고 있었다.

지잉— 철컥! 지잉—

—딩동! 오늘의 업무를 마칠 시간입니다. 모든 공학원 내의 직원들

은 하던 작업을 마무리해 주십시오.

하루의 일과가 끝났음을 알려주는 방송이 공학원 내부에 울려 퍼지자 직원들은 안구보호경을 벗으며 여유로운 대화를 나누고 있었다.

"여, 보이첼. 오늘 저녁에 술 한잔 어때?"

"아, 오늘은 안 돼. 우리 마나님이 임신했잖아. 그래서 일찍 들어가야 해."

"쳇! 자네는 장가간 후로 매일같이 착한 신랑이구먼."

"미안해. 다음에 시간 한번 내자고."

모든 공학원의 직원들은 자신이 일하던 자리를 정리하며 일어나 하나둘 그곳을 빠져나가기 시작했다. 집무실에서 나온 켈트와 사촌 드워프들은 린 강의 발전소로부터 공급되는 전뇌력을 차단하고 있었다. 전뇌력 차단 장치를 내리던 브라이덴이 투덜거렸다.

"뮤스 군이 실종된 지도 벌써 보름이나 지났군. 아직도 크라이츠님은 손쓸 생각을 하지 않으슈?"

그의 물음에 켈트는 고개를 가로저으며 대답했다.

"아직 아무런 말도 하지 않으셔. 어쩌면 뮤스가 누구인지도 까먹었을걸?"

"끌끌… 농담이 지나치슈, 형님."

그들의 대화에 레딘 역시 끼어들며 말했다.

"켈트 형님의 말씀이 맞을지도 몰라. 얼마 전에 블뤼엔이 술 마시고 이틀 앓아 누운 날 기억해?"

"아무렴. 기억하고말고."

"그 다음날 일하러 나왔는데 누군지 몰라보시더군."

"그, 그런 일이 있었어?"

드워프들이 크라이츠에 대해 잡담을 하고 있을 때 집무실에서 나오는 크라이츠를 볼 수 있었다. 그녀는 안경을 쓸어 올리며 서류들을 보고 있었는데 드워프들을 바라보지도 않은 채로 입을 열었다.

"켈트 씨, 제국의 기사단에 지급할 천체만리경 500개와 원거리대화기 500개를 제작해 주세요. 그리고… 음, 전뇌거 경주가 끝나고 난 후에 로데오의 재고 수량이 많이 모자라니 생산 라인을 완전 가동시켜 주시고요. 뭐… 이쯤이면 되겠네요."

말을 마친 크라이츠가 등을 돌려 집무실로 향하자 드워프들은 인상을 구기며 괴상한 표정을 짓고 있었다. 그때 크라이츠는 잊은 말이 있는지 고개를 돌리며 말했다.

"아차! 깜빡했군요. 뮤스가 이쪽으로 이동 중인데 일주일 후면 도착할 것 같군요."

의외성을 띤 그녀의 말에 놀란 드워프들은 눈을 크게 떴고, 켈트는 흥분한 목소리로 물었다.

"어떻게 그것을 알고 계십니까?"

"호홋, 그 녀석이 제가 준 마법 가방을 가지고 있는 것을 모르시나요? 드래곤의 물건에는 무엇에나 추적 마법이 걸려 있어요."

"아차! 내가 왜 그걸 깜빡하고 있었지?"

자신의 머리를 두들기며 힐책하는 켈트의 얼굴에는 그의 표정과는 전혀 상관없는 설레임이 떠오르고 있었다.

"자네들, 뭐 하나. 내일 작업 준비를 해야지."

켈트와 함께 신이 난 드워프들은 콧노래를 흥얼거리며 재료 준비에 분주해하기 시작했고, 그들을 보던 크라이츠는 미소를 지으며 집무실로 들어갔다.

"뮤스 녀석, 이 누님을 놀라게 한 대가를 치르게 해줘야겠군. 호호 홋!"

장난기 섞인 혼잣말을 중얼거리던 그녀는 책상 위에 올려진 우편물들을 살펴보고 있었다. 그중 그녀의 눈길을 끄는 한 장의 편지가 있었는데 뜻밖의 인물에게서 온 편지였다.

"이 사람도 오랜만이군. 가비르… 아니, 이제 재상 각하라고 해야 하나? 호홋."

편지 봉투를 뜯어 내용을 읽고 있던 크라이츠의 눈에는 이채가 서리고 있었는데, 흥미진진한 일이 있을 때마다 나타나는 그녀의 버릇 같은 표정이었다.

＊　　　　＊　　　　＊

한편 뮤스 일행은 드베인 숲의 가장 외곽 지역에서 야영 준비를 하고 있었다. 그들은 앞으로 삼 일 후면 숲을 빠져나갈 수 있는 거리였기에 조금은 느긋해 있는 상태였다. 모닥불에 손을 쬐고 있는 뮤스의 옆에서 벌쿤이 투덜거리고 있었다.

"형이 쓸데없는 짓을 하는 바람에 무려 이틀이나 늦어졌잖아."

"하하, 그게 어떻게 쓸데없는 짓이냐?"

"그깟 슬라임이 녹아 죽든 얼어 죽든 무슨 상관이라고……."

"그래도 덕분에 냉장고도 만들고 좋잖아? 나중에 라이델베르크에 도착하면 냉장고도 생산해야겠군."

뮤스의 말을 듣던 벌쿤은 고개를 갸웃거리며 물었다.

"그런데 형은 그곳에서 뭘 하는데?"

"음… 빨래기나 전뇌지지총통이나 냉장고나… 뭐, 그런 필요한 것들을 만들고 개발하는 사람이지."

언뜻 감이 잡히지는 않았지만 지금까지 봐온 것이 있었기에 감탄한 표정을 지었다.

"와! 그래서 능숙했었구나."

"훗, 너도 그곳에 도착하면 머리카락이 다 빠지도록 공부만 해야 할 테니 미리 각오나 해둬라."

"엥? 공부?"

으름장을 놓는 말에 놀란 벌쿤이 머리카락을 만져 보고 있을 때 커크는 야영 준비를 끝냈는지 그들에게 다가오며 말했다.

"후훗. 자, 이거나 먹어."

"이게 뭐예요?

"후훗, 레인저들이 즐겨 먹는 요리야. 뭐, 어떤 짐승을 사냥했느냐에 따라 주재료가 변하긴 하지만 거의 맛은 비슷하지."

커크가 건네준 철 그릇 안에는 초록색의 수프가 들어 있었는데, 오늘 이곳에서 사냥한 사냥감에 대해 기억을 떠올려 본 뮤스는 인상을 구겼다.

"으엑! 이게 뱀 수프란 말이에요? 그것도 머리가 세 개나 달린? 이걸 어떻게 먹어요. 그렇지, 벌쿤?"

뮤스가 벌쿤을 보며 동의를 구했지만 이내 심한 배신감을 느껴야만 했다. 벌쿤은 아무렇지도 않은지 스푼을 놀려가며 맛있게도 먹고 있었던 것이다.

"형, 이거 생각보다 맛있는데? 빨리 먹어봐."

정말 맛있는지 행복한 표정을 짓는 벌쿤을 보곤 뮤스는 침을 꿀꺽 삼키며 뱀 수프의 냄새를 맡아보았다. 고약한 냄새가 코를 찔러 들어오자 속이 울렁거림을 느낀 뮤스는 철 그릇을 떠밀며 소리쳤다.

"이거 정말 못 먹겠어요! 무슨 냄새가 이래요? 정말 토하고 싶어."

뮤스가 불평을 하고 있을 때 분위기가 이상해짐을 느꼈다. 고개를 들어 주변을 살펴보니 모두들 인상을 잔뜩 쓰고 있었는데 뭐라 말하려 하자 커크가 그의 입을 막으며 말했다.

"입 열지 마! 숨도 될 수 있는 한 쉬지 말고!"

다급히 말하며 자신의 입을 막는 그의 손에서 짠맛이 느껴지긴 했지만 참을 수밖에 없었다.

"제길… 앞으로 며칠 간은 못 움직이겠군."

뮤스는 자신의 입을 가로막고 있는 손을 치우며 조심스럽게 물었다.

"이건 무슨 냄새예요? 그리고 또 뭐가 나타난 거죠?"

"이건 스콩키의 냄새야. 저 숲을 자세히 보거라. 빅투스만한 짐승의 몸집이 보여?"

커크의 말을 듣던 뮤스가 안력을 돋우어 그가 가리킨 곳을 바라보자 어두운 수풀 건너에 미묘한 움직임을 볼 수 있었다. 뮤스가 고개를 끄덕이자 커크의 설명은 계속되었다.

"저 스콩키는 전투력은 별로 없지만 지독한 향독을 내뿜지. 맛도 엄청나게 비리고. 그것의 위력이 대단해서 한 번 크게 들이마신다면 최소한 삼 일 동안은 식사도 못하고 누워만 있어야 해."

커크의 말이 사실이라면 그 위력이 얼마나 대단한지 짐작할 수 있었다. 사실 독한 방귀 냄새를 들이마셔도 머리가 아찔할 정도인데, 얼핏 맡은 냄새가 이 정도이니 본래의 위력은 상상하기도 싫어지는 뮤스였다. 고개를 돌려 벌쿤을 바라보니 이미 그 냄새의 위력에 당했는지 눈이 풀리기 시작했고 입 주변으로는 가느다란 침이 흐르고 있었다.

"큭! 벌쿤은 벌써 당한 모양인데요?"

"저 녀석은 공격하면 더 심한 향독을 방출해서 어떻게 손을 댈 수도 없어."

이도 저도 못하는 상황에 처해 버렸다는 것을 눈치 챈 뮤스는 머리를 쥐어짜기 시작했다.

'향독… 독……'

눈을 돌리며 주변을 살펴보던 뮤스의 시선은 다 타서 한쪽으로 치워진 숯을 향하고 있었다.

"저거야! 모두들 숯을 천으로 싸서 코를 막고 입에 가져다 대요!"

갑작스런 그의 말에 멍한 표정으로 바라보던 레인저들은 커크가 신호를 하자 이내 고개를 끄덕이며 그가 시킨 대로 코를 막고 숯을 옷이나 수건으로 싸며 입으로 가져다 대었다. 그러자 신기하게도 비릿한 맛을 풍기던 공기 중의 향독은 온데간데없고 맑은 공기만이 입으로 흘러 들어오기 시작했다.

"이거 정말 대단한데!"

"호오, 정말이군."

숯의 효과를 본 레인저들은 몇 개의 숯을 더 천으로 싸 입으로 가져가고 있었다. 뮤스는 자신의 코와 입을 막은 채 숯덩이 하나를 수건으로 싸 들고 벌쿤에게 다가가 그의 입을 막아줬지만 이미 그 향독을 맡은 후였기에 쉽게 본래대로 돌아오지는 못하고 있었다.

부슥— 어긍— 어긍—

부스럭거리는 소리를 들은 뮤스가 고개를 들어보니 나뭇잎을 뜯어먹고 있던 스콩키는 볼일을 다 봤는지 어슬렁거리며 가던 길로 사라져 버렸다. 그것을 확인한 뮤스는 입에서 숯덩이를 뗐는데, 아직까지도 공기 중에는 지독한 악취가 남아 있었다.

"벌쿤! 정신 차려!"

그의 뒤로 다가온 커크는 뮤스의 등을 두들기며 고개를 흔들었다.

"아직까지 깨어나는 것은 무리야. 적어도 이틀 정도는 후유증이 갈 걸? 그건 그렇고, 숯이 이런 작용을 한다는 것은 어떻게 안 거야?"

벌쿤에게서 눈을 뗀 뮤스는 쉽게 설명하기 시작했다.

"아, 그거요? 숯은 타면서 엄청나게 미세하고 많은 공기 구멍들을 가지게 되죠. 그래서 악취라든지 오염된 공기들을 잘 빨아들이거든요."

"오호… 신기하군."

"한데 이제 벌쿤은 어떻게 하죠?"

손에 든 숯을 한쪽으로 던져 버린 커크는 고개를 흔들며 말했다.

"흠, 벌쿤이 깨어날 때까지 기다려야지. 덩치가 대단한 만큼 업고 가는 것은 무리가 있을 테니."

"이곳에만 머물고 있으면 위험은 없을까요?"

"괜찮을 것이니 염려하지 마. 뮤스, 너도 벌쿤을 옮겨놓고 잠이나 자도록 해."

벌쿤과 커크를 번갈아 바라본 뮤스는 고개를 끄덕이며 나뭇잎으로 만들어놓은 잠자리까지 옮기기 시작했다.

벌쿤이 정신을 차린 것은 그로부터 하루가 지난 후였다. 원체 건강한 몸이었기에 스콩키의 향독을 몰아내는 것도 비교적 빨랐는데, 레인저들은 그 덕으로 하루 동안 피로를 완전히 풀 수 있었기에 크게 나쁜 일만은 아니었다. 급경사의 언덕을 오르던 벌쿤은 이마에 흐르는 땀을 닦으며 자신의 앞쪽에서 걸어가는 뮤스를 향해 불만 섞인 목소리로 말했다.

"형, 난 아직 회복이 덜 됐단 말이야. 좀 천천히 가자고! 그리고 이 언덕은 아직도 안 끝난 거야? 듣기로는 라이델베르크의 지형은 낮다던데 왜 이렇게 올라가는 거지?"

무릎을 짚으며 바위 위로 오르던 뮤스는 뒤를 돌아 힘들어하는 벌쿤을 바라봤다.

"나도 커크 대장님을 따라가는 거야. 그러니까 나한테 투덜거리지 말고 커크 대장님께 말해 봐. 그리고 너는 냄새만 못 맡을 뿐이지 몸은 괜찮잖아?"

"흥… 궁시렁궁시렁."

"몸은 산만한 녀석이 궁시렁거리기는."

뮤스와 벌쿤이 늘 그래 왔듯 티격태격할 때 가장 앞서 걸어가던 커크가 소리쳤다.

"이봐! 다 왔어!"

커크의 말을 들은 일행들은 조금 더 힘을 내어 그가 서 있는 곳으로 뛰어 올라갔다. 그곳에 올라간 일행들은 자신들의 눈앞에 펼쳐진 놀라운 경관에 입을 벌려야만 했다. 푸른 나무가 우거진 밀림이 멀리까지 뻗어 있었고, 그 사이사이에는 맑은 호수들이 자리하고 있었다. 그리고 멀찍이 린 강의 물줄기가 흐르고 있었는데, 우거진 숲까지 도달하지 않은 강의 줄기는 햇빛을 받아 푸른색으로 빛나고 있었다.

"우와! 이게 뭐야! 드베인 숲이 이렇게 아름다웠나?"

"허허! 대장님, 우리 혹시 유람이라도 나온 건가요?"

레인저 대원들이 경관을 보며 감탄하고 있을 때 뮤스는 아무런 말조차 못하고 있었다. 하지만 벌쿤은 이러한 경관에는 아무런 감흥도 없는지 그의 등을 치며 말했다.

"형, 왜 그렇게 입을 벌리고 있어? 침 흐른다."

"이런 풍경이라니… 잠깐만 기다려 봐."

정신을 차린 뮤스는 서둘러 가방으로 손을 넣고 곧 사진기를 꺼내어 풍경을 찍기 시작했다. 그가 무엇을 하는 행동인지 이해할 수 없었던 벌쿤은 사진기의 앞에 얼굴을 들이밀며 물었다.

"형, 이게 뭐야?"

"자, 너도 한번!"

찰칵!

"후훗, 여기 있다."

뮤스가 찍은 사진을 건네받은 벌쿤은 호들갑을 떨며 커크에게 보여주었다.

"커크 대장님! 이것 좀 봐요! 제가 여기 있어요!"

벌쿤의 얼굴이 찍혀 있는 사진을 본 커크 역시 크게 놀랐는지 그의 사진을 뺏어 들며 유심히 살펴보고 있었다. 그들이 놀라고 있을 때 절벽의 저편을 둘러보던 리온이 다가오며 입을 열었다.

"대장님, 지금 그런 것으로 놀라고 있을 때가 아닌 것 같은데요?"

오늘도 변함없이 무뚝뚝한 성격을 보이고 있는 모습이었다.

"아! 그렇지. 지금부터 정신을 똑바로 차려야 할 거야. 이 절벽 아래로 내려가야 하니까."

커크의 말을 들은 뮤스와 벌쿤은 두 눈을 부릅뜨며 놀라고 있었다.

"네?"

“뭐라고요?! 여기를 내려간다고요? 하하, 피곤해서 말이 헛나온 것
이겠죠?”

고개를 돌려 리온을 바라보니 이번 역시 장난이 아님을 대변하는 얼
굴이 그들을 향하고 있었다. 그제야 상황을 이해한 뮤스와 벌쿤은 난
감한 표정으로 고개를 내밀어 절벽의 아래를 바라보았다. 어처구니가
없을 정도로 까마득해 보였다.

“휴… 떨어지면 정말 뼈도 못 추리겠군.”

“벌쿤, 나 죽으면 공학원에 시신을 양도해 줘.”

“내 몸무게가 더 많이 나가니까 떨어지면 내가 더 아플 거야.”

“어쨌든 떨어지면 죽는 건 마찬가지다.”

파랗게 질린 얼굴로 한 번씩 중얼거린 뮤스와 벌쿤은 하늘을 보며
각자 누군가에게 행운을 빌기 시작했다.

“천지신명이시여, 살려주소서!”

“숲의 영혼 포론님이여, 저에게 힘을!”

청승 떨고 있는 그들을 보고 있기 힘든지 커크는 고개를 가로저으며
재촉하기 시작했다.

“기도는 지옥에 가서나 하고 일단 여길 내려가야지?”

“잠시만요! 뭔가 방법이 있을 거예요.”

동료들에게 걸어가는 커크를 뒤로한 채 중얼거리던 뮤스는 또 한 번
머리를 굴리기 시작했는데, 드베인 숲으로 들어온 후로는 자신이 가진
지식들을 능숙하게 사용하는 모습이었다. 다른 이들이 밧줄을 준비하
며 내려갈 준비를 하고 있을 때였다. 뮤스는 마법 가방을 급히 열어보
며 벌쿤의 옷가지들을 꺼내기 시작했다. 과연 그 종류와 양도 엄청났
는데 무엇보다도 재질을 확인하던 뮤스는 밝은 웃음을 지어 보였다.

'엄청나게 질기군. 하긴 숲 속을 다니려면 질긴 소재여야겠지.'

"벌쿤, 이 옷 좀 쓸게!"

커크의 옆에서 매듭을 배우던 벌쿤은 뮤스의 말에 고개를 돌렸다.

"내 옷은 왜? 추워서 입으려고?"

"후훗. 너, 혹시 여길 재미있게 내려가고 싶지 않아?"

"엥? 재미있게?"

엉뚱한 소리를 하는 뮤스를 바라보며 되물어보던 벌쿤은 마음대로 하라는 표정을 지으며 그를 바라보았다.

"벌쿤, 이 옷의 재질이 뭐야?"

"그건 자빈 나무의 껍질로 만든 것이라서 웬만해서는 찢어지지 않지. 내가 직접 만든 천이라고."

"대단하군. 정말 질겨. 그건 그렇고 너, 바느질은 잘해?"

뮤스의 질문을 받은 벌쿤은 자랑스러운 듯 가슴을 치며 말했다.

"하하, 마을에서 바느질의 벌쿤이라고 불렸지! 그런데 바느질은 왜?"

그에게 확답을 들은 뮤스는 손에 들려 있는 벌쿤의 옷을 찢어내려 했다. 하지만 천이 너무나 질겨 여의치 않았기에 뇌공력을 사용하고서야 겨우 찢어낼 수 있었다. 그 모습을 본 벌쿤은 찢겨진 옷가지를 들춰보며 괴성을 질렀다.

"으에에엑! 내 옷은 왜 찢는 거야!"

"라이델베르크에 가면 고급 천으로 된 옷들을 많이 사줄 테니 걱정마."

"그, 그래도… 어떻게 만든 옷들인데."

아쉬워하는 벌쿤의 목소리를 뒤로하며 마련한 천들이 무려 50장쯤

되었는데 가방에서 굵직한 철로 만들어진 바늘을 벌쿤에게 건네주며 말했다.

"벌쿤, 바느질을 해서 여기 있는 천들을 넓적하게 만들어줘."

"에? 바늘이야 그렇다 쳐도 실은?"

"남는 밧줄의 올을 풀면 될 거야. 목숨이 걸린 일이니까 단단히 꿰매야 해."

엉겁결에 뮤스의 부탁을 받은 벌쿤은 밧줄의 올을 풀어 천 조각이 되어버린 자신의 옷을 하나로 꿰매기 시작했다. 그 모습을 보던 커크와 일행들은 의아해했지만 해가 지기 전까지 이곳에서 내려가야 했기 때문에 자신들의 일에 매달릴 뿐 아무 말이 없었다. 뮤스는 벌쿤의 옆에서 바느질하는 것을 감독하며 하나하나 꼼꼼히 살피고 있었다.

"거기 다시 한 번 더 꿰매. 너무 약해."

"여기?"

"그렇지. 그리고 이젠 가로로 남은 천들을 꿰매고."

"알았어. 대체 이게 뭐 하는 짓인지……."

한 시간 정도의 시간이 흐르자 지름이 30멜리는 됨 직한 천 한 조각이 완성되었다. 그것의 이곳저곳을 살펴보던 뮤스는 고개를 끄덕이며 말했다.

"자, 남은 밧줄들로 이 천의 주변을 묶는 거야. 힘의 분산이 균형적이어야 하니까 알맞은 위치에… 또 이 밧줄은 양 끝의 이 부분에 묶어서 방향을 조절할 수 있게 만들고… 여기는 허리를 묶을 수 있게. 여차!"

뮤스가 무엇인가를 만들고 있을 때 벌쿤은 바늘에 찔린 손에서 흘러나오는 피를 빨고 있었다.

“도대체 이걸 어디다가 쓰는 건데?”

이제 완성이 되었는지 뮤스는 그 천을 일정하게 접으며 말했다.

“이걸 매고 절벽에서 뛰어내릴 거야.”

“뭐라고?! 미쳤어, 형?”

“후훗, 난 지극히 정상이야. 날 못 믿냐?”

“다른 건 믿어도 이번은 안 되겠어. 차라리 커크 대장님과 함께 절벽을 타고 말겠어!”

벌쿤의 소극적인 태도에 고개를 저은 뮤스는 손가락을 좌우로 까딱이며 말했다.

“후훗, 이건 너와 나의 몸무게를 계산해서 만든 거란 말이야. 둘 다 타지 않으면 안 돼.”

뮤스의 어거지성 발언에 고개를 흔들어 보인 벌쿤은 끔찍한 장면을 떠올리며 애원하고 있었다.

“뭐 그런 게 다 있어! 형은 아무래도 쉴드옥토퍼스에게 맞았을 때의 충격이 컸던 거야. 잘 생각해 보라고.”

그의 애절한 권유에도 뮤스는 새끼손가락으로 귀만 팔 뿐 행동에 거리낌이 없었다. 이때 레인저들도 내려갈 준비가 다 되었는지 커크가 걸어오며 말했다.

“자, 내가 먼저 내려가면… 어라? 뮤스, 손에 들려 있는 그 옷 조각은 뭐냐?”

“저희는 이걸 타고 내려갈게요.”

그의 이야기를 들은 커크는 실소를 터뜨렸다.

“푸핫! 바쁜데 장난 그만 해. 아무튼 내가 먼저 내려가면서 못을 박아 안전 고리를 마련해 놓을 테니 너희는 다른 대원들에게 내려오는 방법을 배우면서 차례대로 내려와. 그럼… 내려가서 보자. 너무 겁먹지는 말라고."

자신의 이야기를 듣지도 않고 뒤돌아가 버린 커크를 보며 뮤스는 야무진 표정을 지었다.

"훗! 어디 한번 누가 먼저 내려가나 보자고요. 벌쿤, 뭐 해?"

"형, 진심이야?"

뮤스는 벌쿤의 물음에 대답조차 하지 않은 채 그의 허리를 굵직한 밧줄로 묶었고, 자신의 허리 역시 바로 옆에 연결된 밧줄에 단단히 묶었다.

"자, 이제 됐어."

손을 털며 매듭을 확인한 뮤스는 벌쿤을 이끌고 절벽 끝으로 걸어갔다. 커크는 이미 내려갔는지 보이지 않았고, 리온만이 그들의 괴상한 모습을 보며 말했다.

"여, 그렇게 몸을 똘똘 묶고서 뭘 하려는 거야?"

"리온 씨도 말릴 게 분명하니 대답은 하지 않겠어요. 그냥 눈으로 확인하시죠."

태연한 뮤스의 말과는 상반되게 벌쿤은 바둥거리며 끌려가고 있었다.

"리온 씨! 저 좀 살려줘요! 뮤스 형이 자살하려고 해요!"

하지만 리온은 꽤나 재미있는 모습이라고 생각했는지 피식 웃으며 말했다.

"하하, 그럼 뮤스, 벌쿤, 지옥이 어떻게 생겼는지는 다음에 와서 이야기해 줘."

천을 접어 가슴에 안고 있던 뮤스는 사람들에게 보란 듯이 손을 흔들었다.

"후훗, 그럼 아래에서 뵙죠."

그는 말이 끝나기가 무섭게 절벽으로 뛰어내렸는데 그에게 끌려 절벽 밑으로 몸을 날려야만 했던 벌쿤의 비명 소리가 메아리로 남아 울려 퍼지고 있었다.

"으악! 살려줘… 줘… 줘… 줘……."

설마 했던 일이 눈앞에 일어나자 크게 놀란 레인저 일행들은 급히 절벽가로 몰려가 아래쪽을 바라보았고, 먼저 절벽 아래로 내려가기 시작한 커크도 뭔가가 자신을 지나쳐 떨어짐을 느꼈는지 고개를 내려 아래를 내려다보았다. 그는 얼핏 봤음에도 방금 자신을 지나쳐 떨어진 것이 한 덩어리가 된 뮤스와 벌쿤이라는 것을 알 수 있었다.

"이런! 미쳤군!"

욕을 내뱉으며 그들을 바라보던 커크는 순간적으로 눈을 부릅떠야 했다.

"이럴 수가! 그렇다면 저 녀석들이 만들던 것이… 민들레 씨앗?"

그의 눈에 비치고 있는 것은 수십 가지 색상의 옷으로 만들어진 커다란 민들레 씨앗이었다. 물론 모양과 크기는 그것과 판이하게 달랐지만 비유를 할 만한 것은 그것밖에 떠오르지 않고 있었다.

휘유유유웅—

귓가로 흐르는 바람 소리를 들으며 아래로 내려가는 벌쿤의 꼭 감긴 두 눈 사이에서는 눈물이 새어 나오고 있었다. 주변을 둘러보며 경치를 감상하던 뮤스는 그의 머리를 두들기며 말했다.

"겁쟁이 씨, 눈이나 떠봐. 이건 낙하산이라서 죽지 않아. 이 멋진 장관을 이대로 놓칠 거야?"

아직 죽지는 않았다는 안도감에 눈을 살며시 뜬 그는 사방을 살펴보며 탄성을 질렀다. 다리를 이리저리 흔들어봐도 떨어질 생각을 하지 않자 순식간에 표정을 바꾸며 외쳤다.

"우와! 내가 날고 있잖아? 이게 어떻게 된 거야?"

"훗, 지금은 조용히 해. 그냥 경치나 즐기자고."

손가락을 입으로 가져가며 벌쿤을 조용히 시킨 뮤스는 고개를 돌려 드베인 숲의 정경을 감상하고 있었다.

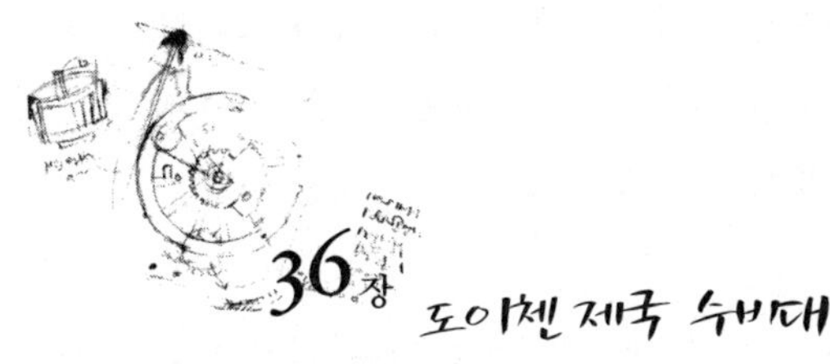

36장 도이첸 제국 수비대

　해가 저물어가기 시작하자 나무들은 어둠을 이불 삼아 덮고 잘 준비를 하고 있었다. 하지만 짓궂은 하늘은 그들의 안락함을 시기라도 했는지 부지간에 날벼락을 맞아야만 했다.

　퍼퍼퍼퍼퍽! 우지끈! 퍽!

　"형, 이게 어떻게 된 거야?"

　"헤헤, 이런 말을 해도 될지는 모르겠지만 나도 처음 해보는 거라서 그래."

　"으엑! 그럼 한 번도 해보지 못했던 일에 목숨을 걸었단 말이야?"

　"뭐, 그런 기분 있잖아, 하면 될 것 같은."

　"내가 다음부터 형이 하자는 대로 하나 봐라!"

　어두운 숲 속, 두 젊은이의 말다툼 소리가 울려 퍼지고 있었다. 그들은 바로 뮤스와 벌쿤이었는데 드베인 숲의 나뭇가지에 매달려 흔들리고 있었다. 주위의 나무를 살펴보던 뮤스가 말했다.

"뭐, 그래도 나쁜 것은 아니잖아? 혹시 땅에 떨어져 다리라도 부러졌으면 어떻게 할 뻔했냐. 일단 내려가서 일행들을 찾자. 훈련 때문에 나무는 잘 타게 되었으니 문제없잖아?"

"흥! 일단 내려가서 보자고."

입을 삐죽 내민 벌쿤은 덩치에 맞지 않는 표정을 지었고, 투덜거리며 자신의 몸을 감고 있는 밧줄을 잘라냈다.

"여차! 여길 자르면 되나?"

그 모습을 본 뮤스는 다급히 입을 열어 말리고자 했으나 이미 때는 늦었기에 보고 있을 수밖에 없었다.

푸드득― 퍽!

순식간에 떨어져 내린 벌쿤의 모습을 보던 뮤스는 한숨을 내쉬었다.

"에휴~ 뭘 잡기라도 하고서 잘라내든지 해야지… 쯔쯧… 벌쿤, 괜찮냐?"

뮤스의 물음에 한참 아래에서 벌쿤의 목소리가 들려왔다.

"으으… 어, 운 좋게 옷이 걸려서 괜찮… 으악!"

우지끈! 뚜둑!

또다시 나뭇가지 부러지는 소리와 벌쿤이 떨어지는 소리가 들려왔다. 하지만 그의 튼튼한 몸으로는 크게 다칠 염려가 없다는 것을 알았기에 뮤스는 대수롭지 않게 고개를 가로저었다.

"정말 살림 말고는 할 줄 아는 것이 없군."

그렇게 말한 뮤스는 자신 역시 그곳에서 내려가야 했기에 나뭇가지를 붙잡고 낙하산의 밧줄을 잘라내기 시작했다. 다행스럽게 몸무게가 벌쿤보다 가벼운 그였기에 나뭇가지가 부러지거나 하는 일은 일어나지 않았다. 뮤스가 나무에서 내려오자 벌쿤은 낑낑거리며 몸을 일으켜 투덜거리고 있었다.

"끄응～ 내가 형이랑 살다간 제 명에 죽지 못할 것 같아."

나뭇잎들을 머리에 뒤집어쓴 그의 모습을 본 뮤스는 피식 웃으며 말했다.

"하하, 정말 그렇게 생각되면 부적이라도 하나 써서 붙여라. 나랑 같이 다니면 이런 일이 아무래도 많을 듯하니까."

"말이라도 못하면… 이제 어떻게 하지?"

그의 질문에 대답이라도 하듯이 가방에서 무엇인가를 꺼낸 뮤스는 그것을 바라보았다.

"일단 절벽으로 가야겠지. 다시 일행들과 만나야 하니까. 여기서부터 그리 멀지 않은 곳에 떨어진 것 같거든."

"설마 못 찾는 것은 아니겠지?"

"후훗, 그 점은 걱정 마라. 대장님께 드린 금단추 기억나?"

"응, 알지. 나는 왜 안 줘?"

"후훗, 그건 선물의 의미도 있지만 추적발신기였어."

그의 말에 머리를 한번 긁적인 벌쿤은 그게 무슨 말인지 물으려 했으나 뮤스의 입에서 먼저 대답이 나오고 있었다.

"이건 예전에 만들어놓았던 건데 내 손에 들린 이 추적 장치로 단추를 지닌 대장님의 위치를 알 수 있게 되지."

"정말이야? 그런데 왜 이런 걸 만들었는데?"

볼쿤의 지나가는 질문에 뮤스는 대답을 꺼려하는 기색을 보였다. 하지만 결국은 그도 알아야 했기에 대답했다.

"우리 집으로 돌아가면 누님이 한 분 계시는데 그분이 워낙 특이하셔서……."

"월드린 누나만큼?"

그의 물음에 서슴없이 고개를 끄덕였다.

"음, 더 하면 더 했지 못하지는 않을걸? 아무튼 누님의 일거수일투족을 감사하기 위해서 만들어놓은 거야. 그런데 이런 용도로 쓰이게 될 줄은 몰랐지."

"그럼 어디로 가면 되는 거야? 나도 좀 보여줘."

뮤스의 손에 들려 있는 것을 바라보자 그것의 검은 화면에는 두 개의 점이 빛나고 있었는데 가운데의 점은 자신들의 위치, 그리고 다른 한 점은 커크의 위치였다. 벌쿤에게 대강이나마 설명해 준 뮤스는 길을 앞장서며 말했다.

"다행스럽게도 멀리 떨어지지는 않았어. 이쪽으로 300멜리 정도만 가면 되는군."

"정말 형은 대단해."

그와 같은 시간, 커크와 일행들은 모두 절벽 아래로 내려와 있었다. 방금 내려온 대원을 마지막으로 밧줄을 회수한 커크는 그것을 팔뚝으로 재어 감으며 입을 열었다.

"뮤스와 벌쿤은 어디쯤 떨어진 거야? 벌써 해가 져가고 있는데……."

그의 옆에서 밧줄을 풀어주던 리온이 말했다.

"여긴 나무가 없어서 하늘을 볼 수 있으니 야영하기는 좋을 듯한데요? 또 그 아이들이 찾아오기도 쉽고 하니 이곳에 오늘은 묵어가죠?"

턱을 쓸며 그의 제안을 생각해 본 커크는 고개를 끄덕였다.

"좋아, 오늘은 이곳에서 야영을 하도록 하지. 그리고 마실 물들은 충분한가?"

그의 질문에 배낭을 내려놓던 대원 한 명이 커크를 바라보며 엄지손가락을 치켜세웠다.

"너희 세 명은 잠자리를 마련하고 거기 두 명은 식사 준비를, 그리고 거기 세 명은 주변 정찰을 해. 그리고 나머지는 땔감을 주워 온다."

커크가 작업 분담을 시키자 대원들은 능숙한 몸놀림으로 움직이기 시작했다. 그들을 한차례 둘러본 커크는 고개를 돌려 자신들이 내려온 절벽을 올려다보았다.

"후훗, 정말 대단한 녀석들이군. 여기서 뛰어내릴 생각을 다 했다니."

질렸다는 듯 고개를 내저은 그는 마른 나뭇잎을 주워 불을 붙이기 시작했다.

부스럭.

식사를 하고 있던 레인저들은 소리가 들려오는 쪽으로 재빨리 몸을 돌리며 무기를 꺼내 들었다. 하지만 그들의 긴장을 비웃기라도 하는 듯 억울한 표정을 지은 벌쿤이 걸어나오며 죽어가는 목소리로 말했다.

"으에엑! 대장님, 너무해요! 우리가 오기도 전에 식사를 하고 있다니!"

적이 아님을 확인하고 한숨을 내쉬던 레인저들 사이에서 커크가 웃으며 말했다.

"하하, 그러니까 누가 뛰어내리라고 했어? 느낌은 어땠어?"

커크의 질문에 대답을 미룬 벌쿤은 냄비에서 음식을 퍼내기 바빴다.

"말도 마요. 저는 오줌 새어 나와서 바지가 축축하게 젖을 뻔했다니까요.”

“그건 그렇고, 뮤스는 왜 안 오지?”

스푼으로 음식을 푸던 벌쿤은 손에 묻은 음식 부스러기를 떼어 먹으
며 말했다.

“아, 형은 요 앞 냇가에서 좀 씻고 온다 그랬어요. 저 먼저 가 있으
라고 하던데요?”

“요 앞이라면 어느 정도 앞이야?”

“음… 100멜리 정도?”

“위험하진 않을까?”

커크가 근심스런 표정을 짓고 있을 때 벌쿤은 손에 들린 빵을 입에
넣으며 말했다.

“걱정 마요. 전뇌지잔가 뭔가 하는 것도 가지고 있는데 위험하겠어
요?”

“하긴, 그렇기도 하지. 다들 식사나 계속하자고.”

별달리 걱정할 것이 없다고 판단한 커크는 벌쿤이 나온 쪽을 살펴보
고선 다시 스푼을 들었다. 식사가 끝나갈 무렵이 되어 뮤스가 어슬렁
거리며 걸어오자 식사를 끝내고 한쪽 바위에 기대어 누워 있던 벌쿤이
나뭇가지로 이빨을 쑤시며 말했다.

“형, 왜 이렇게 늦었어? 음식이 남아 있을지 모르겠네.”

그의 여유로운 모습을 본 뮤스는 피식 웃으며 말했다.

“괜찮다. 난 이 녀석들이나 구워 먹지.”

들어 올리는 그의 손에는 사람의 팔뚝만한 민물고기 서너 마리가 나
뭇가지에 입을 꿰고 있었는데, 그것을 본 벌쿤이 재빨리 몸을 일으키며
말했다.

“헤헤… 내가 사실은 음식이 모자라서 배불리 못 먹었거든. 그거 다 먹지도 못할 텐데 나눠 먹자! 요리는 내가 할게!”

금세 태도를 바꾸는 그의 모습이 우습기도 하고 그의 말대로 다 먹지도 못할 정도로 많았기에 뮤스는 고개를 끄덕였다.

“그러자. 아, 그리고 대장님, 이 일대가 좀 이상하던데요?”

반대 편에서 짐 정리를 하던 커크가 그의 목소리에 고개를 돌리며 말했다.

“아! 뮤스 왔군. 근데 이상하다니? 뭐가 이상하다는 말이지?”

“동물들이 한 마리도 보이지 않아요. 게다가 새들도 있을 법한데 한 마리도 조잘거리지 않고요.”

그의 말을 듣던 커크는 별일이 아니라는 듯 손을 내저었다.

“걱정 말게. 다 쉴드옥토퍼스의 산란기라서 그렇지. 그건 그렇고, 손에 든 그 물고기 맛있겠군. 같이 먹어도 될까?”

별일 아니라는 듯한 그의 말에 고개를 갸웃거리던 뮤스는 손에 들려 있는 물고기를 바라보았다.

“뭐, 보시다시피 많은걸요.”

뮤스가 허락을 하자 커크는 벌써부터 기대가 되는지 입맛을 다셨다.

“하하, 그럼 벌쿤이 요리를 하면 되겠군.”

커크의 말을 들은 벌쿤은 뮤스에게서 물고기를 건네받아 익숙한 솜씨로 프라이팬을 찾아 요리하기 시작했다. 잠시 후 구수한 냄새가 일행들의 코를 간지럽히자 관심없이 쉬던 레인저들도 그 냄새에 이끌려 다가오기 시작했다. 요리를 하던 벌쿤은 프라이팬 위의 생선과 레인저들을 번갈아 보며 걱정스럽게 말했다.

“이런, 이렇게 되면 양이 턱없이 모자라겠는데? 어쩌지?”

자신의 양이 줄어들까 걱정한 벌쿤이 중얼거릴 때 멀리에서 등을 보이며 누워 있던 리온이 말했다.

"이봐, 벌쿤. 음식을 태우면 쓰나."

그의 말에 놀란 벌쿤이 자신의 손에 들려 있는 프라이팬을 보았다. 하지만 여전히 맛있게 익고 있을 뿐 타지는 않고 있었다. 리온의 장난이라고 생각한 벌쿤은 소리를 빽 질렀다.

"리온 씨! 그런 장난을 치면 어떻게 해요!"

벌쿤의 말에 이상하다는 듯 일어나 뒤돌아본 리온은 코를 킁킁거리며 말했다.

"흠, 그럼 이 타는 냄새는 뭐지?"

냄새를 따라 몸을 움직이는 리온과 그 진위를 확인하기 위해 냄새를 맡아보던 레인저들은 저마다 한마디씩 하고 나섰다.

"그러고 보니 뭐 타는 냄새가 나긴 나는군."

"그러게. 어디서 불이라도 난 건가?"

"불?"

리온은 자리에서 일어나 안력을 돋우며 숲의 저편과 주변을 살펴보았지만 벌써 어두워진 후여서인지 확인하기는 불가능했다.

"흠… 대장님, 저기 뭔가 있는 것 같긴 한데 잘 보이지 않는군요. 너무 멀어요."

이때 벌쿤의 옆에서 구운 물고기를 입에 물고 있던 뮤스가 가방을 들치며 말했다.

"이것으로 확인해 보세요."

그의 손에 들려 있는 것은 천체만리경이었는데 리온이 건네받기는 했지만 쓰는 방법을 몰랐기에 이상한 표정을 짓고 있었다. 그런 리온의 모습을 보던 뮤스는 먹던 생선을 삼키고 손가락을 빨며 말했다.

"쪽! 그 작은 쪽 구멍에 눈을 가져다 대고 보고 싶은 곳을 보세요."

"응, 이렇게?"

뮤스가 시킨 대로 천체만리경을 사용하자 그 둥근 몸체를 통하여 잘 보이지 않던 멀리의 상황이 보이기 시작했다.

"오호, 이런 것 하나 있으면 정말 좋겠군. 한데 대장님, 문제가 좀……."

천체만리경으로 전방을 주시하던 리온에게 커크가 다가와 물었다.

"왜 그러는가? 무슨 문제라도 생겼나?"

"넓직히 연기가 일어나고 있는데요?"

"응? 아무런 불꽃도 보이지 않는데 불이란 말이야?"

"이제 불꽃이 보이는걸요?"

어찌 보면 장난처럼 들릴 그의 말이었지만 이내 눈으로 확인할 수 있을 정도의 불길이 치솟자 커크는 믿을 수밖에 없었다. 그들의 옆으로 다가와 대화를 듣고 있던 뮤스는 불길을 바라본 후 손가락에 침을 묻혀 머리 높이 들었다.

"상황이 안 좋은데요? 바람이 이쪽으로 불어요. 바람의 세기랑 불길이 치솟는 걸 보니 앞으로 몇 시간이면 여기까지 불길이 닿을 것 같은데요?"

뮤스가 머리를 굴리며 상황을 설명해 주자 커크는 불길에서 눈을 떼지 않은 채 말했다.

"이런! 뒤쪽은 절벽인데 어떡한다……?"

팔짱을 끼며 생각을 해보던 뮤스가 다시 말을 이었다.

"불이 나는 모양으로 봐서는 자연적인 발화가 아닌걸요? 아무래도 저 반대쪽에 사람이 있는 것 같아요."

"그걸 어떻게 알지?"

"그건 조금만 생각해 보면 알죠. 자연 발화는 한곳에서 일어나지, 저렇게 줄을 지어서 일어나지 않아요."

"생각해 보니 그렇군. 하지만 중요한 것은 그것이 아니잖아? 지금 이곳을 빠져나가야 할 텐데……."

언제나 냉정히 일을 처리하던 커크가 당황하는 것을 본 뮤스는 신기한 듯이 바라보았다.

"하하, 대장님도 당황할 때가 다 있으시네요?"

이상하리만치 침착하기만 한 뮤스의 태도에 별 관심을 가지지 않고 커크는 불길을 바라보며 대충 변명을 했다.

"아무리 레인저 대장이라지만 불은 내 특기가 아니라고."

하지만 그의 침착에는 이유가 있었는지 오랜만에 콧잔등을 한번 쓸어 보인 뮤스는 미소를 지으며 말했다.

"후훗, 여기 있는 사람이면 저 불을 막을 수 있을 테니 염려 마세요."

뮤스의 말을 믿을 수 없던 커크는 그의 태도가 답답하기만 한 듯했다.

"아무리 신기한 재주가 많다지만 저 불이 이곳까지 오면 엄청난 규모란 말이야!"

"헤헤, 그래도 별수는 없잖아요. 저라도 믿을 수밖에."

뮤스의 말대로 별다른 대책을 가지지 못한 커크는 그가 지금까지 여러 가지 기행을 성공시킨 경력이 있다는 것을 기억해 내곤 결국 그의 말을 믿고 따를 수밖에 없었다. 다른 레인저들을 바라보니 그들도 커크와 같은 생각을 가지고 있었는지 고개를 끄덕이며 뮤스의 생각에 동의를 표했다.

"그래, 어디 네 생각이나 한번 들어보자."

"좋아요. 일단 불이라는 것은 공기나 발화 온도, 그리고 탈 만한 재료가 없으면 붙지 않죠. 공기는 지금 상황으로 없애기는 불가능하고, 화재가 이미 발생했으니 발화 온도도 어쩔 수 없어요. 그러니까 탈 만한 것들을 미리 치우는 거예요. 다른 숲은 다 타더라도 우리는 살아남아야 할 거 아니에요?"

그의 말을 대강이나마 이해한 커크는 턱을 쓰다듬으며 물었다.

"그러면 어떻게 하자는 거지?"

"간단해요. 불이 옮겨 붙지 않도록 불과 우리가 머무는 지역 사이의 나무들을 다 베어넘기는 거죠."

"으음, 맞불과 같은 원리로군?"

"맞불은 아시는군요?"

"그런 거야 기초 상식이지."

"하지만 바람의 방향이 좋지 않기 때문에 맞불을 지르다가는 우리가 타죽기 딱 알맞죠. 그러니까 직접 베어넘길 수밖에요."

이 위급한 상황에서도 아랑곳하지 않고 생선을 먹던 벌쿤은 뮤스의 말을 듣자 생선 가시들을 입에서 빼내며 놀란 듯 말했다.

"그럼 나무들을 다 베어내자고? 그게 가능하다고 생각해?"

어깨를 으쓱거린 뮤스는 벌쿤을 이해시키기 위해 좀 더 자세한 설명을 했다.

"하하, 물론 다 베어넘길 필요는 없어. 나무와 나무 사이에 옮겨 붙을 수 없을 정도만 베어내면 되거든."

비록 그의 설명에 따라 면적이 좁혀졌다고는 해도 커크는 무리라고 생각했는지 고개를 저으며 말했다.

"음, 아무리 그렇다고 해도 수십 그루의 나무를… 게다가 이렇게 굵직한 나무를 베어넘긴다는 것이 가능할지……."

염려스러운 목소리가 담긴 커크의 말을 들은 뮤스는 가볍게 웃으며 가방에서 전뇌지자총통을 꺼내 들었다.

"이 녀석만 있으면 다 쓰러뜨릴 수 있죠."

"오호라! 그렇겠군!"

커크는 전뇌지자총통의 위력을 알고 있었기에 무릎을 치며 탄성을 질렀고, 주변에서 이야기를 듣던 레인저들 역시 서로를 마주 보며 감탄하는 표정을 짓고 있었다. 이제 일행들이 이해한 듯 보이자 뮤스는 서두르는 목소리로 말했다.

"자, 이제 움직이죠. 여기서부터 100멜리가량 내려가면 냇물이 나와요. 그곳을 사선으로 생각하고 둥글게 나무들을 쓰러뜨려야 해요."

"그래, 알았어. 자, 다들 움직이자고!"

커크의 명령을 들은 레인저들은 서둘러 뮤스를 따라나섰고, 벌쿤 역시 먹던 물고기들을 숲 속으로 집어 던지며 자리에서 일어나 어깨를 이리저리 움직여 보았다.

"잔뜩 먹었으니 힘 한번 써볼까!"

뮤스와 일행들이 도착한 곳에는 폭이 5멜리 정도 됨 직한 냇물이 있었다. 그 건너편의 숲을 둘러본 뮤스는 일행들을 향해 외쳤다.

"냇물 건너편의 나무들을 쓰러뜨릴 거예요! 일단 냇물을 향한 반대쪽에 칼이나 도끼 자국을 깊숙하게 내서 나무 받침을 꼭 맞게 끼워 넣

으세요! 그래야 넘어가는 방향을 잡을 수 있으니까요! 벌쿤은 나 좀 도
와줘!"

그 이후로도 뮤스의 작업 설명은 계속되었는데 간단한 내용들이었
기에 쉽게 이해한 레인저들은 손도끼를 들고 숲 속으로 뛰어들었다.
그들이 작업을 시작하자 뮤스는 가방에 있는 물건들을 모조리 꺼내고
있었다. 그의 손을 거쳐 나온 물건들은 하나씩 쌓이며 산을 이뤘는데,
금은보화에서부터 시작하여 신기한 기계까지 없는 것이 없을 정도였
다. 그것을 본 벌쿤은 이것저것 만져 보며 탄성을 질렀다.

"이야~ 형, 이것들은 다 어디에 쓰는 물건이래?"

"응? 지금은 시간이 없으니까 설명은 못해주고 나중에 집에 도착하
면 다 가르쳐 줄게. 이 가방에 물이나 좀 담아."

"엥? 가방에 물은 왜?"

"오랜만에 가방 좀 빨려고 그래. 그러니까 묻지 말고 물이나 채워
줘."

"쳇. 또 안 가르쳐 주네. 알았어. 얼마나 채우면 돼?"

"오랫동안 채워."

"네네! 분부대로 하죠!"

벌쿤이 마법 가방을 들고 냇가로 발걸음을 옮기자 뮤스는 전뇌지자
총통을 들고 숲으로 들어갔다. 그곳에 있는 나무엔 이미 도끼 자국이
나 있었는데 나무 받침이 적당하게 끼워져 있었다. 상태를 확인해 본
뮤스는 만족스러운 표정을 지으며 외쳤다.

"나무 넘어갑니다! 피하세요! 뇌공력 팔성 발출!"

순간 주변이 환해지며 전뇌지자총통은 하얀빛을 뿜어냈고 그 빛은
나무 받침의 반대쪽 면을 꿰뚫으며 사라졌다.

우지끈! 쿠쿠쿠쿵!

그와 함께 거대한 나무는 받침을 끼워놓은 반대 편으로 넘어갔는데, 쓰러지는 나무에 부딪친 나무들도 덩달아 부러지며 쓰러지기 시작했다. 이마에 흐르고 있는 땀을 닦으며 그 모습을 본 커크는 휘파람을 불었다.

"휘유~ 정말 다 쓰러뜨릴 수 있겠군."

주변을 둘러보니 다른 레인저들도 그와 같이 나무 넘어가는 것을 보며 정신을 팔고 있었다.

"이봐, 통구이 정식이 되기 싫으면 정신 빼놓지 말고 하던 일이나 계속하자고!"

커크의 목소리에 정신을 수습한 레인저들은 고개를 끄덕이며 도끼질을 계속하기 시작했다.

대략 두 시간 정도가 지나자 대부분의 나무들을 쓰러뜨릴 수 있었다. 그리고 마침내 주변에서 연기가 흘러 들어오기 시작하는 것으로 봐서 불길이 인근까지 도달했음을 알 수 있었다. 타는 냄새를 맡은 뮤스는 작업 진행 상황을 확인하며 사람들에게 외쳤다.

"이제 됐어요! 다들 냇물 건너로 자리를 옮겨요!"

부시럭!

뮤스가 신호하자 쓰러진 나무들을 헤치며 레인저들이 서둘러 나오고 있었다. 그들의 옷은 땀으로 인해 흠뻑 젖어 있었으며 얼굴에는 나뭇가지에 긁힌 상처가 그득했다. 하지만 무엇인가를 이루어냈다는 기쁨에서인지 밝은 얼굴을 하고 있었다. 그들이 모두 냇물을 건너자 커크가 다가와 정면을 응시했다. 그곳에는 냇물을 따라 초토화된 숲이 있었는데, 자신들이 해낸 것이라고는 도저히 믿기지 않을 정도였다.

"정말 해냈다니…….."

"그러게요."

흐뭇함이 묻어나는 커크의 말에 대답한 뮤스는 아직도 가방에 물을 채우고 있는 벌쿤을 불렀다.

"벌쿤, 이제 됐어! 가방을 이쪽으로 가지고 와!"

두 시간 동안이나 물을 받던 벌쿤은 팔이 저리는지 경직된 모습으로 다가왔는데 얼굴 가득 심통이 난 표정이었다.

"차라리 도끼질이 훨씬 나아. 이게 뭐야."

"하하, 네가 나이가 제일 어리잖아."

"쳇, 서러워서라도 나이를 먹어야지!"

"아무튼 이리 줘봐."

벌쿤에게서 건네받은 가방은 여전히 똑같은 무게와 크기였는데 새삼스럽게 놀랍다는 생각이 들었다.

'엄청난 내용물이 들어가더라도 변화가 거의 없는 마법 가방. 반대로 생각하면 겉의 조그마한 누름이 이 속에서는 엄청난 부피 변화로 변한다. 내용물이 부피를 많이 차지할수록 더욱더.'

가방을 손에 든 뮤스는 가방 입구를 끈으로 묶어 줄인 후 손으로 가방의 아랫부분을 약하게 쥐어봤다. 그러자 가방의 입구로부터 엄청난 수압의 물길이 하늘로 치솟기 시작했다.

촤아아아악!

다시 가방에서 손을 뗀 뮤스는 고개를 끄덕이며 말했다.

"역시 내 생각이 맞았어. 벌쿤, 멋지지?"

아무런 대답도 없음이 이상해 뒤를 돌아보자 물에 흠뻑 젖은 레인저들과 벌쿤이 날카로운 눈초리로 자신을 바라보고 있었다.

"대단하긴 뭐가 대단해! 으휴~ 추워!"

겨울에 찬물을 흠뻑 뒤집어썼으니 기분이 좋을 리가 없었던 것이다. 뮤스는 그들에게 미안함이 듬뿍 담긴 미소를 보냈다.

"하… 하… 죄송해요. 그래도 조금 있으면 불의 열기 때문에 금방 마를 거예요."

어줍잖은 변명을 늘어놓은 뮤스는 그들의 눈빛을 피하며 쓰러져 있는 나무 사이로 걸어갔다. 그리곤 가방을 손으로 지그시 누르며 쓰러진 나무 위로 물줄기를 뿌리기 시작했는데, 쓰러진 나무에 불이 옮겨 붙음을 예방하는 것이었다. 한참 동안 그렇게 물을 퍼부은 뮤스는 가방 속의 물기를 털어내며 일행이 있는 곳으로 걸어왔다.

"자, 이제 다 됐어요. 이곳에 있다가는 연기에 질식할 테니 빨리 올라가죠?"

뮤스의 말을 들은 커크는 미소를 지으며 말했다.

"후훗, 다 된 건가? 자, 이제 돌아가자!"

레인저들이 야영지로 올라가는 것을 확인한 뮤스는 커크와 함께 꺼내놓은 물건들을 가방으로 수습한 뒤 그들을 뒤따랐다.

야영지로 돌아온 커크는 천체만리경으로 불길이 치솟고 있는 곳을 바라보고 있었다. 지금은 불길이 가까이 다가와 천체만리경이 없더라도 쉽게 볼 수 있었는데, 엄청난 열기가 200멜리가량 떨어져 있는 야영지까지 미치고 있었다. 벌쿤이 옷을 만져 보며 입을 열었다.

"와~ 벌써 다 말랐어. 정말 따뜻한데?"

불길을 주시하던 뮤스가 벌쿤에게 말했다.

"저걸 막지 못했으면 우린 그 사라진 물기처럼 증발해 버렸을걸?"

"그, 그래?"

그의 말을 들은 벌쿤은 바짝 말라 있는 옷을 내려다보며 마른침을 삼켰다. 불길은 바람을 타고 점차 냇물이 있는 곳까지 다가오고 있었다. 원래대로라면 야영지에서 냇물 부근을 볼 수 없었지만, 두 시간의 작업으로 건너편의 숲을 초토화시켰기에 푸른 숲에 길이 난 듯 뚜렷하게 그곳을 볼 수 있었다. 그곳을 바라보던 리온이 나직이 중얼거렸다.

"이제 다 왔군."

그의 말대로 불길은 바람을 타고 번져 냇가까지 도달해 있었는데, 뮤스의 예측대로 더 이상 태울 나무가 없어지자 안쪽으로 번지지 못하고 이미 불이 붙어 있는 나무들만 태우고 있었다.

"후훗, 역시 멈췄군요."

뮤스가 주먹을 쥐며 득의만만한 표정을 짓자 일행은 한숨을 내쉬며 마련해 놓은 잠자리에 드러누웠다. 하지만 커크와 리온은 아직도 문제가 있다고 생각하는지 마음 편한 표정이 아니었다. 그것을 본 뮤스가 물었다.

"커크 대장님, 왜 그렇게 굳은 얼굴이시죠?"

그의 질문에 리온이 대신해서 대답을 해주었다.

"비록 불길이 멈췄다고는 하나 아직 열기가 남아 있기 때문에 더 이상 전진을 못한다. 짧게는 하루, 길게는 며칠 동안 이곳에서 머물러야 하지."

과연 리온의 말이 맞는지 커크가 고개를 끄덕이며 말을 이었다.

"아무래도 이곳에서 상당한 시간을 보내야겠군. 식량도 부족한 데다 숲이 이 모양이 됐으니 사냥은 꿈도 못 꾸는데 어떻게 한다……."

그들이 그런 걱정을 하고 있을 때, 저 멀리 지평선으로부터 동이 터 오고 있었다. 화재의 연기로 인해 해는 더욱 붉어 보였다.

걱정을 뒤로한 채 일행은 깊은 잠에 빠져 있었다. 눈앞의 숲이 잿더미가 되어버린 지금에야 그들을 위협할 존재도 없었고, 설혹 있다고 해도 저 열기 충만한 땅을 건너올 수가 없었다. 그렇지만 뮤스는 근심이 가득한 얼굴로 하늘을 바라보고 있었다.

"한시라도 빨리 돌아가고 싶군. 이제는 공학원을 집이라고 느끼는 건가? 어라?"

하늘에 떠가는 구름덩어리를 바라보던 뮤스의 얼굴에는 화색이 돌기 시작했다.

"양떼구름이다!"

뮤스는 일행을 흔들어 깨우기 시작하며 소리를 질렀다.

"양떼구름이에요! 빨리 일어나서 짐 챙겨요!"

그의 안달에 하는 수 없이 눈을 뜬 일행은 아직 무슨 소리인지 알아듣지 못하는 듯 눈을 비비며 멍한 표정을 짓고 있었다. 뒤로 벌렁 뒤집어져 있는 벌쿤 또한 그들보다 못하면 못했지 나은 상황은 아니었다. 벌쿤이 눈조차 뜨지 않은 채 중얼거렸다.

"으음… 혀엉~ 또 왜 그러는데에~ 음냐……."

"빨리 일어나! 조금 있으면 비가 온단 말이야! 이제는 다시 길을 갈 수 있다고!"

"몰라……."

여전한 벌쿤의 반응에 고개를 내저은 뮤스는 커크에게 다가갔다.

"대장님, 이제 출발할 준비하죠."

　그나마 대장이란 신분에 걸맞게 바로 정신을 차린 커크는 뮤스가 가리키던 하늘을 바라보았다. 역시 그곳에는 촘촘한 양떼구름이 줄지어 가는 것이 보였고 유능한 레인저였기에 그것을 알아보았다.

　"그렇군, 정말 양떼구름이군. 다들 기상!"

　우렁찬 목소리에도 지칠 대로 지쳐 버린 레인저들은 머리를 긁적일 뿐 움직일 생각을 하지 않았다. 생각을 바꾼 커크는 그들 뒤에 있는 절벽을 보며 말했다.

　"잠시 후면 비가 내려 절벽이 내려앉는다. 일어나지 않으면 그 자리에 돌무덤이 생겨 버릴지도… 뭐, 이곳에서 뼈를 묻고 싶다면 말리진 않겠어."

　그의 나직하면서도 위협적인 말을 들은 레인저들은 두 눈을 번쩍 뜨며 날아갈 듯 자리에서 일어났고, 벌쿤 역시 자신의 배낭을 껴안고서 주위를 살폈다. 그들의 모습을 본 커크는 껄껄 웃으며 자신의 짐을 챙겼다.

　"진작 이렇게 일어날 것이지. 이제는 누가 숲에 불을 질렀는지 만나 볼 수 있겠군. 내 손에 잡히기만 한다면 한 대 갈겨주지. 뮤스, 천체만리경 좀 줘볼래?"

　"여기요. 저야 돌아가서 하나 더 만들면 되니까 대장님께 드리죠."

　"후훗, 정말 고맙군."

　뮤스로부터 천체만리경을 건네받은 커크는 눈앞에 펼쳐진 잿더미를 둘러보기 시작했다. 그 엄청난 불길에도 타버린 곳이 숲의 일부분이라는 것을 확인한 커크는 내심 숲의 방대함에 혀를 내둘러야만 했다. 그러던 그의 눈에 무엇인가 움직이는 물체들이 잡혔다. 그들을 바라보던 커크는 미소를 지으며 말했다.

"하하, 수비대군. 구아드도 보이는걸?"

커크의 옆에서 멀리 내다보던 뮤스는 아무것도 보이지 않는지 인상을 찌푸리고 있었다.

"그럼 어떻게 되는 것이죠?"

"후훗, 우리 편이니까 괜찮아. 그런데 숲에 불은 왜 지른 거지?"

"글쎄… 알 수 없죠."

"다들 빨리 내려갈 준비나 하자! 멀리 수비대가 보인다!"

수비대라는 말에 레인저들은 반가운 얼굴로 저마다 한마디씩 내뱉으며 자신의 할 일을 하기 시작했다.

"엥? 그 녀석들이 여긴 웬일이래?"

"하하. 빈센트 녀석, 잘 있을까?"

"술을 그렇게 마셔대는 걸로 봐서는 살아 있기 힘들걸?"

이미 수비대들과 안면이 있는지 정겨운 이야기들을 주고받고 있었다. 뮤스가 커크에게 물었다.

"저들과 아는 사이인가요?"

천체만리경을 배낭에 끼워 넣던 커크가 고개를 끄덕였다.

"그럼. 우리가 마물들을 사냥하면 저들에게서 현상금을 받지. 그럴 때마다 만나기 때문에 꽤나 친분을 유지하고 있지."

"아, 그렇군요."

그제야 이해가 간 뮤스는 고개를 끄덕이며 멀리의 잿더미 숲을 바라보았다.

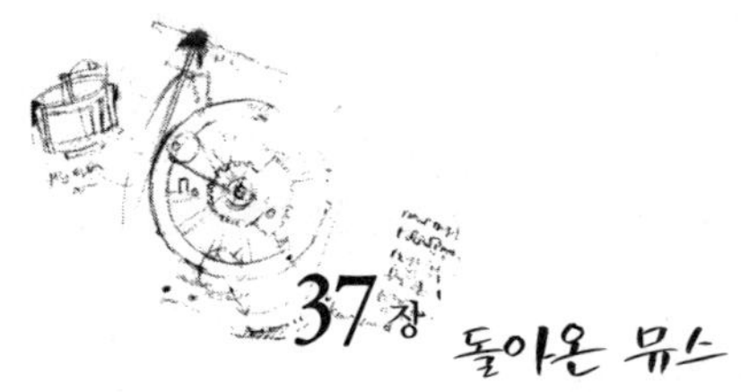

37장 돌아온 뮤스

쏴아아아아악!

까맣게 탄 나무들 사이로 굵직한 빗줄기들이 쏟아지고 있는 숲 속, 십여 명의 인영들이 발걸음을 재촉하고 있었다. 그들은 수비대와 조우하기 위해 야영지를 떠난 뮤스와 일행들이었다. 그들은 빗물에 질퍽해진 재를 온몸으로 뒤집어쓰고 있었기에 몰골이 말이 아니었다. 유난히 위생에 신경 쓰는 전직 주부 벌쿤은 얼굴에 묻은 재를 소매로 닦아내며 불만을 터뜨렸다.

"제길! 왜 하필이면 비까지 와서 길을 이렇게 만들어? 망할 놈의 하늘!"

그의 투덜거림이 왠지 귀에 익다고 생각한 뮤스는 고개를 돌려 벌쿤에게 말했다.

"벌쿤, 하늘에다 욕은 하지 마라. 내 신세가 될 수도 있어."

"응? 형이 어떤 신세인데? 설마 하늘을 욕해서 절벽에서 떨어진 거야?"

"그건 아니고… 아무튼 하지 않는 편이 좋을 거야."

뮤스가 말을 돌리며 옛일을 회상하는 순간에도 벌쿤은 아직도 불만이 많은지 계속해서 중얼거렸다.

"배고파… 배고파… 형, 뭐 먹을 거 없어?"

"나라고 먹을 게 있겠냐?"

그때 앞장서던 커크의 목소리가 들려왔다.

"멈춰! 앞에 뭔가가 있다!"

그의 목소리에 일행은 숨을 죽였고 동시에 적막감이 흐르기 시작했다. 얼핏 눈에 띈 물체를 살피기 위해 커크가 다가가는 것이 뮤스의 눈에 잡혔는데, 그는 곧 허리를 펴며 괜찮다는 수신호를 했다.

"쉴드옥토퍼스가 타 죽어 있군."

커크의 말에 벌쿤과 뮤스는 쉴드옥토퍼스의 사체를 보기 위해 뛰어갔다. 그곳에는 길이가 60멜리가량 되는 비교적 작은 쉴드옥토퍼스가 자리를 차지하고 있었는데 그것을 살펴보던 벌쿤이 휘파람을 불었다.

"휘유~ 우리가 이런 엄청난 녀석을 잡았단 말이야?"

그가 새삼 쉴드옥토퍼스의 크기에 놀라고 있을 때 뮤스는 엉뚱한 생각을 하고 있었다.

"이거 꼭 제삿상에 올라가 있는 문어 같군. 맛은 어떨까?"

나직이 흘리는 소리였지만 똑똑히 그의 말을 들은 벌쿤은 눈을 부릅뜨며 외쳤다.

"설마 형, 이걸 먹으려고?"

"왜? 안 돼?"

"무, 물론 안 되는 것은 아니지만… 아무도 먹은 적이 없단 말이야."

"후훗, 꼴에 아무리 방패가 달렸어도 문어는 문어겠지."

그렇게 말한 뮤스는 단검을 꺼내 쉴드옥토퍼스의 다리 부근을 적당량 잘라내고 나무의 재로 더럽혀진 부분까지 도려내곤 거리낌없이 입으로 가져갔다.

"으엑! 커크 대장님! 뮤스 형이 쉴드옥토퍼스를 먹었어요!"

벌쿤의 말을 들은 커크는 살펴보던 쉴드옥토퍼스의 다리를 내려놓고서 걸어왔다.

"뭐? 그게 무슨 말이야?"

벌쿤으로부터 어떤 대답도 듣기 전에 뮤스를 바라보니 그는 흐뭇한 표정을 지으며 쉴드옥토퍼스의 다리를 잘라 먹고 있는 것이었다. 기가 막힌 커크는 뮤스를 바라보며 입을 열었다.

"너, 괜찮냐?!"

"우아~ 마이어요!"

벌쿤과 커크는 입 가득히 물고 있는 음식물(?) 때문에 말조차 제대로 하지 못하는 뮤스를 아래위로 살펴보며 괴상한 표정을 짓고 있었다. 힘겹게 그것을 삼킨 뮤스는 또다시 쉴드옥토퍼스의 다리를 잘라내며 말했다.

"엄청나게 맛있는걸요? 벌쿤, 너도 먹어봐!"

뮤스와 커크를 번갈아 바라보며 눈치를 살피던 벌쿤은 고개를 저으며 말했다.

"내가… 아무리 배가 고파도 마물은 먹을 수 없어. 난 사양할래."

"어라? 웬일이냐? 네가 먹을 걸 다 거부하고."

"물론 먹을 것들은 거부하지 않지만 형의 손에 들린 것은 먹을 것이 아니란 말이야. 그건 마물이라고!"

그들이 음식물의 정의에 대해 논쟁을 벌이고 있을 때 뒤에서 분위기를 깨는 리온의 목소리가 들렸다.

"대장님, 맛이 굉장한데요?"

고개를 돌려 리온을 바라보니 그 역시 쉴드옥토퍼스에 올라탄 채로 그것을 잘라 먹고 있었다. 또 다른 레인저들 역시 배가 고팠는지 그것을 먹고 있었는데 맛에 감탄하는 표정이었다. 이미 대세가 먹는 쪽으로 흘렀음을 인지한 커크는 어쩔 수 없이 쉴드옥토퍼스의 맛을 봐야 했는데, 한입 맛을 본 커크 역시 그 이후 아무 말도 하지 않고 계속 칼을 놀려 그것을 입으로 가져가기 바빴다.

믿고 있던 커크마저 쉴드옥토퍼스를 먹기 시작하자 인상을 찌푸린 벌쿤도 대새를 이기지 못하고 그것을 한입 베어 먹었다. 그 순간 그의 입속에서 터지는 쉴드옥토퍼스의 육즙 맛이 기가 막혀 찌푸리던 인상은 온데간데없고 정신없이 먹어치우기 시작했다.

"쉴드옥토퍼스가 이렇게 맛있다니!"

이후 도이첸 제국의 전역으로 이 기막힌 맛이 전해졌고, 이런 사실은 미식가들의 구미를 자극해 쉴드옥토퍼스의 사냥 붐을 일으키게 된다. 그리고 먼 훗날 쉴드옥토퍼스의 멸종을 염려한 여러 단체들이 보호 운동을 벌이게 되는 계기가 되었으니…….

일행들은 배를 두들기며 그 자리에 누워 있었다. 예상치도 못한 입의 호사를 누린 일행들은 아직도 그 맛이 꿈결 같은지 황홀한 표정을 짓고 있었다. 심지어는 남은 것들을 먹고 내일 출발하자는 의견까지 있을 정도였다. 커크 역시 그 맛이 푹 빠져 헤어 나오지를 못하고 있었다.

“후우… 내 배가 작다는 게 이렇게 안타깝게 느껴지다니…….”

그의 옆에 쓰러져 있던 벌쿤 역시 고개를 끄덕이며 동감을 표했다.

“그러게요. 싸가지고 가서 조리를 하면 더 기가 막힐 것 같은데…….”

“가기도 전에 상할걸? 아무리 겨울이라지만 아직 얼음이 얼지도 않았는데.”

그들의 말을 듣던 뮤스가 몸을 일으키며 입을 열었다.

“방법이 있어요. 슬라임을 구해줬던 냉장고가 있잖아요.”

“그렇지! 냉장고라면 문제없어!”

“거봐, 벌쿤. 남을 도우면 복을 받는다니까.”

한번 웃어 보인 뮤스는 가방에서 사과 상자만한 냉장고를 꺼냈는데, 그 문을 열자 냉기가 흘러나오고 있었다. 사실 이들의 이동이 며칠 늦어진 것은 슬라임 때문이었다.

슬라임이란 젤과 같은 모양을 한 마물의 일종이었는데, 나무 위에서 일광욕을 즐기던 슬라임이 잠깐 조는 바람에 몸이 녹으며 죽어가고 있었던 것이다. 그런 슬라임을 구해주기 위해 뮤스는 임시적으로 냉장고를 만들게 되었고, 덕분에 슬라임들과의 전투를 피할 수 있었던 것이다.

“자, 벌쿤. 빨리 잘라서 여기에 넣어봐. 집으로 돌아가서 요리를 해먹자고.”

“헤헤. 알았어, 형!”

도끼를 들고 쉴드옥토퍼스의 사체에 다가가 다리를 잘라내 가뿐하게 들고 온 벌쿤은 그것을 냉장고에 넣었다.

"이 정도면 되겠지?"

"후훗, 가족이 충분히 먹을 수 있겠다."

의견을 맞춰가며 쉴드옥토퍼스 고기를 챙기는 그들을 보며 커크는 아쉬운 표정을 지었다. 그때 멀리서 갑옷 부딪치는 소리와 함께 한 사내의 목소리가 들려왔다.

"거기 누구냐! 우리는 도이첸 제국 수비대다!"

그리 굵은 목소리는 아니었지만 나름대로 듬직한 느낌을 풍기는 목소리였다. 그 목소리를 들은 커크는 반가운 목소리로 받았다.

"하하, 나 커크다, 구아드!"

아직 모습은 보이지 않았지만 구아드라 불린 사내 역시 커크를 알고 있는지 긴장이 풀린 목소리로 말했다.

"커크, 자네가 왜 여기에 있어?"

잠시 후 서른 명 정도의 사람들이 모습을 드러내기 시작했다. 가벼운 금속제 갑옷을 몸에 걸치고 있는 그들의 모습이 제법 당당해 보였다. 가장 앞으로 우두머리인 듯한 사람이 다가오고 있었는데 가냘픈 몸매를 하고 있는 사내였다. 그를 본 커크가 웃으며 손을 흔들었다.

"자네는 언제 봐도 야리야리하군."

"하하, 그 조그마한 키 가지고 어디서 큰소리야."

"오랜만에 만나서 이러긴가?"

어느새 둘의 거리는 가까워져 서로 악수를 청하고 있었다. 구아드는 고개를 돌려 벌쿤과 뮤스를 바라보며 눈에 이채를 띠었다.

"그건 그렇고 이들은 누구지? 내가 자네 밑의 레인저라면 다 알고 있는데 처음 보는 얼굴인걸?"

"드베인 숲에서 만난 친구들이지. 이쪽은 벌쿤, 그리고 이쪽은 뮤스."

커크의 소개에 구아드는 돌연 표정을 바꾸며 경계 태세를 취하기 시작했다.

"이 아이가 뮤스라고?!"

순간적으로 돌변한 그의 태도에 커크는 당황하며 물었다.

"자네, 무슨 일이야?"

"이 아이는 지금 남부 지방으로 수배령이 내려져 있네. 자세한 내용은 모르지만 생포를 조건으로 엄청난 현상금까지 걸려 있어."

가장 당황한 것은 뮤스였다. 아무리 생각해도 자신은 잘못한 게 없었기에 더욱 그랬다.

"저는 아무런 잘못이……."

뭐라고 변명을 해보려 했지만 구아드는 굳은 표정으로 그의 말허리를 잘랐다.

"그건 상부에 보고하면 알게 되겠지. 일단 우리의 임무는 너를 생포하는 것이다. 이 아이를 묶어라! 커크, 자네에겐 미안하군."

그의 부하들이 움직여 뮤스를 잡으려 하자 커크가 그들 사이를 가로막으며 말했다.

"흠, 아무래도 뭔가 오해가 있는 듯하군. 이 아이는 도망가지 않을 것이니 내 얼굴을 봐서라도 묶지는 말아주게."

커크의 부탁으로 인해 구아드는 난처한 상황에 빠지고 말았다. 하지만 그 역시 커크의 신뢰를 저버리기도 싫었기에 잠시 생각을 해보던 그는 고개를 끄덕였다.

"좋아. 하지만 아무리 자네라도 이 아이가 도주를 한다면 자네가 그 책임을 물어야 할 걸세."

상황이 어떻게 되었든 간에 자신의 편을 들어준 커크에게 고마움을 느낀 뮤스가 나서며 말했다.

"절대 도망치지 않아요. 그러니 걱정 마세요."

"나와 커크의 관계를 위해서라도 도망치지 않길 바란다."

급진적으로 변하는 상황에 얼떨떨해하던 벌쿤이 상황을 정리하며 말했다.

"그러니까 쉽게 말하면 형이 무슨 잘못을 했다는 거야?"

뮤스는 어두운 얼굴로 고개를 끄덕였다.

'이게 어떻게 된 일이지… 전뇌거를 만든 죄인가?'

그의 머리카락을 헤치며 흘러내리는 빗줄기는 그의 생각을 더욱 혼란스럽게 만들고 있었다. 뮤스의 걱정을 잠시 미룬 커크는 한숨을 내쉬며 입을 열었다.

"그건 그렇고, 이 숲에 불을 붙인 것이 자네들 소행인가?"

"그렇지. 요즘 쉴드옥토퍼스 때문에 골머리를 썩고 있었거든. 위에서도 이 숲을 달갑게 생각하지 않는 것을 자네도 알지 않나. 그래서 불을 지를 수밖에 없었네. 한데 자네는 저 절벽 너머에 있는 줄 알았는데?"

고개를 끄덕인 커크는 피식 웃었다.

"어쩌다 보니 그렇게 됐어. 근데 이제는 어떻게 해야 하지?"

"일단 사령부로 뮤스를 데리고 가야 돼."

"흠… 어쩔 수 없지."

뮤스를 한번 바라보던 커크는 고개를 끄덕였다.

*　　　*　　　*

그로부터 삼 일 후, 바이센 지방에 위치한 도이첸 제국 남부 수비대 사령부는 엄청난 손님을 맞아야만 했다. 소문으로만 떠들썩하던 공학원의 총책임자가 직접 이곳을 방문한다는 것이었다. 그들에게 잘 보이기 위해 이 지방의 귀족과 상인들은 너나 할 것 없이 바쁘게 마차를 몰아 그들을 영접하기 위해 나섰고, 소식통이 빠른 자들은 이미 그들이 도착할 곳에 일류 요리사들을 불러 실외 연회를 마련하고 있었다. 군사 훈련을 목적으로 만들어진 훈련장은 이미 화려한 연회장이 되어버린 지 오래였고, 한쪽에는 이미 이곳까지 보급된 전뇌거들이 마차와 함께 주차되어 있었다.

"그나저나 공학원에서 무슨 일로 이곳을……."

"내 생각에는 공학원의 분원을 이곳에 세우지 않을까 생각되네. 그렇게만 된다면 바이센 지방의 경제가 살아나게 되지."

"허허, 이 사람들 꿈꾸고 있구먼. 내가 듣기로는 어떤 자가 공학원에 죄를 짓고 도망을 쳤는데 수비대에게 잡힌 모양이야. 그래서 그를 만나기 위해 온다고 한다네."

"과연 어떤 죄를 지었기에 직접?"

"그걸 내가 알 턱이 있는가?"

사람들이 자신의 생각을 주장하며 떠들고 있을 때 사령부의 입구로 다섯 대의 최고급 전뇌거가 줄지어 들어오고 있었다. 그중 가운데의 전뇌거는 금빛으로 빛나고 있었는데, 그 모습을 본 사람들의 탄성을 지르며 멈출 줄 몰라 했다.

"저 황금의 전뇌거를 봐. 과연……."

사령부 내부로 들어와 멈춰 선 다섯 대의 전뇌거 문이 열리자 각 전뇌거마다 드워프들이 흥분한 모습으로 내리기 시작했고, 금빛의 전뇌거에서는 크라이츠가 자태를 뽐내며 밖으로 발을 내디뎠다. 이때 사람들을 헤치며 제복을 입은 중년 사내가 나섰는데, 얼굴에 환한 미소를 띠고 있었기에 이 사람이 얼마나 감격스러워하는지 쉽게 알 수 있었다.

"어서 오십시오, 공학원의 귀빈 여러분. 저는 이곳의 대외 접대를 맡은 네스터 가이번이라고 합니다. 사령관님께서 안 계신 터라 제가 대신 맞음을 용서해 주시길."

주변의 건물을 둘러보던 크라이츠는 고개를 끄덕이며 대답했다.

"크라이츠 드라켄이라고 해요. 이쪽은 켈트, 그리고 형제 분들이시죠."

크라이츠와 드워프들에게 다시 인사를 건넨 네스터는 입에서 침을 튀기며 말했다.

"먼 길 오시느라 시장했을 텐데 마련된 연회장으로 가시죠. 음식이 준비되어 있습니다."

그의 말을 들은 크라이츠는 손을 내저으며 말했다.

"아니에요. 그보다 먼저 뮤스를 만나보고 싶은데요?"

"하하, 그런 죄인 따위야 나중에 봐도 되지 않겠습니까?"

네스터의 말에 발끈한 드워프들은 이마에 힘줄을 떠올렸다. 켈트가 묵직한 음성으로 말했다.

"누가 죄인 따위라는 건가! 이게 다 크라이츠님 때문입니다."

켈트가 크라이츠에게 책임을 묻자 그녀는 빙글 웃으며 대답했다.

"호홋, 나름대로 기억에 남는 추억일 거예요. 또 현상 수배만큼 효과가 좋은 것이 없어요. 이렇게 금방 소식이 오잖아요?"

"그렇지만 명색이 공학원의 원장인 녀석인데 이런 대접을 받아도 되는 겁니까?"

“호홋, 전늬거 경주를 망치고 사라진 벌을 받는 거죠 뭐.”

“끄응……”

할 말을 잃은 켈트가 입을 다물자 둘의 대화를 요약해 보던 네스터는 얼굴이 창백해지며 말을 더듬었다.

“그, 그렇다면 뮤스라는 자가… 아니, 뮤스님이… 공학원의……?”

사색이 되어버린 네스터와는 대조적으로 평온한 표정을 짓던 크라이츠는 고개를 끄덕이며 말했다.

“뭐 그렇죠. 이제 안내 좀 해주실까요?”

“네, 네, 알겠습니다.”

네스터가 그들을 안내한 곳은 몇 개의 횃불만이 사방을 밝히고 있는 지하 감옥이었다. 그곳은 습기를 먹은 공기들이 외부로 빠져나가지 못해 고약한 냄새를 풍기고 있었다. 네스터는 횃불을 부하에게 넘기며 손수 감옥 문을 열었다.

끼이이익!

“이, 이 방입니다.”

켈트는 아까부터 꼬인 심기에 그의 말이 마음에 걸렸는지 쏘는 듯 말했다.

“흠… 꽤나 좋은 방이군. 이런 곳을 방이라고 하다니……”

“죄, 죄송합니다.”

둘의 대화에 신경 쓰지 않던 크라이츠는 직접 철창 안으로 걸어 들어갔다. 내부는 밖에서 보던 것과 달리 넓었기에 안쪽은 아직도 어둠이 뒤덮여 있었다. 안력을 돋우어 내부를 둘러보던 크라이츠의 눈에는 두 사람의 모습이 잡혔는데 한 명은 뮤스였고, 또 한 명은 벌쿤이었다.

실상 사령부에 도착하면서 뮤스의 신병에 대한 결정권은 상부로 넘어갔기에 구아드조차 더 이상 뮤스를 감싸줄 수 없게 되었던 것이다. 따라서 병사들이 뮤스를 잡아 가두었는데, 그때 벌쿤은 뮤스와 떨어질 수 없다며 생떼를 부리는 바람에 함께 갇히게 되었다. 그녀가 다가옴을 느낀 벌쿤은 몸을 일으키며 적대감을 드러내고 있었다.

"당신은 또 누구야! 뮤스 형을 어떻게 하려고!"

벌쿤의 반응에 몸을 일으킨 뮤스가 크라이츠를 쳐다봤는데, 눈이 어둠에 익숙해졌기 때문인지, 특유의 목소리 때문인지 별다른 어려움 없이 그녀를 알아볼 수 있었다.

"누… 누님?!"

"호홋! 뮤스, 잘 있었니?"

어이없는 표정을 짓던 뮤스는 자신의 옷을 잡아당겨 보이며 말했다.

"누님 눈에는 이게 잘 있어 보이는 것 같아요? 그건 그렇고, 무슨 죄를 지었기에 제가 수배된 거죠?"

"호홋, 널 찾기 위해서 내가 힘을 좀 썼지. 이제 널 찾았으니 걱정하지 말거라. 그나저나 이곳은 냄새가 정말 심하구나. 빨리 나오렴. 켈트 씨와 친척 동생 분들이 기다리고 계셔."

그제야 일이 어떻게 된 것인지 깨달은 뮤스는 한숨의 쉬며 벌쿤의 어깨를 두들겼다.

"에휴~ 아무튼 누님은 변한 게 없군요. 벌쿤, 나가자."

뮤스가 골치가 아파옴에 고개를 내저을 때 혼란을 느낀 벌쿤은 얼빠진 모습으로 뮤스를 바라보았다.

"형… 저분이 형의 누나야?"

대답하기 미안하긴 했지만 사실인 이상 긍정을 할 수밖에 없었다.

"내가 전에 대단한 누나가 있다고 그랬잖아. 목적을 위해서는 수단을 가리지 않지."

"그렇다고 동생에게 수배령을 내리다니……."

"빨리 나가자. 늦으면 또 무슨 짓을 할지 모르거든."

농담 반 진담 반의 말을 건네며 뮤스는 일어났고, 벌쿤 역시 그의 말에서 수긍할 만한 점을 찾았는지 고개를 끄덕이며 재빨리 따라나왔다. 그들이 밖으로 나오자 컬트를 비롯한 드워프들은 머리를 두들기며 반겨주었는데, 그들과 포옹을 한 뮤스는 벌쿤을 그들에게 소개시켜 주었다.

"이쪽은 드베인 숲에서 만난 벌쿤이에요. 앞으로 함께 공학원에서 살 거예요."

그의 몸을 만지며 살펴보던 켈트는 감탄하며 말했다.

"호오, 아주 훌륭한 몸이군. 잘 키우면 멋진 장인이 되겠어."

블뤼엔과 브라이덴 역시 그의 말에 동감을 하는지 손으로 턱을 괴며 벌쿤을 바라보았다.

"아무래도 나무를 잘 깎을 것 같은데? 저 근육 좀 보라고. 내가 제자로 받아들여야겠구먼."

"흥! 무슨 소리야? 손을 보라고. 세심한 것이 유리를 다루면 딱 알맞겠군."

형제들의 말을 듣고 있던 레딘 역시 참지 못하고 끼어들었다.

"말도 안 되는 소리! 이마에 금속이라고 써져 있구만!"

오랜만에 들어보는 그들의 티격거리는 소리에 뮤스는 웃음 지었다. 이때 저 멀리서 커크가 달려오고 있었는데 얼마나 서둘러 왔는지 신발조차 신지 않은 모습이었다. 그는 가쁜 숨을 몰아쉬며 말했다.

"뮤스, 어떻게 된 거야? 오해는 잘 풀린 거야?"

다급한 커크의 물음에 뮤스는 어깨를 으쓱이며 쓴웃음을 지었다.

"커크 대장님, 애초부터 오해는 없었어요. 저희 누님께서 절 찾기 위해 손을 쓰신 거래요."

"응? 아무리 그래도 수배령을 내리려면……."

상식적으로 생각하기에는 이상한 점이 많았기에 고개를 갸웃거리고 있던 커크에게 뮤스는 크라이츠를 소개시켰다.

"인사하세요. 저희 누님이세요. 누님, 이쪽은 레인저 대장이신 커크 대장님이세요."

소개를 받은 크라이츠는 커크의 아래위를 훑어보며 웃었다.

"호홋. 안녕하세요, 커크 씨. 뮤스의 누나인 크라이츠 드라켄이라고 해요. 그런데 모습이 좀……."

"네?"

그녀의 지적에 자신의 몸을 바라보았는데, 엉겁결에 옷도 입다 말고 신발조차 신지 않은 발을 보며 얼굴을 붉혔다.

"시, 실례했습니다."

커크의 무안해하는 모습을 본 벌쿤이 외쳤다.

"커크 대장님! 우리 누나 두고서 한눈파는 거예요? 지금이라도 돌아가서 누나한테 이를 거예요!"

"누, 누가 한눈을 팔았다는 거야?"

한눈에 보기에도 당황한 모습이 역력한 그는 머리를 긁적이며 먼 산을 바라보고 있었다.

네스터에게 숙소를 제공받은 뮤스와 일행들은 모든 연회를 생략하고 숙소로 돌아와 식사를 하고 있었다. 그들 중에는 커크도 끼어 있었는데 벌쿤과 가족이 된 만큼 남이 아니었기 때문이다. 오랜만에 깨끗한 옷을 입고 가족들과 함께 식사를 하고 있는 뮤스의 모습은 평소보다 더욱 빛나 보였다. 깔끔한 얼굴 덕이기도 했지만 그보다 한층 성숙해진 분위기가 그의 외모를 뒷받침해 주고 있었기 때문이다. 또 잘 차려입은 벌쿤 역시 봐줄 만했는데, 가벼운 셔츠 사이로 살짝 드러나는 근육들과 훤칠한 키가 절묘한 조화를 이루고 있었다.

그때 무슨 일인지 무거운 분위기가 돌고 있는 테이블을 바라보던 크라이츠가 와인을 한잔 들이키며 말했다.

"오랜만에 이렇게 다들 모이니 정말 좋군요. 뮤스, 너도 상당히 성숙해진 느낌인걸?"

음식을 입으로 가져가며 살짝 웃은 뮤스는 그녀를 보며 입을 열었다.

"그래요? 저는 잘 모르겠는걸요?"

그녀에게 대답한 뮤스는 고개를 돌려 벌쿤을 바라봤다. 그는 조금 딱딱하고 무거운 듯한 이런 자리가 불편하기만 한지 칼과 포크를 들고 고기와 사투를 벌이고 있었다.

"형, 이거 엄청 안 잘려. 손으로 들고 먹으면 안 돼?"

손을 한번 내저은 뮤스는 웃으며 대답했다.

"하하, 상관없어. 다른 드워프 아저씨들도 집에서는 그렇게 먹거든."

그렇게 말을 하며 드워프들을 바라봤지만, 그의 말이 사실이 아니라는 듯 칼과 포크를 들고 얌전하게 먹고 있었다.

"어라? 오늘은 웬일이시지?"

드워프들은 음식을 먹다 말고 자신들을 들먹이는 뮤스를 바라보았다. 그러던 중 레딘이 말했다.

"흠… 네가 없는 사이 우리도 많이 변했다고. 말이라도 들어봤나, 교양 드워프라고?"

그의 말을 들은 뮤스는 입에 든 음식물을 튀기며 웃었다.

"푸핫! 그냥 하던 대로 해요! 무슨 교양 드워프!"

뮤스의 웃음과 함께 사방에서 웃음이 터지기 시작했다. 사실 드워프들은 뮤스의 전신에서 은연중에 흘러나오는 예전과 다른 분위기에 익숙지 못해하고 있었는데, 뮤스가 먼저 분위기를 부드럽게 만들어주자 웃어버리고 만 것이다. 그제야 큼지막하게 고기를 썰어 입으로 가져간 켈트가 입을 열었다.

"그건 그렇고 뮤스, 너 정말 많이 변한 것 같군. 비록 시간은 얼마 안 됐지만 분위기가 영 다른걸?"

레딘 역시 고개를 끄덕였다.

"형님 말이 맞아. 그렇게 입고 나타나니까 주눅이 다 들더라니까?"

한결 부드러워진 분위기를 느낀 벌쿤은 더 이상 눈치를 보지 않고 포크로 큰 덩어리의 고기를 찍어 입으로 가져갔다.

"휴우, 이제야 좀 먹을 만하겠네."

브라이덴이 입을 닦으며 뮤스에게 물었다.

"뮤스, 그동안 있었던 일이나 좀 이야기해 주게. 드베인 숲이 어땠는지 정말 궁금한걸?"

그에게 부탁을 받은 뮤스는 옆에서 식사에 열중하고 있는 커크를 바라보며 말했다.

"하하, 그 이야기라면 커크 대장님께 듣는 게 더 좋을걸요? 이분은 드베인 숲에서 마물 사냥을 하시는 분이니까요."

"오호, 그래? 그렇다면 자네에게 부탁을 좀 해도 되겠나?"

브라이덴의 부탁에 사람 좋은 미소를 지은 커크는 고개를 끄덕였다.

"하하, 이렇게 저녁 식사까지 초대해 주셨는데 그 정도야 쉽죠. 저는 알다시피 레인저죠."

그때부터 커크는 특유의 입담으로 뮤스와 만났던 이야기부터 쉴드 옥토퍼스를 만난 이야기, 그리고 이곳까지 온 이야기들을 들려주었는데, 중간중간 벌쿤이 끼어들어 그의 이야기를 도와주었다. 이야기를 듣던 사람들은 함께 웃고, 긴장하고, 한숨지으며 뮤스와 재회한 날의 밤을 즐겁게 보낼 수 있었다.

다섯 대의 고급 전뇌거가 황혼을 가르며 라이델베르크의 외곽 길로 접어들고 있었다. 드워프들은 각자 자신들의 대외용 전뇌거에 몸을 실었고 뮤스, 벌쿤, 그리고 크라이츠는 함께 금빛의 전뇌거를 타고 있었다. 전뇌거를 처음 타본 벌쿤은 처음엔 심하게 멀미를 하는 듯했지만 그것도 잠시, 전뇌거의 신기함에 빠져 멀미도 잊은 채 창밖을 바라보고 있었다. 그리고 이내 앉아 있던 의자의 등받이를 굽혔다 폈다 하더니 아쉬운 표정으로 입을 열었다.

"이게 전뇌거라고 했어? 나도 이런 것 하나 있으면 좋겠다. 힘 좋은 녀석으로."

그의 말을 들은 뮤스는 당연하다는 듯 고개를 끄덕이며 대답했다.

"공학원의 사람이니까 당연히 하나 가지고 있어야지."

"정말? 고마워!"

공학원이라는 말이 나온 김에 요즘 공학원의 상황이 궁금해진 뮤스는 신문을 읽고 있는 크라이츠에게 물었다.

"아참, 누님, 요즘 공학원은 어떻게 돌아가죠?"

신문을 읽고 있던 크라이츠는 안경을 치켜 올리며 대답했다.

"내가 누구니. 네가 없더라도 아무런 문제 없이 잘 돌아가고 있지. 게다가 얼마 전에 호바인 가문과 손을 잡아 판매망을 늘렸단다."

그녀의 말을 잠시 생각해 보던 뮤스는 뭔가 떠오르는 표정을 지었다.

"아! 호바인 가문이라면 바르키엘의?"

"그렇지. 네가 그 덜떨어진 녀석의 목숨을 구해줬으니 우리에게 보답을 하는 셈이지."

"그런 일이 있었군요. 잘 돌아가고 있다니 다행이네요."

뮤스와 대화를 하며 신문을 접던 크라이츠는 그것을 좌석 한쪽으로 내려놓으며 뮤스를 바라보았다.

"다만 새로운 제품들이 만들어지지 않아서 조금 문제가 있었지만 네가 돌아왔으니 괜찮고… 아! 얼마 전에 황실에서 연락이 왔더구나. 빠른 시일 안에 재상이 너를 만나보고 싶어해서 말이지."

그녀의 말을 들은 뮤스는 눈을 크게 뜨며 물었다.

"황궁에서 저를요? 무슨 일이 있나요?"

"뭘 그렇게 놀라니?"

크라이츠의 물음에 뮤스는 심기가 꼬인 말투로 대답했다.

"누님께서 저를 수배범으로 몰아주신 덕분에 이제 누가 저를 찾는다고 하면 간이 철렁거려요."

"녀석, 환영하는 의미에서 장난 좀 친 것 가지고 소심하게."

"수배령을 내려서 환영하는 사람이 세상에 어디 있어요?"

어이가 없는 듯 말하는 뮤스를 보던 크라이츠는 이미 끝난 이야기로 치부했는지 하던 이야기를 계속했다.

"황실 쪽의 아는 사람을 통해 알아보니 네 기술을 요하는 일이 생긴 모양이더구나. 하버만 후작 덕분에 네 능력이 황실에서도 유명한 모양이야."

고개를 한번 끄덕이던 뮤스는 뭔가 떠오른 듯 물었다.

"참, 장영실 아저씨 소식은 없었나요?"

"아니, 아무런 소식이 없단다."

"그렇군요."

아직도 깜깜한 장영실의 소식에 뮤스는 아쉬워하고 있었다. 조금의 시간이 지나자 뮤스는 전뇌거가 멈추는 것을 느낄 수 있었다.

탈칵.

운전사가 문을 열어주는 소리에 고개를 돌려보니, 어느새 그리워하던 공학원의 모습이 그의 눈에 들어오고 있었다. 그의 옆에 앉아 있던 벌쿤은 공학원의 엄청난 규모에 입을 벌린 채 움직이지 못하고 있었다.

"여기가… 형의 집이라는 말이야?"

"저택은 이 건물의 뒤쪽에 있고 여기는 작업하는 곳이야."

"이야~ 대단해! 대단해! 우리 누나가 이걸 봤으면 놀라서 까무러쳤을 거야!"

그가 놀라는 것을 바라보던 뮤스는 피식 웃으며 그의 손을 이끌었다.

"그만 놀라고 나가자."

"응."

전뇌거에서 내린 일행은 공학원의 작업장으로 들어갔는데, 예전과 변함없는 모습에 뮤스의 기분은 더욱 좋아졌다. 뒤를 따라 들어오던 켈트가 그의 등을 치며 말했다.

"뮤스, 집에 돌아온 걸 축하한다."

"하하. 고마워요, 아저씨."

뮤스가 감회에 젖어 이곳저곳을 둘러보고 있을 때 벌쿤 역시 조립 공정을 덜 거친 미완성의 전뇌거를 만져 보며 탄성을 지르고 있었다.

"역시 드베인 숲에서 나오길 잘했어! 살아생전 이런 것들을 볼 수 있게 될 줄이야……."

그를 바라보던 크라이츠가 가볍게 웃으며 말했다.

"벌쿤, 너는 마치 뮤스를 처음 봤을 때 같구나?"

"에? 크라이츠 누님은 뮤스 형을 친형제가 아닌 듯이 말하네요? 처음 보다니……."

외모에 어울리지 않는 예리한 질문에 크라이츠는 잠시 흠칫했지만 한두 번 받아보는 질문이 아니었기에 곧 본래의 안색을 되찾고 있었다.

"우리 남매는 같이 자라지 않았었거든. 그래서 만난 지 얼마 되지 않았단다."

"아, 그랬군요. 그런데 뮤스 형도 나랑 비슷했다고요?"

벌쿤이 못 믿겠다는 표정을 짓자 켈트가 웃으며 입을 열었다.

"껄껄, 너보다 더 했으면 더 했지 덜하진 않았지."

로데오 생산 라인을 쓸어보던 뮤스는 일행들이 자신의 이야기를 하는 것을 듣고 고개를 돌리며 애써 부정하려 했다.

"내가 언제 저렇게 푼수 같았다고 그래요!"

"호홋! 이런, 여행 중에 머리를 크게 다친 것 아니니? 네가 멍청했을 때가 얼마나 됐다고 벌써 잊어버린 거야?"

"그만들 해요! 내일부터 다시 학교에 가야 하니 오늘은 일찍 좀 자자고요!"

"쯔쯧, 핑계는 제대로 대야지. 학교는 이미 방학이고 너는 기말고사
를 못 봐서 낙제를 했단다."

그녀의 충격적인 말에 뮤스는 인상을 구기며 잠시 동안 말을 잇지
못했다. 실종으로 인하여 시험을 보지 못했지만 그녀의 말은 엄연한
사실이었다.

"그럼 저는 어떻게 되는 거예요? 다음 학기부터 친구들과 따로 다녀
야 하나요?"

오랜만에 보는 뮤스의 당황한 모습이 재미있는지 크라이츠는 빙글
빙글 웃으며 말했다.

"푸훗! 난 내 동생이 낙제해서 유급하는 꼴은 못 본다. 그래서 유급
안 당하도록 손을 써놨지."

"휴우~ 찜찜하긴 하지만 다행이네요."

그녀의 발빠른 조치에 가슴을 쓸어 내리며 한숨을 내쉰 뮤스는 일행
들과 함께 저택으로 들어갔다.

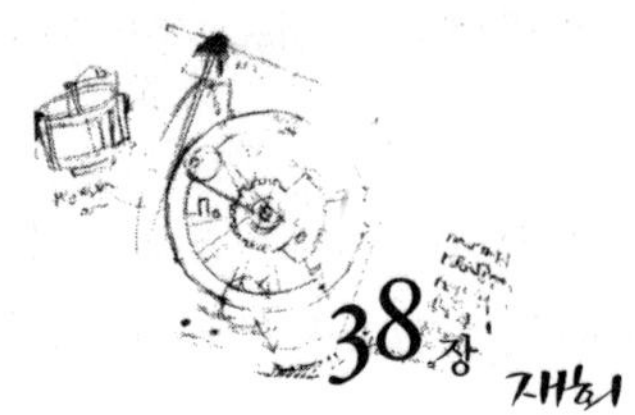

38장 재회

공학원은 오래간만에 활기에 넘치고 있었다. 드워프들은 노래를 흥얼거리며 작업 지시를 하고 있었고, 크라이츠 역시 뮤스의 귀환이 내심 기뻤는지 서류 정리하는 손놀림이 가벼웠다. 하지만 정작 주인공은 아직 침대의 푹신한 쿠션에 몸을 파묻은 채 일어날 생각을 하지 않고 있었다.

똑. 똑.

피곤함에 찌든 뮤스를 깨우는 노크 소리가 미안한 듯 조그맣게 들려왔다. 살며시 눈을 뜬 뮤스는 그것이 바이멀의 노크라고 짐작하며 이제 모든 것이 정상으로 돌아왔음에 미소를 지었다. 하지만 그의 목소리가 들리지 않자 누운 채로 방문을 바라보고 있었다. 순간 방문이 부서질 듯 거세게 열리며 뮤스를 놀라게 했다.

벌컥!!

"뮤스, 이 자식! 왔으면 이 형님께 보고를 해야 할 것 아냐!"

오래간만에 느끼는 평온함을 한순간에 깨는 우렁찬 목소리였다. 깜짝 놀라 몸을 일으킨 뮤스는 곧 그 목소리의 주인공을 알 수 있었고 반가운 표정으로 그를 맞았다.

"히안!"

"푸하하하! 정말 살아 있었구나!"

"그럼 내가 죽기라도 했는 줄 알았냐? 그런데 다른 친구들은?"

"네가 잠옷 차림인데 들어오라고 할까? 같이 들어온다고 난리인 걸 널 생각해서 내가 말려줬다."

"하하, 고마워해야 하겠지? 그럼 잠깐만."

침대에서 내려온 뮤스는 서둘러 옷걸이에 걸어놓은 옷을 걸쳤다. 바이멀이 미리 준비해 준 고급 천의 옷이 오늘따라 더욱 부드럽게 느껴졌다.

"됐어, 히안."

뮤스가 옷을 다 입자 그를 아래위로 훑어본 히안은 문밖으로 머리를 내밀며 말했다.

"야, 준비 다 됐어. 들어와."

그가 친구들을 불러들이자 방문이 열리면서 카타리나를 비롯해 세이즈, 폴린이 들어왔다. 방에 서서 친구들을 맞이하던 뮤스를 본 친구들의 표정은 각자 달랐는데 카타리나는 밝았고, 폴린은 장난스러웠으며 세이즈는 울먹거리고 있었다. 손에 꽃다발을 들고 있던 카타리나가 그것을 건네주며 말했다.

"호홋, 무사히 돌아온 거 축하해. 얼마나 걱정했다고."

옆에서 괴상하게 웃고 있던 폴린도 팔짱을 끼며 말했다.

“호호, 감히 밥 사주기 싫어서 사고를 가장한 잠적을 해? 못된 녀
석.”

뮤스는 그녀의 어처구니없는 환영 인사에 뒷골이 당기기 시작함을
느꼈다.

“넌 오랜만에 보는데도 그런 말을 하고 싶냐?”

“우리 히안이 얼마나 널 걱정했는데. 감히 우리 히안을 걱정시키다
니!”

그녀의 말을 들은 뮤스가 고개를 돌려 히안을 바라보니 아직 두 남
녀의 관계에 변한 것이 하나도 없음을 보여주듯 고개를 끄덕이며 흐뭇
한 얼굴을 하고 있었다. 옆에서 애써 울음을 참던 세이즈가 눈물을 흘
리며 입을 열었다.

“훌쩍, 괜찮니? 그동안 얼마나 걱정했다고.”

“으응… 괜찮아. 그렇게 울 것까지야 없잖아.”

그녀가 울먹거리자 오히려 당황한 것은 폴린과 히안이었다. 자신의
환영 파티 때도 이와 같은 분위기가 연출되었음을 깨달은 뮤스는 고개
를 갸웃거리며 히안을 바라보자 그는 귓속말로 속삭였다.

“세이즈가 울면 장난 아니라고. 완전 통곡이야.”

“에? 전혀 안 그럴 것 같은데?”

“그럼 모르는 편이 좋아.”

애써 세이즈를 진정시킨 친구들과 뮤스는 방 안에 있는 테이블에 앉
아 이야기를 나누기 시작했다. 한동안 친구들과 대화를 하던 뮤스는
조금 의아한 표정으로 친구들에게 물었다.

“아, 그런데 가이엔은 같이 안 왔네?”

가이엔의 이야기가 나오자 친구들은 키득거리며 웃기 시작했고, 뮤

스는 아무것도 모른 채 멍청한 표정을 지을 수밖에 없었다.

"왜 그렇게 웃는 거야?"

궁금함이 역력한 표정으로 뮤스가 묻자 웃음을 잠시 멈춘 카타리나가 설명을 해주었다.

"가이엔은 나중에 바르키엘과 함께 올 거야."

"응? 바르키엘과?"

폴린과 손을 잡고 앉아 있던 히안이 테이블에 찻잔을 내려놓으며 말했다.

"하핫! 바르키엘 녀석, 완전히 새사람이 됐지 뭐야. 그 녀석 우리 학교로 편입했어."

"엥? 햄브리겐으로?"

"이야기하자면 복잡한데, 네가 실종된 충격으로 가이엔이 슬퍼하고 있을 때 바르키엘이 가이엔을 많이 위로해 줬나 봐. 나중에 안 일이지만 너와 가이엔이 연인인 줄 알았다고 하더라. 축제 때 미술 동호회 전시회에서 함께 있는 것을 보고 말이야. 그래서 죄책감에 가이엔에게 잘 대해주다가 서로 눈이(?) 맞은 거지. 고로 너는 닭 쫓던 개 지붕 쳐다보는 꼴이 됐고."

"엥? 내가 무슨 꼴이 되었다고?"

"하하, 오랜만에 나타나더니 농담도 안 통하는군."

허공을 보며 상황 정리를 하던 뮤스는 대강 이해가 끝났는지 고개를 끄덕이며 황당한 얼굴을 하고 있었다.

"허참, 그런 일도 있었구나. 정말 오랜만에 오니까 적응이 안 되는걸?"

"이 녀석! 너, 혹시 정말 바르키엘에게 가이엔을 빼앗겨서 서운한 것 아냐?"

"아침에 먹은 상추가 상했냐? 무슨 헛소리야."

역시 일상에서 오랫동안 떠나 있었던 후유증인지 뮤스는 히안의 입담에서 밀리는 중이었다.

뮤스는 친구들에게 그간 겪은 이야기들을 들려주며 함께 시간을 보내고 있었다. 쉴드옥토퍼스의 이야기가 나올 때는 모두들 표정이 가관이었는데, 세이즈의 울먹거림과 함께 중간에 마칠 수밖에 없었다. 그들이 떠들며 그간의 회포를 풀고 있을 때였다. 방문이 벌컥 열리며 칭얼거리는 소리가 들려왔다.

"뮤스 형! 나 배고파!"

뮤스와 친구들이 요란한 인기척에 고개를 돌려보니 그들의 눈이 멈춘 곳에는 벌쿤이 상의를 입지 않은 채 우람한 근육을 드러내고 있었다.

"꺄악!"

"어멋!"

당황한 카타리나와 세이즈는 다른 곳으로 재빨리 고개를 돌렸고, 폴린과 히안은 벌쿤의 근육에 감탄성을 터뜨리며 감상하고 있었다. 그의 등장에 더욱 당황한 뮤스는 황급히 몸을 일으켜 벌쿤의 등을 떠밀어 밖으로 나왔다.

"너, 이런 꼴로 돌아다니면 어떡해!"

자신의 몸을 훑어보던 벌쿤은 아무렇지도 않은 듯 머리를 긁적였다.

"멋있기만 하구만. 형, 혹시 내 근육이 부러운 거 아냐? 그리고 저 사람들은 친구들이야? 나도 소개시켜 줘."

"잔소리 말고 인사하려면 옷이나 입고 와. 빨리!"

"쳇, 알았다고. 역시 도시는 귀찮아. 우리 마을에서는 이렇게 돌아다녀도 아무 상관 하지 않는데."

"앞으로는 계속 귀찮아질 거다."

그렇게 투덜대던 벌쿤은 옆구리를 긁적이며 자신의 방으로 들어갔고, 그 모습을 보며 한숨을 내쉬던 뮤스는 다시 방 안으로 걸음을 옮겼다. 그가 들어오는 것을 본 히안이 탄성을 지르며 물었다.

"이야! 그 덩치는 누구야?"

"응, 지금부터 나와 함께 살 동생이야. 이름은 벌쿤이고."

"동생이라니? 나이가 몇이길래?"

"열여덟."

뮤스의 입에서 흘러나온 벌쿤의 나이를 들은 친구들은 입을 쩍 벌리며 놀라워했고, 폴린은 세이즈에게 눈길을 돌리며 뚫어져라 바라보았다.

"그럼… 세이즈와 동갑이라는 말이야?"

그들의 반응을 충분히 이해함에 할 말이 없어진 뮤스는 고개만 끄덕이며 긍정할 뿐 아무런 말도 하지 않았다. 잠시 후 문 열리는 소리와 함께 벌쿤이 다시 방으로 들어왔는데, 그의 우람한 체구를 바라보는 친구들은 또 한 번 감탄을 해야만 했다.

"형, 나왔어."

멍한 표정을 짓고 있는 친구들을 둘러보며 가볍게 웃던 히안은 특유의 붙임성을 자랑하듯 벌쿤에게 먼저 손을 내밀며 인사를 건네기 시작했다.

"만나서 반가워. 내 이름은 히안이고 뮤스와 동갑이지."

"하하, 그럼 형이네? 만나서 반가워. 난 벌쿤이야."

"그래. 반갑기는 한데 어째 형이라는 소리 듣기가 어색한데?"

모두들 그와 같은 생각인지 자신들도 모르는 사이 고개를 끄덕이고 있었다. 이어 폴린이 손을 내밀며 악수를 청했는데, 손을 맞잡은 폴린은 벌쿤의 손등을 쓰다듬으며 입을 열었다.

"난 폴린이야. 어머머! 이 우람한 손 좀 봐! 멋지다, 애!"

"저… 그게……."

덩치에 걸맞지 않게 부끄러움을 타고 있는 벌쿤이 조금 힘을 주며 그녀의 손에서 자신의 손을 빼내려 하자 폴린이 우악스럽게 다시 그의 손을 잡아끌었는데 전직이 의심스러운 목소리였다.

"동생, 기다려 봐. 그런데 피부가 왜 이렇게 상했니?"

폴린의 요상스러운 행동에 히안은 기분이 좋지 않은지 안색을 굳히며 언성을 높였다.

"야! 폴린, 너 뭐 하는 짓이야?"

"칫! 알았다, 알았어! 너, 부러워서 그렇지?"

"부럽긴 뭐가 부럽다고 그래!"

두 연인이 오랜만에 티격거리기 시작하자 그들을 보며 피식피식 웃던 세이즈가 고개를 살포시 숙이며 인사를 건네왔다. 그녀의 외모에 걸맞는 상냥함을 흘려내며.

"난 세이즈야. 나이는 너와 동갑이지만 애들과 친구로 지내는 중이지. 잘 부탁해."

세이즈의 인사를 받던 벌쿤은 무슨 일인지 볼을 가늘게 떨며 그녀의 얼굴에서 눈을 떼지 못하고 있었다. 이를 이상하게 생각한 뮤스가 그의 등을 치며 말했다.

"벌쿤, 왜 돌에 얻어맞은 표정이야?"

뭐에 홀린 듯한 표정을 짓고 있던 벌쿤은 눈을 여전히 세이즈에게 고정한 채 신음성과 같이 나직한 목소리를 흘리고 있었다.

"형… 내 눈앞에 천사가 있어……. 아름다운 목소리… 풋풋한 얼굴……."

그의 말에 얼굴을 싸늘히 굳히던 뮤스는 큰일 날 말이라는 듯 그의 귀에 입을 대며 조심스럽게 말했다.

"야, 다 기절하는 꼴 보고 싶냐? 나중에 따로 이야기하고 지금은 조용히 해."

다행스럽게도 벌쿤의 목소리는 뮤스만이 알아들을 수 있었기에 별다른 혼란 없이 넘어갈 수 있었다. 하지만 벌쿤의 불안한 모습을 본 뮤스는 이 어이없는 상황을 타개해 나가야 한다는 생각에 카타리나를 직접 소개하며 인사를 끝마쳤고, 서둘러 친구들과 벌쿤을 이끌고 식당으로 내려갔다.

뮤스와 친구들이 식당의 문을 열고 들어가자 그들의 눈앞에는 수십 종의 음식들이 마련되어 있었다. 그동안 잘 못 먹고 지냈을 것이라고 생각한 바이멀이 그를 위해 준비한 것이었는데, 그 덕에 놀러 온 친구들의 입까지 호강하게 생겼던 것이다. 각자 자리에 앉자 히안이 식탁 위를 보며 놀란 목소리로 입을 열었다.

"이야! 이거 아침 식사 맞아?"

식당의 한편에 서 있던 바이멀이 그의 놀람에 웃으며 대답했다.

"하하, 뮤스 도련님이 돌아온 것을 기념해서 특별히 마련한 음식들입니다. 많이들 드시죠."

히안의 옆에서 포크로 이것저것 찍어보던 폴린 역시 그와 같은 생각인지 군침을 삼키며 고개를 끄덕였다. 음식점 집 딸인 그녀의 반응을 보더라도 이 음식들이 얼마나 대단한 것인지 알 수 있었다.

"정말 맛있겠어! 자, 다들 들자고!"

다들 음식에 정신을 빼앗기고 있을 때조차 벌쿤만은 세이즈의 얼굴을 바라보며 눈을 떼지 못하고 있었다. 이때 고개를 들던 세이즈의 눈이 벌쿤과 마주쳤는데, 의아하게 생각한 그녀는 고개를 갸웃거리며 물었다.

"벌쿤, 왜 그래? 내 얼굴에 뭐라도 묻었어?"

세이즈의 물음에 얼굴을 붉힌 벌쿤은 당황해 고개를 저으며 머리 속으로는 변명거리를 찾기 위해 분주해했다.

"아, 아니, 난 그저 이 음식들이 맛있나 해서. 솔직히 별론 것 같거든."

"응? 난 맛있기만 한데?"

"그, 그래?"

벌쿤이 얼떨결에 던진 변명에 안색을 싸늘히 바꾼 건 다름 아닌 바이멀이었다. 사실 뮤스를 위해 특별 요리장까지 초청해 만들어놓은 음식들이 수준 이하의 평가를 받았으니 기분이 상하지 않을 수가 없었던 것이다.

"벌쿤 도련님, 이 음식들은 라이델베르크 최고의 요리장을 초청해 준비한 것들입니다. 그런데 맛이 없다니요?"

머리를 긁적거린 벌쿤은 그제야 처음 포크를 들어 음식을 한 입 먹어보았는데, 과연 바이멀의 말대로 굉장한 맛을 가진 음식들이었다. 하지만 이제 와서 이미 뱉은 말을 돌릴 수도 없었던 벌쿤은 또다시 머리를 굴리다가 무릎을 치며 몸을 일으켰다.

"물론 이것도 맛있지만 오늘 형들, 그리고 누나들을 위해 내가 특별 요리를 해줄게. 바이멀 아저씨, 조리실 좀 써도 될까요?"

갑작스런 제의에 고개를 끄덕인 바이멀은 당연하다는 듯 그의 말을 받았다.

"벌쿤 도련님도 이제 이곳의 가족이십니다. 물론 써도 되고말고요."

"하하, 고마워요. 이제 제 요리 실력을 보여드리죠."

자신에 찬 목소리로 대답한 벌쿤은 뮤스에게 귓속말을 하고는 어디론가 사라졌다. 그의 행동을 지켜보던 카타리나가 뮤스에게 물었다.

"벌쿤이 어디 가는 거야?"

그녀의 물음에 의미심장한 웃음을 지은 뮤스는 포크와 나이프를 내려놓으며 냅킨으로 입을 닦았다.

"하하, 다들 기가 막힌 음식을 먹게 될 테니 손에 든 포크를 내려놔 둬. 나중에 배불러서 못 먹는 걸 안타까워하지 말고."

"응? 벌쿤이 요리도 잘한다는 말이야?"

"하하, 당연하지. 저 녀석은 어려서부터……."

뮤스는 그때부터 꽤 오랜 시간 동안 유글렌 부족의 생활과 벌쿤의 신상에 대해 친구들에게 설명했는데, 처음 듣는 신기한 세상의 이야기에 모두들 눈이 반짝이고 있었다. 그의 이야기를 다 들은 히안이 배를 잡고 웃으며 말했다.

"푸하하하! 그럼 저 근육들이 빨래를 해서 생긴 것이란 말이야?"

"믿기지 않지? 나도 거기서 빨래나 하면서 평생 살 뻔했다니까."

폴린 역시 재미있는지 손에 든 포크를 떨며 웃고 있었다.

"쿠쿡. 히안, 우리도 결혼하면 그렇게 살아볼까?"

“아아, 사양하겠어요, 아가씨.”

뮤스와 친구들이 벌쿤에 대해 이야기를 나누고 있을 때, 어디서 얻었는지 모를 흰색의 길다란 모자를 눌러쓴 벌쿤이 조리실로부터 걸어 나오고 있었다. 그의 양손에는 은빛의 접시가 들려 있었는데, 그 위로 큼지막한 뚜껑이 덮여 있었다. 벌쿤이 자신감 넘치는 얼굴로 말했다.

“후훗, 다들 기대하시라! 내 최고의 작품이 될 테니까!”

테이블에 접시를 올려놓은 벌쿤이 뚜껑을 열자 순식간에 음식의 맛깔스러운 냄새가 후각을 자극하며 식당 안으로 퍼져 사람들의 입에 침이 고이게 만들었다.

“이야!”

“이 굉장한 향기!”

평소 조용하던 세이즈마저 기대에 찬 눈빛으로 눈앞의 음식을 바라보았다.

“어쩜! 정말 군침 도는 냄새네!”

그녀의 칭찬에 벌쿤이 머리를 긁적였다.

“하하, 사양하지 말고 많이 먹어.”

이미 벌쿤이 준비한 음식의 향기에 도취된 친구들은 그의 말이 귀에 들어오지도 않는 듯 마치 암기를 던지듯 포크를 날리며 음식을 찍어 나갔다. 그리고는 번개같이 입에 넣었는데… 한결같이 황홀한 표정을 짓기 시작했다. 음식이 무척 뜨거웠기에 입 안에서 이리저리 굴리던 히안이 겨우 입을 열었다.

“호오호오… 으… 뜨거!! 이거 무슨 고기길래 이렇게 맛있을 수가 있지?”

“헤헤, 그건 쉴드… 우웁!”

벌쿤이 거리낌없이 대답하려 하자 뮤스가 다급히 그의 입을 막으며
말했다.

"하하, 그건 벌쿤의 마을에서만 키우는 가축인데 쉴퍼라고 하는 동
물이야. 특별 사료를 먹여서 고기 맛이 기가 막히다고."

"아! 그렇구나. 그럼 이제 맛을 못 보겠군. 많이 먹어둬야지!"

고개를 끄덕인 히안은 음식이 없어질까 두려워하며 바쁘게 포크를
휘둘렀고, 다른 친구들 역시 그에 못지 않았다. 뮤스는 답답하다는 표
정으로 벌쿤에게 속삭였다.

"이게 마물의 고기라고 그러면 누가 먹겠냐? 기껏 딴 점수를 다 잃
고 싶어?"

"아! 그렇구나."

"어쨌든 우리도 먹자, 배고프니까."

"고마워, 형. 역시 형밖에 없어."

덩치에 맞지 않게 해맑은 표정을 지은 벌쿤은 그의 말대로 친구들과
함께 식사를 하기 시작했다.

십여 분이 지나자 벌쿤이 가지고 온 접시에는 찌꺼기 한 조각 남은
것이 없었고, 바이멀이 준비한 음식은 원래의 모습 그대로 차갑게 식어
있었다. 하지만 바이멀도 불만스러워하지는 않았다. 쉴드옥토퍼스 고
기를 맛본 바이멀 또한 그 기가 막힌 맛에 반해 버렸기 때문이다.

히안과 벌쿤이 배를 두들기고 여자들이 입가를 닦고 있을 때, 하녀
의 안내를 받으며 식당 안으로 들어오는 두 남녀가 있었다. 그들은 다
름 아닌 가이엔과 바르키엘이었는데, 둘 모두 비슷한 표정으로 눈물을
흘리고 있었다. 뮤스를 잠시 동안 응시하던 바르키엘은 아무 말도 없

이 그에게 다가와 포옹을 했다.

"흑흑. 뮤스, 살아 있었구나. 내가 고집을 피우지만 않았더라면……."

바르키엘 딴에는 상당히 멋진 장면이라 느끼고 있었겠지만 폴린과 히안의 눈에는 전혀 아닌지 혀를 차고 있었다.

"쯧쯧, 내 저럴 줄 알았지. 바르키엘은 뮤스에게 관심이 있었다니까."

"역시 자기 눈치 하나는 끝내준다니까. 그러면 가이엔은 버림받는 건가?"

"흠… 글쎄, 두고 봐야 알겠지."

어디까지나 두 사람은 대화 중심 밖의 인물이었기에 그들의 말이 분위기에 큰 영향을 끼치지는 못하고 있었다. 그때 뮤스는 바르키엘의 어깨를 두들기며 웃었다.

"하하, 뭐 이렇게 살아 있으니까 된 거야. 그러니까 신경 쓰지 말라고."

"훌쩍. 그럼 날 용서해 주는 거야?"

"용서랄 게 뭐가 있냐. 그리고 가이엔, 오랜만이야."

고개를 돌려 바르키엘의 뒤에 서 있는 가이엔에게 인사를 건네자 그녀는 눈물을 흘리며 미소를 짓고 있었다. 여전히 눈치 빵점인 뮤스는 그녀의 복잡미묘한 표정에 대해 어색한 웃음만 흘릴 뿐이었다.

"뮤스, 몸은 어떻니?"

여전히 부드러운 가이엔의 목소리였지만 어딘가 허전함이 묻어나고 있었다. 자신의 몸을 이리저리 둘러보던 뮤스는 어깨를 으쓱이며 장난스러운 말투로 대답했다.

"음, 내 몸이야 언제나 멋지지. 벌쿤만큼은 안 돼도 말야. 자, 다들 았자."

그제야 조금 진정이 되었는지 눈물을 멈춘 카이엔은 고개를 끄덕이며 자리에 앉았고, 그녀의 옆으로 바르키엘이 앉았다. 순간 싸늘히 식은 분위기를 느낀 뮤스가 주변을 둘러보며 어색하리만치 밝은 목소리로 말했다.

"하하, 가이엔과 바르키엘이 연인이 되었다면서? 정말 축하해!"

그의 말을 들은 친구들은 한결같이 이마를 짚었는데, 바로 옆에 앉아 있던 카타리나가 뮤스의 옆구리를 찌르며 인상을 썼다. 그 모습을 본 가이엔은 살며시 웃으며 친구들을 둘러봤다.

"얘들아, 난 이제 괜찮아."

분위기를 살피고 있던 친구들은 뮤스와 가이엔을 번갈아 보고 있었는데, 아직도 뮤스는 무슨 이야기인지 모르는 듯했다. 조금이나마 마음이 가벼워진 가이엔은 뮤스를 향해 입을 열었다.

"후훗, 사실 내가 뮤스를 좋아했잖아. 하지만 이제는 바르키엘이 더 좋아. 친절하고, 착하고… 이제는 많이 변했으니까."

자신을 좋아했다는 말에 뮤스는 충격을 받았는지 얼어 있는 표정이었다.

"네가 날 좋아했었다고? 에이, 농담이지?"

어처구니가 없을 정도로 발달하지 못한 뮤스의 눈치에 감탄을 한 히안이 고개를 가로저으며 말했다.

"너, 일부러 이러는 것이라고 말해다오. 어떻게 그리 눈치가 없는지 신기하기만 하다."

그의 반쪽인 폴린 역시 가이엔을 바라보며 머리를 끄덕였다.

"가이엔, 이런 녀석보다 바르키엘 쪽이 훨씬 나은 선택이야. 내가 장담하지."

폴린의 말에 뮤스만큼이나 눈치가 없는 바르키엘은 자신을 향한 칭찬인 줄만 알고 즐거워하는 표정을 짓고 있었다. 한결 부드러워진 분위기에서 대화를 하던 뮤스와 친구들은 저녁이 되어서야 집으로 돌아갔고, 벌쿤은 기분이 좋은지 전혀 들어보지 못한 음률의 노래를 흥얼거리며 뮤스의 침대 위에서 황홀한 표정을 짓고 있었다. 그를 본 뮤스는 셔츠의 단추를 풀어내며 물었다.

"벌쿤, 왜 그렇게 행복한 표정을 짓고 있냐?"

뮤스의 말을 들은 벌쿤은 부끄러운 듯이 손가락으로 침대 시트 위에 작은 원을 그리며 말했다.

"저기… 형, 세이즈는 어떤 애야?"

그의 말을 들은 뮤스는 풀어내던 단추가 미끌어짐을 느꼈다. 헛기침을 몇 번 하던 뮤스가 대답했다.

"흠흠, 너, 정말 세이즈가 마음에 드냐?"

"헤헤… 이런 말 하기 부끄럽지만 그런 타입이 우리 부족에서는 인기가 좋거든."

"그런 타입이라니? 얼굴 하얗고 조용한 모습?"

"아니, 가정적인 모습 말이야. 예전에는 듬직한 여자가 인기가 많았는데, 요즘은 가사 일이 많아지다 보니 여자들도 가사 일을 도와주는 추세거든. 물론 우리 누나는 아니지만."

오랜만에 떠오른 유글렌 부족의 전통에 뮤스는 머리를 치며 가볍게 웃었다.

"하하, 뭐 의미야 다르지만 세이즈는 여기서도 꽤 괜찮은 타입이지."

"아무튼 형, 나 세이즈와 결혼하고 싶어!"

이번에는 셔츠의 단추가 뮤스의 손에서 미끌어지는 느낌 정도가 아니라 몇 개 뜯어져 나뒹굴고 있었다.

투툭.

"겨, 결혼?! 무슨 오늘 처음 보고 결혼을 하고 싶다는 거야?"

"우리 부족은 그래. 우리 누나 봤잖아? 갑자기 결혼하는 거."

"아서라. 여긴 너희 마을이 아니라고. 쳇, 나도 벌써 몇 개월씩이나 마음만 졸이고 있구만."

"어라? 형은 누구를 좋아하는데?"

순간 자신의 말실수를 깨달은 뮤스는 자신의 입을 막으며 놀란 표정을 지었다.

"내가 방금 뭐라고 그랬냐?"

"응, 몇 개월씩이나 마음만 졸이고 있다고."

"그, 그랬어?"

"푸하하하! 형은 누구야? 설마 세이즈는 아닐 거고… 혹시 카타리나 누나야?"

더 이상 둘러대 봐야 추해지기만 한다는 것을 느낀 뮤스는 고개를 끄덕이며 잠옷으로 갈아입었다. 드디어 뮤스의 꼬투리를 잡은 벌쿤은 야릇한 눈빛으로 그를 바라보고 있었다.

"형, 내가 카타리나 누나한테 말해 줄까? 누나는 그 사실을 알고 있어?"

"말하긴 누구한테 말한다는 거야! 그리고 알 리도 없잖아. 말도 해 주지 않았는데."

"또 모르지, 방금 형의 행동으로 보아서는 충분히 눈치 채고도 남았겠는 걸 뭐.”

“그런가?”

머리를 긁적이는 뮤스를 보며 팔짱을 낀 벌쿤은 진지한 표정으로 말을 이었다.

“형, 이제 서로 도우며 사랑의 목표점을 향해 함께 달려나가자!”

“혼자 무슨 헛소리야. 너나 잘해.”

“확! 카타리나 누나한테 말해 버린다!”

등 뒤로 싸늘히 식은 식은땀을 흘린 뮤스는 주먹을 불끈 쥐며 말했다.

“그래, 함께 달려나가자!”

역시나 은연중에 비굴함이 남아 있는 뮤스였다.

39장 오! 세이즈

　일상의 생활로 돌아온 뮤스는 한동안 공학원의 일에 매달려 정신없는 나날을 보내야만 했다. 매일같이 커져만 가는 공학원의 규모였지만, 뮤스가 실종되는 바람에 그 내실이 흐트러지기도 했고 새로운 기술의 수급이 되지 않아 실질적으로 정체되어 있었기 때문이다. 그 덕에 뮤스는 수십 종의 기기들을 새로이 설계해야 했고, 그에 따른 생산 설비들을 준비해야만 했기에 지금은 차라리 드베인 숲의 생활이 그리울 지경이었다. 또 이번 드베인 숲의 사건으로 인해 더욱 많은 기능들을 배워야겠다고 생각한 뮤스는 매일 밤늦게까지 드워프들에게 기능들을 전수받고 있었기에 쉴 시간조차 주어지지 않고 있었다.

　그날도 여느 날과 같이 뮤스는 하루 일과를 마치고 가족들과 함께 차를 마시고 있었다. 그의 옆 자리엔 벌쿤이 앉아 있었는데, 어색하기도 한 도시의 삶에 그는 잘 적응해 가고 있었고, 지금은 뮤스의 일을 도와주며 새로운 삶을 살아가고 있었다. 게다가 그는 유달리 잡일하는 하녀들에게 인기가 많았다. 듬직하고 남자다운 외모도 외모였지만 시간나는 틈틈이 요리를 가르쳐 주거나 몸소 쌓은 생활 지식(?)들을 그녀들에게 전수해 주기도 했기 때문이다. 한마디로 가정적인 남성의 표본이었다.

차를 홀짝홀짝 마시는 벌쿤의 맞은편으로 드워프들이 앉아 있었는데 크라이츠가 입 열기를 기다리는 중이었다. 하지만 무거운 분위기도 아니었고 긴장된 분위기도 아니었다. 차의 향기를 한껏 들이마신 크라이츠는 잔을 내려놓으며 말했다.

"이번엔 꽤나 먼 여행을 떠나야 할 것 같은데요?"

그녀의 말을 들은 켈트는 잔에 남겨진 차를 마저 마시며 물었다.

"어디로 가는 거죠?"

"벨링에 있는 황궁입니다."

"그럼 모두 함께 가는 겁니까?"

켈트의 물음에 고개를 끄덕이던 크라이츠는 가족들을 둘러보며 말했다.

"그렇게 될 것 같군요. 이번에 황궁에서 지원하는 대규모의 작업이 있을 예정인가 봐요. 하지만 무슨 문제인지 우리의 도움을 필요로 하는 것 같더군요."

그녀의 말에 켈트와 드워프들은 조금 무거운 표정을 짓고 있었는데, 마치 말 못할 고민이라도 있는 듯했다. 그들을 보던 뮤스가 표정을 살피며 입을 열었다.

"아저씨들, 이번 일이 마음에 안 드시나요?"

걱정스러워하는 뮤스의 말에 켈트는 한층 진지한 표정을 지으며 말했다.

“크라이츠님.”

“네, 어려워 말고 말씀하세요.”

잠시 뜸을 들이던 켈트는 어렵사리 이야기를 꺼냈다.

“동생들이 출장비가 지급되냐고 물어봐 달라는군요.”

허탈해진 벌쿤과 뮤스는 소파의 등받이로 몸을 던지며 짜증을 냈다.

“난 또! 무슨 큰일인 줄 알았잖아요!”

“형, 정말 도시에는 이상한 사람들이 많아.”

“저분들은 사람이 아냐. 드워프라고.”

“아무렴 어때.”

둘의 짜증에도 아랑곳하지 않은 드워프들은 돌아가며 한마디씩 던졌다.

“이 나이에 장거리 출장이 얼마나 힘든 줄 아냐? 그래서 말년에 동굴에 들어앉았더니 네 녀석이 동굴을 말아먹지 않았냐?”

“형님 말이 맞수. 지금이야 전뇌거라도 있지만, 예전 같았으면 이 짧은 다리로 벨링까지 걸어갔을 거 아냐?”

“그러게. 세상 많이 좋아졌지.”

“게다가 우리같이 고기능의 일손은 그만한 대우를 받아야 한다고!”

크라이츠는 내심 돈독 오른 드워프들을 보며 대견하다는 생각을 하고 있었다.

“호홋, 저는 이래서 우리 드워프 여러분들이 마음에 든다니까요. 고상한 척하면서 콧대 세우는 드워프들은 딱 밥맛이죠. 좋아요! 기분 내는 김에 이번 출장비를 팍팍 드리도록 하죠. 호호호호홋!”

“껄껄껄, 역시 크라이츠님이십니다. 역시 배포가 크시다니까!”

죽이 잘 맞아 돌아가는 상황을 바라보며 고개를 내젓곤 자신만이라도 정상적인 삶을 살아야겠다고 생각하는 뮤스였다.

어둑해질 무렵 라이델베르크의 거리에는 등불지기들이 분주하게 가로등의 불을 밝히고 있었다. 오가는 마차와 전뇌거 사이로 두 명의 청년이 길을 건너고 있었는데, 전혀 다른 체급의 몸을 가진 벌쿤과 뮤스였다. 뮤스는 뭔가 마음에 안 드는지 이마에 내천 자를 그리고 있었고, 벌쿤은 흐뭇한 표정으로 뒷짐을 지고 있었다. 벌쿤의 얼굴을 힐끔힐끔 살피던 뮤스가 찌푸린 얼굴로 입을 열었다.
"야, 이건 집착이야. 이런 짓을 해도 된다고 생각하는 거야?"
"형, 이건 나쁜 짓이 아니야. 언제나 그녀를 느끼고 싶은 것뿐이라고."
"아무리 그렇다고 해도……."
"카타리나 누나한테 확 말해 버린다!"
무슨 일인지는 몰라도 이미 약점을 잡힌 뮤스는 또다시 꼬리를 말 수밖에 없었다.
"저기가 세이즈의 집이다."
"자, 형. 이제 시킨 대로만 해줘. 부탁해요~"
큰 한숨을 내쉰 뮤스는 머리를 긁적이며 눈앞에 보이는 저택으로 발걸음을 옮겼다. 과연 부자 동네인만큼 각양각색의 저택이 즐비해 있었는데, 주인들의 취향에 따라 만들어진 듯했다. 세이즈네 저택 역시 그런 것을 전제로 지어졌는지 수수하지만 고급스러운 벽이 저택을 둘러쌌고, 나무로 만들어진 고풍스러운 문과 단순하지만 세련된 창들이 절묘하게 어우러져 있는 저택이었다.
똑! 똑!
뮤스는 자신감없이 문을 두들겼다. 그에 아무런 대답이 없자 고개를 돌려 벌쿤을 바라보았다. 하지만 벌쿤은 팔짱을 거만하게 긴 채 여유로운 말투로 입을 열었다.

"조금 더 크게 두들겨 봐. 안 하면 알지?"

입을 나불거리는 시늉을 하는 벌쿤을 보며 울상을 지은 뮤스는 다시 한 번 문을 두들겼다.

똑! 똑!

그제야 안에서 문을 두들기는 소리를 들었는지 하녀인 듯한 여인이 문을 열었다.

"어떻게 오셨죠?"

"아, 세이즈의 학교 친구인 뮤스라고 하는데, 세이즈 집에 있나요?"

"아, 막내 아가씨를 찾아오셨군요. 들어오시죠."

고개를 끄덕인 뮤스가 집 안으로 발걸음을 옮기자 그 모습을 지켜보던 벌쿤은 환호성을 치며 기뻐했다.

"이야호! 형, 제발 성공해 줘!"

집 안으로 들어가자 하녀는 뮤스를 거실로 안내해 주고서는 어디론가 사라졌다. 그녀가 사라진 것을 확인한 뮤스는 가방에서 엄지손톱만한 물건을 꺼내 들며 회의가 묻어나는 목소리로 입을 열었다.

"이게 무슨 짓이야… 어쩌다 벌쿤에게 약점을 잡혀서는……."

한번 궁시렁거린 뮤스는 그것을 거실의 테이블 밑에 붙였는데 손을 한번 턴 후 입맛을 다셨다.

"쩝. 이제 다 된 건가?"

할 일을 마친 뮤스가 응접실의 이곳저곳을 둘러보고 있을 때 등 뒤로 세이즈의 목소리가 들려왔다.

"어머? 누구시죠?"

피식 웃은 뮤스는 몸을 돌렸다.

"하하. 나야, 세이즈. 이제는 친구의 목소……?!"

세이즈의 목소리에 뒤를 돌아보니 처음 보는 여성이 의아한 표정을 지으며 계단 위에 서 있었다. 하지만 그녀의 청초한 모습이 어딘가 모르게 세이즈의 분위기와 많이 닮아 있었다. 자신의 실책을 깨달은 뮤스는 고개를 숙이며 사과했다.

"아, 죄송합니다. 세이즈의 친구인 뮤스입니다."

"호호, 세이즈의 언니인 아로인이라고 해요."

"그렇군요. 목소리가 너무 비슷해서 실수를 했어요."

"자주 일어나는 일이니 개의치 마세요."

"그렇게 말해 주시니 고맙습니다."

그들이 대화를 하고 있을 때 아로인의 뒤로 발자국 소리가 들렸다. 그리고 세이즈의 모습이 보였는데 아로인과 뮤스를 바라보며 고개를 갸웃거렸다.

"안녕, 뮤스? 그런데 언니는 웬일로 방에서 나왔어?"

"호홋, 연구만 하다 보니까 좀 넓은 곳이 그립더구나. 아무튼 이야기 나누렴. 나는 산책 좀 다녀와야겠어."

"응. 조심해서 다녀와, 언니."

"그럼 뮤스 군, 다음에 또 보죠."

아로인의 인사에 고개를 살짝 굽힌 뮤스는 웃으며 작별 인사를 받았다.

"어쩐 일로 우리 집을 다 찾아왔어?"

여전히 부드러운 목소리의 세이즈였다. 그녀의 뻔한 물음에 준비해 놨던 말을 꺼내려 하는데, 어찌 된 일인지 전혀 생각이 나지 않았다. 그에 당황한 뮤스는 머뭇거리다 얼떨결에 입을 열었다.

"아! 책 좀 빌리러 왔어! 내가 없는 사이에 방학을 해버려서 내년 공부를 준비하려고."

뮤스의 대답에 고개를 갸웃거리던 세이즈는 이해가 안 된다는 표정으로 말했다.

"응? 아무리 그래도 그렇지 여기까지 온 거야? 우리 집이 친구들 중에 제일 멀잖아?"

"그, 그렇지. 그래도 성격상 네가 필기를 제일 잘해놨을 것 같아서."

말꼬투리가 잡힌 뮤스는 서둘러 변명을 했다. 언제부터 말 돌리기에 이리도 능숙해졌는지… 쓸쓸한 표정을 지으며 자문하고 있었다.

"아, 그렇구나. 호홋, 칭찬해 줘서 고마워."

"고맙긴."

"책은 내 방에 있으니까 따라와."

"네 방에 들어가도 되는 거야?"

"우리도 네 방에 막 들어가는데 내 방이라고 못 들어오게 하면 불공평하잖아."

"후훗, 고마워."

감사의 인사를 한 뮤스는 그녀의 뒤를 따라 계단을 올라갔다. 그녀를 따라 올라간 이층은 아래층과 조금 다른 분위기를 가지고 있었다. 아래층이 고아하다면 이층은 개방적이었는데, 흰색 계통 건물의 색과는 다르게 연한 분홍빛으로 꾸며져 있어 밝아 보였다. 왼쪽으로 꺾어 들어가자 세이즈가 한 방문을 열고 들어갔다.

그녀를 따라 들어가 보니 방이라고 하기보다는 서재라는 단어가 어울릴 듯한 모습이 눈에 들어왔는데, 벽을 따라 수많은 책들이 눈을 혼란스럽게 만들며 꽂혀 있었다. 방 안을 둘러본 뮤스는 전혀 예상치 못한 분위기에 자신도 모르게 놀라 입을 벌리고 말았다. 책상 위에서 책을 찾던 세이즈가 놀라고 있는 뮤스를 바라보며 웃었다.

"후훗, 책이 좀 많지?"

"이건 좀 많은 것이 아니라 엄청 많은 거야. 우리 누님의 집무실에도 책이 많다고 생각했는데… 이건…….'

책장에서 책을 하나 빼보던 뮤스는 표지를 읽어보았다.

"캄 제국 성립과 쇠퇴? 이건 역사서인 것 같은데?"

고개를 들어 다른 책들을 살펴봤지만 모두 다른 분야의 것들인지 제목에서 풍기는 느낌들이 모두 달랐다.

"이야~ 너, 여러 분야에 관심이 많구나?"

뮤스가 말을 할 때 세이즈는 책을 찾았는지 초록색 외피의 책을 흔들고 있었다.

"찾았다! 이거야. 여러 분야?"

"응. 여기 있는 책들을 다 읽어본 거야?"

"아니, 안 읽었어."

지나가는 물음에 세이즈가 무표정한 얼굴을 하고선 아니라고 대답하자 뮤스는 맥이 풀리는 느낌을 받고 말았다.

"그럼 왜 이렇게 많은 책을?"

"이 방은 외풍이 강해서 겨울에는 춥거든. 그래서 책장으로 막아놓은 거야."

"컥! 그래? 이 책들이 다 바람막이 용이라고?"

"뭐, 그렇지."

만물의 의외성을 직접 체험한 뮤스는 멍한 표정을 지으며 세이즈를 바라보았다.

“넌 참 알다가도 모를 애야.”

“그런 소리를 많이 듣지. 아참, 저녁 식사는 했어?”

“응? 아직 식전이야.”

“그럼 잘됐네. 같이 저녁이나 먹고 가.”

“후훗, 나야 고맙지.”

벌쿤이 밖에서 기다리고 있다는 것을 전혀 의식하지 못하고 있는지 너무나도 쉽게 대답하고 있는 뮤스였다. 잠시 후 세이즈를 따라 식당으로 자리를 옮기자 그곳에는 세이즈의 가족인 듯한 사람들이 앉아 있었다. 제일 상석에는 남색의 정장을 입고 있는 흰머리의 신사와 짙은 갈색 머리의 귀부인이 보였고, 그 맞은편으로는 좀 전에 만났던 아로인이 자리하고 있었다. 문을 열고 들어온 그들을 바라보며 세이즈가 입을 열었다.

“아버지, 어머니, 이쪽은 학교 친구인 뮤스예요. 뮤스, 이쪽은 우리 부모님이셔.”

소개를 받은 뮤스는 고개를 숙이며 인사를 건넸다.

“처음 뵙겠습니다. 뮤스 드라켄이라고 합니다.”

“허허, 만나서 반갑네. 난 세이즈의 아버지 되는 사람일세.”

세이즈의 아버지는 외모와 잘 어울리게 인자한 목소리를 가지고 있는 중년이었는데, 몸짓 하나하나가 절도있어 보였다. 그녀의 어머니 역시 조용한 목소리로 인사를 건넸다.

“호호, 앞으로도 세이즈와 잘 지내세요.”

“하하, 물론이죠.”

“자, 그럼 자리에 앉아요.”

뮤스는 몇 마디의 대화로 세이즈의 조용한 성격이 부모님으로부터 물려받은 것임을 느낄 수 있었다. 기대를 하고 자리에 앉은 그가 식탁 위를 바라보자 하나같이 채소 일색이었는데, 여러 가지 조리법을 사용했는지 채소만으로도 충분히 화려해 보였다. 그의 옆에 앉아 있던 세이즈는 친절히 요리에 대한 설명을 해주었다.

"뮤스, 우리 집 사람들은 채식주의자야. 물론 나는 아니지만. 이건 양배추를 절인 것이고, 이건 야채 샐러드야. 우리 가족이 가장 많이 먹는 거지. 이건 옥수수를 구운 것이고 이건 감자를 으깨서 여러 가지 향신료와 버무린 거… 또 이건……."

세이즈의 길고 긴 설명에 뮤스는 고개를 끄덕이며 자신의 앞에 놓여 있는 요리를 덜어 맛을 봤는데, 약간 시큼한 것이 야채를 발효시킨 요리인 듯했다. 내심 김치와 비슷한 향취가 난다고 생각하고 있을 때 세이즈의 아버지가 조용한 목소리로 물었다.

"음, 자네 집안은 무엇을 하는가?"

비록 귀족은 아니었지만 집안에 대한 질문은 어디서나 빠지지 않는 메뉴였기에 별달리 괘념치 않고 대답했다.

"집안이랄 것까지는 없습니다. 부모님은 안 계시고 누님과 함께 공학원을 운영하고 있습니다."

문득 그의 질문에 대답하다 보니 천애고아 신세가 되어버렸다는 것에 새삼 쓴웃음을 지었다. 뮤스의 정체를 안 사람이면 누구나 놀라듯이 세이즈의 부모님과 언니 역시 그 범주에 속하고 있었다. 하지만 아로인은 유난히 많이 놀랐는지 두 눈을 크게 뜨며 말했다.

"뮤스 군의 집이 공학원이라고?! 세이즈, 왜 미리 말해 주지 않았니?"

아로인은 분하다는 듯이 세이즈를 노려보고 있었다. 그런 그녀의 행동에 미간을 찌푸리던 세이즈의 아버지가 근엄하게 입을 열었다.

"아로인, 식사 도중에 교양없이 이 무슨 행동이니?"

"아… 죄송해요, 아버지."

아로인이 아버지에게 꾸지람을 듣고 있을 때 세이즈가 뮤스에게 작은 목소리로 입을 열었다.

"언니는 독학으로 공부를 하고 있거든. 아까 내 방의 책들도 실은 다 언니 거야."

"그런데 공학원은 왜?"

그 이후의 설명은 아로인이 직접 해주었기 때문에 세이즈는 식사를 계속했다.

"내가 지금 연금술을 공부하고 있는데 혹시 공학원에서 일할 수 없을까요?"

"저… 세이즈의 친구이니 말을 놓으시죠. 그리고 공학원에서 일을 하고 싶다면 언제나 직원을 뽑으니 아무 때나 신청하시면……."

"그럼 말을 놓도록 하지. 내가 원하는 것은 평범한 노동이 아니라 연구를 하고 싶어. 아무래도 집에서 연구를 하기에는 무리가 있거든."

그녀의 말 도중에 식사를 하던 세이즈가 끼어들었다.

"하긴 연금술계의 이단아로 손꼽히는 언니이니 평범한 곳에서 연구를 하기는 힘들겠지."

연금술계의 이단아라는 말에 호기심을 느낀 뮤스는 자세를 바로하며 아로인을 바라보았다.

"뭐, 그렇게까지 나쁘게 이야기할 건 뭐 있니? 그 녀석들은 내 이론을 인정하려 하지 않아!"

자신도 모르게 언성이 올라가자 입을 막은 그녀는 부모님들의 눈치를 살피기 시작했다.

"죄송해요, 저도 모르게."

샐러드를 입으로 가져가던 그녀의 아버지는 조용한 목소리로 말했다.

"알았으면 이제 식사를 마저 하자꾸나."

세이즈의 아버지 말에 뮤스가 웃으며 아로인에게 말했다.

"다음에 시간있으시면 공학원으로 찾아오세요. 아로인 씨의 생각에 흥미가 있으니까요."

"호홋, 징그럽게 아로인 씨가 뭐니? 그냥 아로인 누나라고 불러."

"네? 아… 그럴게요."

조금은 예의에 구속되어 딱딱한 듯하지만 나름대로 화목한 분위기의 가족들 사이에서 식사 시간을 가진 뮤스는 언제부터인가 세이즈를 부러운 눈빛으로 바라보고 있었다.

후식까지 먹고서야 세이즈의 집에서 나온 뮤스는 뭔가 허전한 느낌을 감출 수가 없었다.

"그런데 뭔가 빠진 듯한데… 음……."

머리를 긁적이며 어두워진 거리로 발걸음을 옮기기 시작할 때 뒤통수에 꽂히는 따가운 시선을 느낄 수 있었다. 순간 그 눈초리가 누구의 것인지를 깨달은 뮤스는 어눌한 표정으로 고개를 돌렸다. 그의 눈에 잡힌 것은 얼굴이 울그락불그락해진 벌쿤이었는데, 화가 많이 났는지 씩씩거릴 뿐 아무런 말도 하지 않고 있었다.

"하… 하… 내가 뭘 깜빡했나 했더니 너였구나."

뮤스가 말을 더듬거리며 벌쿤의 표정을 살피자 그는 한숨을 크게 들이쉬더니 힘껏 내쉬며 불평을 털어놓기 시작했다.

"형은 도대체 지금까지 뭘 하다가 나온 거야! 조잘조잘… 이 동생은 초겨울 날씨에 벌벌 떨면서 얼어 죽을 뻔했는데… 조잘조잘… 생각을 하고 사는 사람이야, 안 하고 사는 사람이야?"

쉬지도 않고 조잘거리던 그는 이제 호흡을 모아놓은 것이 다 떨어졌는지 잠시 멈췄고, 또 한 번 큰 숨을 들이쉬며 호흡을 충전했다. 귀가 따갑던 뮤스는 그의 입을 두 손으로 막았다.

"흐흡!"

"제발 벌쿤! 이 형님이 잘못했다. 그러니 한 번만 용서해 다오!"

뮤스의 손을 입에서 떼어낸 벌쿤은 입에서 짠 기운이 느껴지는지 맨땅에 침을 뱉었다.

"퉤퉤! 으… 짜! 알았어. 그건 그렇고 내가 시킨 일은 성공한 거야?"

"쩝. 성공을 하긴 했다."

"흐흐흐흐… 드디어……. 형, 빨리 돌아가서 시험해 보자!"

음흉한 웃음에 손을 내저은 뮤스는 앞장서서 걸었다.

"마음대로 하려무나. 나는 이제 손 뗄 테니."

하지만 그의 뒤를 따라 걸음을 옮기던 벌쿤은 능청스러운 목소리로 뮤스의 발을 잡았다.

"흠흠, 형도 이제 나와 한 배를 탄 운명이야. 이제 와서 발을 뺄 수는 없지."

"그런 게 어디 있어! 이것만 하면 더 이상 거론하지 않기로 했잖아!"

"하하핫! 남자의 마음은 바람에 흔들리는 갈대와 같은 거라고."

"야! 그건 너희 마을에서나 하는 말이야. 여긴 여자가 갈대와 같다고."

"누구 집 개가 짖나?"

귀를 한번 후벼 판 벌쿤은 궁시렁거리는 뮤스의 손을 우악스럽게 잡아끌어 자신의 라이노에 태웠다.

"이 녀석! 형님 말이 말 같지 않냐?!"

"그냥 동생의 애교로 봐주면 되잖아."

말싸움을 벌이며 공학원으로 돌아온 벌쿤은 한걸음에 뮤스의 방까지 올라갔고, 침대에 엎드려 네모난 상자를 부둥켜안은 채 입맞춤을 퍼붓고 있었다.

"웅~ 나의 사랑스러운 도청 장치야~ 나에게 세이즈의 아름다운 목소리를 들려주지 않으련?"

속이 미식거릴 수준의 미성으로 혼잣말을 중얼거린 벌쿤은 도청 장치의 버튼을 누르며 기대에 부푼 표정을 지었다. 그러자 도청 장치로부터 약간의 잡음이 섞인 목소리가 흘러나오기 시작했다.

—지직… 마를린! 이 옷 좀 빨아주겠어?

—네, 거기 놔두세요.

알지 못할 여성의 목소리가 흘러나오는 것을 확인한 벌쿤은 이제 막 방에 들어온 뮤스에게 엄지손가락을 추켜 보이며 외쳤다.

"역시 형은 천재야!"

"이제 네 녀석에게 그런 소리를 들어도 기분이 좋지 않아."

벌쿤에게 속은 기분이 들어서인지 넋을 놓고 책상에 앉은 뮤스는 힘없이 고개를 돌렸다.

"웬만하면 네 방에 가서 듣지 그래?"

"후훗, 조용히 좀 해봐."

검지손가락으로 입을 막는 시늉을 해 보인 벌쿤은 다시 도청 장치에 귀를 기울이고 있었다.

—지직… 언제 약속인데? 그럼 내일 나가는 거야?

—응, 그러니까 오늘 일찍 자. 지직…….

도청 장치에서 흘러나오는 목소리에 귀를 잠시 기울이던 뮤스는 그 목소리의 주인이 아로인인임을 느끼며 세이즈의 가족을 떠올리고 있었다. 그러다 말고 고개를 흔들더니 걱정스러운 목소리로 벌쿤에게 말했다.

"야, 벌쿤. 너, 밥 먹을 때 말 많이 하냐?"

"헤헤, 밥 먹을 때 말을 하지 않으면 소화가 잘 안 된다고."

그의 대답에 더욱 안색을 굳히던 뮤스는 또다시 질문을 던졌다.

"그럼 너, 차는 마셔봤냐?"

"그거 그냥 마시면 되는 거 아냐? 그런 것들은 왜 물어. 지금 나 바빠."

의기양양하게 대답하는 벌쿤을 본 뮤스는 손으로 이마를 짚으며 탄식을 했다.

"으휴… 세이즈에게 접근하기 전에 넌 그것부터 고쳐야겠다."

세이즈란 이름에 고개를 돌린 벌쿤은 무슨 말인지 모르겠다는 표정으로 뮤스를 바라보았다.

"내가 뭐 잘못된 거라도 있어?"

"그 집에서 식사를 했는데 예절이 장난 아니더군. 나도 그런 것들을 배운다고 꽤나 고생했지."

식사 예절에 대한 이해가 부족한 벌쿤은 고개를 갸웃거렸다.

"그렇게 골치 아픈 걸 뭐 하러 배워?"

"너, 세이즈와 결혼하고 싶다고 했지?"

"응."

"그럼 배워."

"뭐, 그러지."

"네가 순순히 대답하는 모습을 보니 장난이 아니구나?"

의외로 쉽게 대답하는 벌쿤의 태도에 뮤스는 손으로 턱을 괴며 걱정스러운 표정을 지었다.

그로부터 며칠 간 뮤스는 벌쿤에게 시달림을 당해야 했는데, 밤마다 도청 장치를 가져와 함께 들어야만 했고, 글을 모르는 벌쿤을 대신해 그녀의 신상명세를 작성해야만 했다. 그쯤 되니 세이즈에 대해서 모르는 것이 없어진 뮤스는 자신의 신세에 대한 한탄만 늘어가고 있었다.

이제는 상당히 많은 종류의 생산 설비들이 들어와 정신이 없는 공학원의 내부, 전뇌거 생산 설비의 옆으로 조금 작은 규모의 생산 설비가 내부를 드러낸 채 위치하고 있었다. 그것은 이번에 새롭게 출시될 전뇌빨래기의 생산 설비였는데, 동력기가 돌아가는 소리가 나며 조금 움직인다 싶더니 이내 동작을 멈추어 버리고 있었다.

위이이이잉— 윙— 철컥!

"뮤스, 이쪽 전뇌 출력을 조금 더 높여야겠어!"

"알겠어요!"

전뇌빨래기의 생산 설비 너머로 브라이덴의 목소리가 들려오고 있었다. 비록 모습이 보이지는 않았지만 그가 원하는 것을 알고 있던 뮤스는 턱을 한번 쓸며 자신의 앞쪽에 있는 변압기의 손잡이를 돌렸다.

"이제 됐어요?"

위이이이잉.

생산 설비가 일정한 동작으로 움직이기 시작하자 브라이덴의 목소리가 다시 들려왔다.

"좋아! 알맞게 가동되는군!"

그때 다른 곳에서 작업을 하던 켈트가 손에 든 장갑으로 작업복의 먼지를 털며 뮤스에게 다가왔다.

"음, 이제는 가동 준비가 다 되었군. 전뇌빨래기의 인기가 엄청나다 던데?"

변압기의 손잡에서 손을 뗀 뮤스는 켈트에게 웃으며 말했다.

"아저씨도 시연회에 참석하셨어요?"

"난 작업에 바빠서 못 가봤고 블뤼안이 말해 주더군."

"후훗, 크라이츠 누님만 신이 나시겠네요."

팔짱을 끼며 전뇌빨리기 생산 설비를 바라보던 켈트가 문득 생각이 났는지 물었다.

"그나저나 벌쿤 그 녀석은 요즘 뭘 하는데 얼굴 보기가 힘드냐?"

대답 대신 어깨를 한번 으쓱인 뮤스는 가방을 어깨에 걸쳤다.

"훗, 뭔가 바쁜 일이 있겠죠. 그럼 냉장고 생산 설비 설치가 준비된 곳에 한번 가볼까요?"

"뭐, 그러도록 하지."

뮤스의 물음에 고개를 끄덕인 켈트는 허공을 향해 외쳤다.

"이봐, 브라이덴! 정리하고 냉장고 생산 설비 파트로 이동해!"

"네, 형님!"

허공을 울려 들려오는 브라이덴의 목소리를 확인한 켈트는 뮤스를 뒤따르기 시작했다. 뒷짐을 지고 걸으며 공학원에서 일하고 있는 직원들의 얼굴을 보던 켈트가 걱정스러운 목소리로 말했다.

"그건 그렇고, 이제 일손이 터무니없이 모자라니 어떻게든 충당해야 할 텐데……."

"아저씨 말이 맞아요. 갑작스레 아저씨라도 덜컥 죽으면 큰일이죠."

뜬금없이 걸어오는 뮤스의 시비로 인해 켈트는 오랜만에 핏발을 새우며 대꾸했다.

"내가 왜 죽는다는 말이냐!"

"하하, 아저씨 정도의 나이면 지금 당장 죽는다고 그래도 이상할 것
이 없죠 뭐."

"나는 드워프다, 이 녀석아!"

"하하, 알았어요."

오랜만에 해보는 말장난에 웃어 보인 뮤스는 켈트의 말대로 모자라
는 인력의 충당이 걱정되기 시작했다. 단순 노동 직이야 얼마든지 구
할 수 있었지만 뛰어난 재능을 지닌 연구원들이 턱없이 부족했기 때문
이다. 그러다가 문득 뮤스의 머리에는 누군가의 얼굴이 떠올랐다.

"흠… 그런데 의외로 이 세상에는 숨은 인재들이 많은 것 같아요."

"너, 할 말이 없으니까 말 돌리는 거냐?"

"할 말이 없긴 누가 없다고 그래요. 정말 걱정이 되어서 그런다고요."

"음… 근데 숨은 인재라니 무슨 이야기냐?"

"어제 세이즈의 언니를 만났어요."

"그 얼굴 하얀 친구 말이냐? 네 나이가 몇 살이라고 벌써 여자 집에
들락거리냐!"

"에휴~ 아저씨도 혹시 폴린 병에 걸린 거예요?"

뮤스의 한숨 섞인 말을 들은 켈트는 손을 내저으며 웃었다.

"껄껄껄, 아무튼 하던 이야기나 계속해 봐라."

"확실히는 모르지만 이 세계라고 해서 월등한 지식을 가진 사람이
없으란 보장은 없죠. 오늘 세이즈의 언니가 찾아온다고 했으니 이야기
를 한번 나눠볼 생각이에요."

잠시 생각에 잠기는 듯하던 켈트는 고개를 끄덕이며 말했다.

"하긴, 그럴 수도 있겠구나. 대학이란 곳에서도 많은 것들을 가르

치니."

켈트와 대화를 끝마칠 즈음 둘의 발걸음이 자연스럽게 멈췄다. 그곳에는 30멜리 정도 됨 직한 길이의 이동 벨트를 중심으로 복잡한 부속들이 곳곳에 널려 있었는데, 한숨을 크게 들이쉰 뮤스는 가방에서 설계도면을 꺼냈다. 그것을 한쪽에 펼쳐 놓은 뒤 켈트와 함께 살펴보기 시작했다. 부속 하나하나를 유심히 비교해 보던 켈트는 고개를 끄덕였다.

"흠, 부속은 모두 준비됐군. 어느 쪽부터 조립을 시작하지?"

"일단 이동 벨트의 중심부터 고정시키고 왼쪽부터 조립하죠."

"음, 그럼 배선 문제는 브라이덴에게 맡기면 되겠고… 전뇌거중기를 사용할 만큼 무거운 것도 없으니 간단하겠군."

"그럼 시작해 볼까요?"

"후훗, 나는 이때가 제일 설레더군."

뮤스의 말에 간단히 대답한 켈트는 주머니에 꽂아두었던 장갑을 손에 끼며 부속들 사이로 걸어 들어갔다. 이곳에 있는 생산 설비들은 모두 비슷한 유형으로 제작되어 있었는데, 간단한 분해와 조립으로 전혀 다른 생산 설비를 구축할 수 있었다. 지금 조립하고 있는 냉장고 생산 설비 역시 이전에 수요가 줄어든 천체만리경의 생산 설비를 분해한 것을 재조립하고 있는 것이었다.

잠시 후 하던 일을 마치고 온 브라이덴이 일손을 거들자 그들의 작업은 한층 속력이 붙기 시작했는데, 냉장고 생산 설비의 모양이 조금씩 완성되어 가고 있음을 느꼈다. 뮤스가 굽혔던 허리를 펴며 땀을 닦을 때 등 뒤로부터 요란한 괴성이 들려오고 있었다.

"우와아아아아앙!!"

알아들을 수 없는 소리였지만 벌쿤의 느낌이 담겨 있는 괴성이라고 느낀 뮤스는 고개를 돌려 자신을 향해 달려오고 있는 그를 바라보았다.

"무슨 일이야, 벌쿤?"

"혀엉! 세이즈가 결혼한데!"

"엥! 무슨 말도 안 되는 소릴 하고 있냐!"

아무리 생각해 봐도 어이없는 이야기였지만 거짓말이라고 치부하기엔 너무나 진지한 표정을 하고 있는 벌쿤의 얼굴을 보며 의아한 생각을 하고 있었다. 벌쿤은 눈가로 조금 흐른 눈물을 훔치며 차근히 말했다.

"훌쩍. 방금 전에 도청 장치로 듣고 있었는데, 세이즈의 아버지 같은 사람이 결혼 이야기를 꺼냈어! 나 이제 어떡해!"

"흠… 잘못 들은 건 아니고?"

"내 귀는 멀쩡하다고! 세이즈가 똑똑히 대답하는 소리를 들었단 말이야! '네, 알겠어요' 라고!"

불안함이 그득 담긴 듯한 그의 이야기에 세이즈의 부모님 얼굴을 떠올리던 뮤스는 고개를 끄덕였다.

"아직 졸업도 하지 않은 상태인데 결혼을 준비하시다니… 하긴, 집안 분위기가 좀 엄한 분위기였어."

손에 낀 장갑을 벗은 뮤스는 벌쿤의 등을 토닥거리며 드워프들에게 말했다.

"켈트 아저씨, 브라이덴 아저씨, 급한 일이 생겨서 저 먼저 들어가 볼게요."

그의 말에 소매로 볼의 땀을 훔치던 켈트가 억울한 표정으로 궁시렁거렸다.

"십여 일이나 실종되었던 녀석이 또 땡땡이냐? 이 나이에 우리만 이렇게 고생하다니!"

"하하, 아저씨는 드워프라서 괜찮다면서요!"

순간 말이 막힌 켈트는 헛기침을 하며 먼 산을 바라보았다.

"그럼 아저씨, 나중에 봬요."

"알았다, 이 녀석아."

그들에게 손을 흔든 뮤스는 벌쿤의 등을 떠밀며 자리를 옮겼다. 벌쿤의 방으로 들어온 뮤스의 눈에는 정신없이 어질러져 있는 침대 시트가 보였는데, 아무래도 벌쿤이 발작을 한 현장인 듯했다. 그렇지만 살림을 하던 습성이 아직 남아 있는지 옷가지는 깔끔하게 정리되어 있었다. 벌쿤은 들어오자마자 도청 장치의 전원을 켜며 뮤스에게 넘겨줬다.

―지직…….

도청 장치를 건네받은 뮤스는 귀를 기울여 들어보았지만 희미한 잡음만 들릴 뿐 아무런 대화도 들리지 않았다.

"거실에 아무도 없나 본데? 세이즈 아버지가 한 말을 다시 한 번 차근차근 말해 봐."

"응? 아버지가 한 말?"

허공을 보며 기억을 더듬어보던 벌쿤은 정리가 다 되었는지 침을 한 번 삼키며 입을 열었다.

"그러니까 오늘 저녁에 무슨 이름 긴 남자랑 만나라고 했어. 결혼 날짜를 잡으라고 말이야. 젠장! 무슨 남작이라고 했던 것 같은데 이름이 왜 그렇게 긴 건지……."

"그랬는데 세이즈가 알았다고 대답했다고? 어디서 만나기로 했대?"

뮤스의 되물음에 벌쿤을 서둘러 고개를 끄덕이며 대답했다.

"슈넬 레스토랑인가 하는 곳이라던데? 형, 나 이제 어떻게 해!"

억지적인 성향이 강한 벌쿤의 행동이었지만 뮤스는 친동생이라고 생각하기로 한 이상 그가 마음 아파하는 것을 보고 있을 수만은 없었기에 고개를 끄덕이며 말했다.

"좋아. 한번 같이 가보자."

"정말? 고마워, 형!"

이번만은 진심에서 우러나는 고마움인지 뮤스를 끌어안으며 번쩍 들어 올렸다. 숨이 막힌 뮤스는 피식 웃으며 말했다.

"야야, 이러다간 거기 가기도 전에 죽겠다."

"헤헤, 그러면 안 되지."

뮤스를 땅에 내려놓은 벌쿤은 실없는 웃음을 보이며 머리를 긁적이고 있었다. 뮤스가 벌쿤을 위로해 주며 용기를 북돋아주고 있을 때 노크 소리가 들려왔다. 벌쿤의 얼굴을 보다 말고 고개를 돌린 뮤스가 가볍게 대답했다.

"네, 들어오세요."

그의 대답과 함께 정장 차림의 바이멀이 문을 열고 들어왔다.

"뮤스 도련님, 아로인이라는 아가씨가 찾아오셨는데요?"

"아, 네. 서재로 모시도록 해요. 금방 나가죠."

"네, 알겠습니다, 도련님."

인사를 하고 나가는 바이멀에게서 고개를 돌린 뮤스는 벌쿤을 흐트러진 옷을 바로잡아 주며 말했다.

"벌쿤, 금방 돌아올 테니까 멋진 옷을 입고 기다려. 그 이름 긴 남작이라는 사람보다 멋지게 보여야 할 거 아냐? 필요한 것 있으면 바이멀 아저씨한테 부탁하도록 하고."

"응. 알았어, 형."

용감하게 대답한 벌쿤은 서둘러 옷장을 뒤적이기 시작했고, 뮤스는 잠시 벌쿤을 바라보다가 자리를 옮겼다.

몇 개의 방을 지나 계단을 내려온 뮤스는 서재 앞에 섰다. 서재의 문을 열고 들어가 보니 남색의 깔끔한 옷을 입은 아로인은 바이멀이 준비해 준 차를 마시고 있었는데, 그녀의 집에서 봤던 것과는 다르게 지적인 모습을 하고 있었다.

"아로인 누나, 오셨군요? 기다리고 있었어요."

"뮤스, 반가워. 그런데 기다리다니? 내가 올 줄 알았던 거야?"

"아, 그냥 느낌이 그럴 것 같아서요. 조금 서두르는 성격 같아서… 하… 하……."

"호홋, 뮤스는 눈치도 참 빠르군."

도청 장치를 통해 들었다고는 말할 수 없었던 뮤스는 어색한 웃음을 지으며 둘러댔고, 아로인은 그런 것은 전혀 상관없다는 듯이 준비해 놓은 노트와 도면들을 가방에서 꺼내고 있었다.

"이것들이 그동안 내가 연구해 온 것들이야."

그것들을 건네받은 뮤스는 한 장씩 넘겨보며 세심히 읽어보았는데, 비록 기초적인 수준이었지만 자신이 알고 있는 사실과 거의 다른 점이 없었기에 놀라야만 했다. 문득 뮤스는 카타리나를 따라 수업 도강을 하던 때를 떠올리며 시험 삼아 물었다.

"흠, 굉장하군요. 하나만 물어볼게요. 누나는 보석들끼리의 성분 조합으로 새로운 보석을 만들어낼 수 있다고 생각하세요?"

"호홋, 과연 공학원의 원장은 다른걸? 우리 클럽에서 그 문제에 대해 연구 중이었거든. 어떤 회원이 실험 중에 브로치에 달린 루비를 녹여 버린 적이 있었어. 어떤 원리로 그것이 녹았는지는 모르겠지만 보석이 녹은 것을 목격한 이상 혼합도 가능하다고 생각하고 있는 중이지. 하지만 그 원리를 아직 알아내지는 못했어.”

안타까운 표정을 지어 보이던 그녀는 계속 말을 이었다.

“그리고 네가 들고 있는 노트에도 나와 있듯이 난 연금술은 허무맹랑한 것이라고 생각하거든. 금속은 수많은 알갱이들이 이루고 있는데 그것을 아무리 혼합하더라도 금 따위의 특정 금속을 만들지는 못한다는 것이 나의 지론이야. 물론 그 때문에 연금술계의 이단아로 불리고는 있지만.”

“하하, 그렇기도 하겠네요. 그 사람들의 꿈을 깨버리는 발언이 되었을 테니까요.”

“혹시 너도 그 사람들과 같은 생각이니? 내 생각이 말도 안 된다고 생각해?”

그녀의 말에 고개를 가로저은 뮤스는 웃으며 대답했다.

“후훗, 아뇨. 저는 누나의 생각에 동의해요.”

“호호홋, 정말? 네가 한 말이니만큼 다른 사람한테 듣는 것보다 더 힘이 나는걸?”

“고마워요. 그럼 누나의 클럽 회원은 몇 명이나 되죠?”

턱을 쓸며 고민을 해보던 그녀는 손가락으로 세어보며 대답했다.

“일단 회원들은 모두 여덟 명이야. 몇 명은 햄브리겐 대학원에서 공부하고 있고, 나머지는 나처럼 따로 연구를 하다가 가끔 만나서 새로운 사실을 발표하는 형식이지. 덕분에 모일 만한 장소가 없어서 걱정이었거든. 학교에서도 허가가 나오질 않으니 말야.”

뮤스는 손에 들려 있던 노트를 조심스럽게 덮으며 말했다.

"좋아요. 누나를 비롯해서 모든 회원들을 연구원으로 채용하도록 하죠. 공학원의 화공학 연구실을 사용하도록 하세요. 그곳엔 필요한 것을 대부분 준비해 두고 있지만 더 필요한 것은 예산서를 작성해 크라이즈 누님께 올려주시고요. 공학원의 연구원이 되신 것을 축하해요."

"그럼 허락해 주는 거야, 뮤스?! 아니지, 원장님?"

"원장님은 무슨… 그냥 이름 부르세요."

"호홋, 알았어! 고마워, 정말."

뛸 듯이 기뻐하며 만세를 부르던 아로인은 뭔가를 이룬 상쾌함에 행복해하고 있었다. 천진난만하게 좋아하는 그녀의 얼굴을 보고 웃던 뮤스는 노트들을 건네주며 말했다.

"이번에 제가 황궁에 갈 일이 있어서 당장은 조금 무리인 듯하고… 음, 제가 돌아온 후에 공학원으로 들어오시면 되겠네요."

"호홋. 응, 그렇게 할게."

뮤스는 테이블에 남아 있는 차를 한 모금 들이키는 그녀를 보며 물었다.

"아참, 세이즈는 지금 뭘 하고 있죠?"

"아, 세이즈는 저녁에 약속이 있어서 지금쯤 집에서 나갔을걸?"

과연 벌쿤이 들은 것이 틀리지 않았음을 깨달은 뮤스는 고개를 끄덕였다.

"아, 그렇군요. 이왕 오셨는데 대접도 못해 드리겠군요. 제가 약속이 있어서요."

"공학원의 원장님이신데 약속이 없으면 이상하겠지. 난 연구실 좀 둘러봐도 될까?"

"하하, 그렇게 하세요. 앞으로 일할 곳이니 한번 둘러보는 것도 나쁘지 않죠. 나가시다가 드워프 아저씨들에게 물어보면 될 거예요. 장난이 심하신 분들이지만 악의는 없으니 오래 지나지 않아 금방 익숙해질 거예요.”

“응. 고마워, 뮤스. 그럼 다음에 또 봐.”

가볍게 인사를 건넨 아로인은 한시라도 빨리 연구실을 보고 싶은지 일어나 서재 밖으로 나섰고, 뮤스는 그녀를 뒤따라 나와 빠르게 벌쿤의 방으로 올라갔다. 서둘러 방문을 열고 들어가자 벌쿤이 검은색의 옷을 입고서 전신 거울에 자신의 모습을 비춰 보고 있었다. 그 모습을 본 뮤스의 표정이 곧 묘하게 변하더니 이내 배를 잡고 쓰러졌다.

“푸하하하! 벌쿤, 그게 뭐냐!”

“형, 이거 옷이 너무 작아.”

거울에서 뒤돌아본 벌쿤의 모습은 과연 보는 이로 하여금 쓰러지게 만들었다. 로프 타이는 팔뚝에 감아 우람한 근육을 돋보이게 만들었고, 바지는 짧은지 발목까지 올라가 있었다. 게다가 셔츠는 그의 근육을 못이기고 뜯어지려 했는데, 마치 어른이 아이의 옷을 입은 듯했다.

“그거 내 예복이냐?”

“응. 나도 한번 입어보고 싶어서… 그런데 좀 작네? 이 줄은 팔뚝에 감는 것 맞아?”

“그걸 좀 작다고 말할 수 있냐? 괜한 예복 한 벌만 버렸네. 안 되겠어. 나가면서 빨리 한 벌 맞추자.”

“응? 그럼 난 뭘 입고 나가?”

“그냥 아무거나 걸치고 나와.”

“응, 알았어.”

벌쿤이 옷을 갈아입은 후 뮤스는 그의 손목을 이끌고 차고로 걸어나왔다. 그곳에는 여러 종류의 전뇌거가 세워져 있었다. 벌쿤의 라이벌이 남작이라는 것을 알았기에 고급스러운 것이 좋겠다고 생각한 뮤스는 크라이츠의 전뇌거 문을 열었다.

"자, 빨리 타."

"형, 이거 큰누님 전뇌거잖아?"

"괜찮아. 이해해 주실 거야."

어느덧 벌쿤은 크라이츠와 친해져 큰누님이라는 호칭으로 부르고 있었고, 크라이츠 역시 그 호칭이 마음에 들었는지 벌쿤이 자신을 부를 때마다 웃는 얼굴로 반겨주었던 것이었다. 벌쿤을 떠밀어 태운 뮤스는 전뇌거를 몰아 시내를 향하기 시작했다.

해가 거의 다 넘어가 어두워지고 있는 라이델베르크의 중심 시가지로 황금빛 전뇌거가 달리고 있었다. 그 전뇌거 옆으로 함께 달리던 전뇌거들은 태양 아래 빛을 잃은 별과 같은 모습이었고, 지나다니는 사람들 역시 이 황금빛 전뇌거의 모습에 정신을 빼앗겼는지 옮기던 발걸음을 멈추고 있었다. 운전을 하던 뮤스가 뒷좌석에서 앉아 창밖을 보던 벌쿤에게 말했다.

"벌쿤, 절대 만나더라도 흥분하지 말고 말로 해결하는 거다. 남작 정도의 인물을 건드리면 피곤해져."

"흥! 큰누님이 모든 걸 해결해 줄 거야!"

"약속 안 하면 돌아간다."

"칫! 약속하면 될 거 아냐."

벌쿤의 확답을 받은 뮤스는 잠시 후 시내의 고급 의상점 앞에 전뇌거를 멈췄는데, 의상점의 점원이 금빛 전뇌거를 발견했는지 급히 뛰어

나오며 문을 열어주었다.

"어서 오십시오, 나으리!"

전뇌거에서 내린 뮤스와 벌쿤은 그의 안내를 받으며 의상점에 들어갔다. 의상점 안으로 들어간 뮤스는 다른 것은 볼 것도 없다는 듯이 단도직입적으로 점원에게 말했다.

"다른 것들은 필요없고, 이 녀석에게 맞는 예복을 빨리 맞춰줘요. 앞으로 1시간 이내에 맞출 수 있을까요?"

뮤스의 주문에 점원은 땀을 흘리며 곤란한 표정으로 대답했다.

"저… 손님, 지금 밀린 주문품이 많아서 그건 조금 곤란합니다."

"돈은 세 배로 쳐드리죠."

"헤헤, 30분만 기다려 주시죠."

태도를 바꾸며 사라지는 점원을 보며 뮤스는 고개를 가로저었다.

"정말 돈이면 안 되는 것이 없군."

조금의 시간이 지나자 사라졌던 점원이 서둘러 줄자와 종이를 들고 나오며 벌쿤의 신체 사이즈를 재기 시작했는데, 그의 몸에 감탄을 하는 것도 잊지 않았다.

"몸이 정말 대단하시군요! 같은 남자지만 정말 멋집니다! 혹시 좋은 운동 있으면 하나 추천해 주시죠."

그의 말에 허공을 바라보며 곰곰이 생각해 보던 뭔가 떠오른 듯 말했다.

"가사 일을 열심히 하세요."

"아? 가사 일… 뭐… 그렇게 하죠."

의아한 대답에 고개를 갸웃거리던 점원은 금세 몸 치수를 재어 작업실로 보이는 방 안으로 사라졌고, 벌쿤과 뮤스는 의상실의 내부를 둘러보며 옷이 완성되기를 기다리고 있었다. 이미 만들어져 있는 옷들을 만져 보던 벌쿤이 입을 열었다.

"형, 그렇게 찾아가서 어떻게 하지?"

"뭘 어떻게 하냐? 상황이 안 좋으면 고춧가루 팍 뿌려야지."

"고춧가루라니? 그게 뭔데?"

"그냥 둘 사이에 끼어들어 방해하란 말이야."

"응, 알았어. 방해……."

그들이 대책을 강구하기 시작할 때부터 차 한잔 마실 시간이 지나자 벌써 벌쿤의 예복이 준비되었는지 점원이 작업실에서 걸어나왔다. 꽤나 힘이 들었는지 이마엔 땀이 송골송골 맺힌 채로.

"저… 나으리, 완성되었습니다. 제 명예를 걸고 이렇게 빨리 만들어 본 건 처음이군요."

"아, 수고하셨어요. 벌쿤, 가서 빨리 입어봐. 그리고 아저씨, 이 녀석 옷 입는 것 좀 도와주시겠어요? 예복에 익숙지 못해서요."

"아, 그렇게 하겠습니다. 저를 따라오시죠."

뮤스를 물끄러미 바라보던 벌쿤은 이런 것이 처음이라 어색하기만 한지 불편한 표정을 지으며 점원을 따라 탈의실로 들어갔다. 잠시 후 만족이 그득 담긴 얼굴을 한 점원이 탈의실에서 걸어나오며 말했다.

"나으리! 내 평생 이렇게 예복이 잘 어울리시는 분은 처음입니다."

칭찬을 아끼지 않은 점원은 뒤를 돌아보며 탈의실을 가리고 있던 커튼을 열었다. 그곳으로 눈을 돌린 뮤스의 시야에는 멋지게 서 있는 벌쿤이 들어오고 있었다. 그는 순백의 예복을 전신에 걸치고 있었는데, 깔끔하게 뒤로 묶은 긴 머리와 이목구비가 반듯한 얼굴이 절묘하게 어울렸고, 떡 벌어진 어깨가 그로 인해 더욱 늠름하게 보였다. 감탄을 하

며 자신을 바라보는 뮤스의 눈이 부담스러운지 어색한 미소를 지으며
입을 열었다.

"형, 어때? 이상하지 않아?"

그의 물음에 뮤스는 다시 한 번 아래위를 살피며 대답했다.

"나도 몇 번 귀족들의 연회에 가봤지만 너처럼 예복이 잘 어울리는
사람은 처음이다."

"그래? 고마워, 형."

"그건 그렇고 시간없으니 빨리 나가자. 계산은 이걸로 해주세요."

계산을 하기 위해 뮤스가 주머니에서 꺼낸 것은 황금으로 된 작은
패였는데, 정교한 문양들이 새겨져 있고 아랫부분에는 알아보지 못하
도록 흘린 글씨가 양각되어 있었다. 그것을 본 점원은 황송한 표정을
지었다.

"아니, 이것은 프라이겔트 아닙니까! 이쪽으로 오시죠."

점원이 놀라고 있는 프라이겔트란 대륙 최고의 상가인 호바인 가문
에서 발행하는 일종의 인장으로써, 청구서에 금액을 적은 후 인장을 찍
는다면 그것이 바로 현금이 되는 것이었다. 하지만 그 효력에 걸맞게
확실한 신용이 없다면 지급되지 않는데, 이것을 가지고 있는 사람은 도
이첸 제국 안에서도 손에 꼽았다. 그중에 한 명이 나타났으니 점원이
놀라지 않을 수가 없었던 것이다. 청구서에 인장을 찍은 뮤스는 서둘
러 의상실에서 나와 전뇌거를 슈넬 레스토랑으로 몰아갔다.

분위기있는 조명과 부드러운 음악이 어우러져 있는 고급 식당 안.
마침 저녁 식사 시간이었기에 고급 의상을 걸치고 있는 사람들로 테이
블이 가득 차 있었고, 여기저기에서 점원들이 주문을 받거나 음식을 나

르는 모습이 보이고 있었다. 가장 모서리 부근에 두 명의 청년이 애써 몸을 숨긴 채 어딘가를 응시하고 있었는데, 나름대로 몸을 숨긴다고 생각을 하고 있었지만 그런 모습이 그들을 더욱 눈에 띄게 만들고 있다는 것을 모르는 듯했다. 그중 체구가 작은 청년이 입을 열었다.

"벌쿤, 저기 세이즈 맞지?"

"응. 내 눈이 정확하다면 세이즈가 맞아."

그들이 바라보고 있는 곳에는 검은색 드레스를 입은 세이즈와 진청색의 예복을 입은 사내가 마주 앉아 식사를 하고 있었다. 그 사내의 나이는 20대 후반 정도로 보였는데, 그에 비해 세이즈가 너무나 어려 보이고 있었다. 벌쿤은 주먹을 쥐며 말했다.

"형, 저건 완전 도둑놈이야! 나이 차이가 10살은 넘게 나는데……."

"그래도 충분히 있을 수 있는 일이야."

잠시 귀를 기울여 보던 벌쿤은 손가락으로 귀를 파며 투덜거렸다.

"여기선 아무런 말소리도 안 들리잖아? 더 다가가 보자."

"야, 더 다가가는 건 '나 여기 있소' 라고 말하는 거랑 똑같아. 지금도 사람들이 우릴 바라보고 있는 걸 못 느끼겠냐?"

"그럼 어떻게 해?"

벌쿤의 물음에 피식 웃던 뮤스는 머리를 두들겨 보이며 말했다.

"녀석, 머리를 써야지."

그렇게 말한 뮤스는 테이블에 놓여 있는 와인병을 들며 조용히 점원을 불렀다.

"네, 무슨 일이시죠?"

"저쪽 테이블에 있는 커플 분에게 이걸 좀 전해주겠어요? 그리고 내가 줬다는 말은 하지 말고 서비스라고 말해 주세요. 아는 분들인데 방해하기는 싫어서 말이죠.”

그리곤 주머니에서 작은 금화 하나를 팁으로 건네주자 점원은 입이 귀에 걸리며 굽신거렸다.

“정말 매너가 좋은 분이십니다. 분부대로 하겠습니다.”

뮤스에게서 와인병을 건네받은 점원은 서둘러 세이즈와 사내에게 다가가 뭐라고 말을 하는 듯했다. 그를 보던 벌쿤이 말했다.

“저걸 왜 주는 거야? 둘이서 좋은 시간 가져 보라고?”

“쯔쯧, 이런 머리로 지금까지 어떻게 살았냐? 병의 밑바닥에 도청 장치를 붙여놨어. 이걸로 들어봐.”

한심하다는 말투로 벌쿤을 꾸짖던 뮤스는 가방에서 둥근 단추 두 개를 꺼내 하나는 자신의 귀에 꽂았고, 다른 하나는 벌쿤의 귀에 꽂아주었다. 그러자 세이즈와 사내의 목소리가 귀로 흘러 들어오기 시작했다.

“이런 것도 있었어?”

“쉿. 듣기나 해.”

다른 손님들의 대화들로 인해 잡음이 섞여 들리긴 했지만 그사이로 사내의 목소리가 들려왔다. 처음에는 별 특이할 것이 없는 대화로 이야기가 시작되고 있었다.

—부모님들은 안녕하시죠?

—걱정해 주신 덕에 두 분 다 잘 계신답니다.

그 대화를 듣던 벌쿤은 입을 삐죽 내밀었다.

“자기가 뭔데 남의 부모님 걱정을 하는 거야? 쳇!”

“저런 인사는 아무에게나 자연스럽게 하는 거야.”

뮤스의 말에 입을 다문 벌쿤은 다시 도청 장치에 귀를 기울였다. 상당한 시간 동안 두 남녀의 대화를 듣던 뮤스는 같은 이야기가 지속되자 따분해졌는지 도청 장치를 귀에서 빼고 하품을 하고 있었다. 하지만 벌 쿤은 여전히 심혈을 기울여 듣는 중이었다. 그때였다. 벌쿤이 뮤스의 팔을 끌며 도청 장치를 들어보라는 시늉을 했다. 그의 모습을 본 뮤스 가 천천히 도청 장치를 귀로 가져가자 이야기가 들려오기 시작했다.

　─그럼 어쩔 수 없죠. 제가 혼인 날짜를 잡아 보내겠으니 부모님께 는 그렇게 말해 주시죠.

　─네, 그렇게 하겠어요. 대략 언제쯤 될 것 같은가요?

　─음… 빠르면 내년 봄쯤이 되지 않을까 생각 중입니다. 늦더라도 여름 전이지 않을까 생각되는군요.

　대화를 몰래 듣던 벌쿤의 이마에는 서서히 핏줄이 솟아나기 시작했 는데, 극도의 흥분 상태인 듯했다. 걱정이 된 뮤스는 벌쿤의 어깨를 두 들겼다.

　"이런, 벌쿤, 이렇게 흥분하면 안 돼. 참아."

　"지, 지금 내가 참게 됐어? 세이즈가 결혼을 한다는데? 기다려 봐!"

　감정이 격해진 그는 어깨에 올려진 뮤스의 손을 치우며 자리에서 일 어났다.

　"어떻게 하려고 그래?"

　하지만 뮤스의 말이 벌쿤의 귀에 들릴 리가 없기에 그가 말릴 틈도 없이 벌쿤은 눈을 부라리며 세이즈와 사내가 앉아 있는 테이블로 걸어 가고 있었다. 이윽고 벌쿤은 사람들을 헤치며 둘 앞에 서게 되었다. 그 를 발견한 세이즈는 의아한 표정으로 말했다.

　"어머! 너는 벌쿤 아니니? 여긴 어쩐 일이야? 그건 그렇고, 이렇게 차려입으니까 정말 멋진걸?"

세이즈가 웃으며 아는 척을 하자 그녀의 앞에 앉아 있던 사내는 미소를 지으며 손을 내밀었다.

"세이즈 양의 친구 분이신가 보군요. 저는 파브리카 베르제 폰 루바드 남작이라고 합니다."

그가 내민 손과 세이즈를 번갈아 바라보던 벌쿤은 차가운 목소리로 말했다.

"흥! 역시 이름 한번 엄청 길군! 부실하게 생긴 주제에!"

갑작스러운 발언에 놀란 세이즈는 그의 소매를 잡으며 인상을 찌푸렸다.

"벌쿤, 갑자기 그게 무슨……."

하지만 벌쿤은 너무나 흥분한 나머지 그녀의 말을 막아버렸다.

"이런 날도둑놈 같은 녀석에게 시집가니까 기분 좋아?"

화가 나서 외치는 벌쿤의 말에 세이즈는 입을 막으며 놀란 표정이었고, 큰 소리가 나는 세이즈의 테이블을 보던 뮤스는 올 것이 왔구나 생각하며 제자리에 주저앉고 말았다. 지금 벌쿤은 흥분으로 몸을 떨고 있었다. 또 파브리카 남작과 세이즈는 너무나 갑작스런 행동에 아무런 말도 하지 않고 있었다. 아니, 못하고 있었다. 그들의 사이에서 적막감이 흐르고 있을 때 벌쿤이 떨리는 목소리로 주먹을 불끈 쥐며 말했다.

"세이즈, 난 너를 좋아해! 절대 이런 녀석에게 널 빼앗길 순 없어! 비록 만난 것은 한 번뿐이지만 영원히 널 좋아할 수 있을 것 같아!"

그의 말이 끝나자 입을 막고 있던 세이즈는 손을 늘어뜨리며 눈을 맑게 빛내고 있었다. 이때 팽팽하던 긴장감을 깨며 파브리카 남작이 배를 잡고 웃기 시작했다.

"푸하하하하!"

진지한 표정으로 세이즈의 반응을 기다리고 있던 벌쿤은 그가 웃기 시작하자 더욱 화가 나는지 거칠게 그의 멱살을 잡았다.

"뭐가 그렇게 웃겨요, 늙은 아저씨!"

하지만 파브리카 남작은 그의 반응에 신경을 쓰지도 않는지 여유롭게 웃으며 세이즈를 바라보았다. 그리곤 자신의 멱살을 잡고 있는 벌쿤의 손을 치우며 말했다.

"하하, 처제가 될 사람을 좋아하는 사람이 이렇게 듬직하다니 기쁘군요. 게다가 옷도 엄청난 고급인 걸 보니 집안도 대단한 것 같고… 이거, 제가 언니에게 더 잘하지 않으면 안 되겠는걸요?"

그의 입에서 처제라는 말이 나오자 뭔가 잘못 돌아가고 있다는 것을 깨달은 벌쿤은 세이즈를 바라보았는데, 그녀의 얼굴은 이미 빨갛게 변해 있었다. 그들 뒤에서 상황을 살피던 뮤스는 조심스럽게 벌쿤의 뒤쪽으로 걸어가 조용한 목소리로 속삭였다.

"벌쿤, 아무래도 우리가 실수한 것 같아. 아무래도 공개 사랑 고백이 되어버렸는데?"

"으응… 그런 것 같아, 형. 빨리 나가자."

문제의 두 청년은 어설프기 그지없는 대화를 나누고서 쏜살같이 밖으로 사라졌다. 그 자리에 남아 있던 파브리카 남작은 빙글빙글 웃으며 흐트러진 옷을 손질하고 있었다.

"정말 재미있는 청년들이군. 그나저나 처제는 저 벌쿤이라는 청년을 어떻게 생각하죠? 이야기를 듣자 하니 처제를 상당히 좋아하고 있는 모양인데. 생긴 것도 멋지고."

평소답지 않게 얼굴을 붉히고 있던 그녀는 파브리카 남작의 질문에 더욱 부끄러워하고 있었다.

"그, 글쎄요. 이런 말을 들어본 것이 처음이라 기분이 이상할 뿐이에요."

"후홋, 끝이 좀 좋지 않았지만 씩씩해서 보기 좋은 청년이군요."

고개를 끄덕이던 파브리카 남작은 흐뭇한 표정으로 그들이 사라진 문 쪽을 바라보고 있었다.

같은 시간 뮤스와 벌쿤은 전뇌거에 올라타며 거친 숨을 내쉬고 있었다. 벌쿤은 신경질적으로 로프타이를 당겼는데, 예복까지 차려입고 생난리를 피운 자신이 너무나 부끄러운 듯했다.

"왜 일이 이렇게 된 걸까?"

"동생아, 나한테 묻지 마라. 나도 지금 혼란스럽다."

"난 분명히 세이즈의 목소리를 들었단 말야! 혹시 우리를 속이기 위해 연기를 한 것이 아닐까?"

애써 부정하고자 하던 벌쿤을 보며 뮤스는 한숨을 내쉬었다.

"헤휴~ 그건 아닐 거야. 언니와 세이즈의 목소리가 거의 똑같거든. 그래서 우리가 착각한 거야."

"그럼 이제 어떻게 해!"

"그래도 잘됐잖아. 세이즈가 결혼하는 일은 없으니까."

벌쿤의 표정을 살피며 피식 웃은 뮤스는 말을 계속 이었다.

"후훗, 이왕 세이즈에게 네 마음을 말한 이상 죽자 살자 따라다녀 볼 수밖에 없잖아? 그리고 그 도청 장치는 내다 버려."

"쳇, 알았어. 다신 도청 장치를 믿나 봐라."

엉뚱한 곳에 화풀이를 한 두 형제(?)는 힘없는 손길로 전뇌거를 몰아 공학원으로 돌아가기 시작했는데, 부드럽기만 한 전뇌거의 움직임이 왠지 거칠게 느껴지고 있었다.

공학원에 도착한 뮤스와 벌쿤은 힘없는 발걸음으로 계단을 올라갔다. 마침 응접실에는 크라이츠와 드워프들이 새로 준비된 생산 설비에 대한 이야기를 나누기 위해 모여 있었다. 그들의 기척을 들은 크라이츠는 어수선한 예복 차림의 벌쿤을 보며 말했다.

"실연이라도 당한 사람처럼 꼴이 그게 뭐니?"

정곡을 찌르는 그녀의 말에 벌쿤은 가슴을 부여잡으며 울상을 지었다.

"윽! 큰누님… 어찌 저에게 그런 말씀을……."

"응? 설마 내 말이 맞기라도 한 거니? 이야기 좀 해줘."

그녀의 극성이 시작될 기미가 보이자 뮤스가 손을 내저으며 말렸다.

"누님, 지금 벌쿤은 큰 상처를 받은 상태니까 오늘은 그냥 내버려 둬 주세요."

아쉬운 표정이 역력한 크라이츠는 입을 삐죽 내밀었다.

"그럼 어쩔 수 없지."

애써 불쌍한 척을 해보는 크라이츠였지만 당할 만큼 당했고 알 만큼 알게 된 뮤스가 이제 와서 그녀의 태도에 속아넘어갈 리는 없었다. 자신의 작전이 씨도 먹히지 않자 크라이츠는 체념한 목소리로 말했다.

"녀석, 머리 좀 굵어졌다고 눈도 깜짝하지 않는구나. 그건 그렇고, 모레 황궁으로 떠나니까 그렇게 알고 있으렴."

그녀의 말에 대답할 힘도 없는지 뮤스와 벌쿤은 손을 한번 내저은 후 계단을 계속 올라갔다.

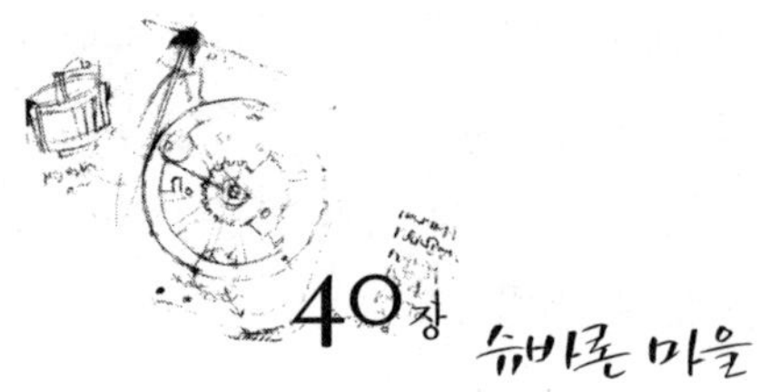

40장 슈바론 마을

새들이 지저귀는 이른 아침, 뮤스와 벌쿤은 같은 침대에서 뒤척거리며 자고 있었다. 세이즈 사태 이후 둘은 한 방을 쓰며 세이즈의 마음 사로잡기 계획을 짜고 있었던 것이다. 뮤스는 기왕 도와주기로 작정한 이상 나름대로 최선을 다해 도와주고 있었지만, 자기 앞가림조차 못하는 주제였기에 별달리 도움이 되진 못하고 있는 상태였다.

끼익.

그들이 한참 꿈나라를 헤매고 있을 때 문 열리는 소리와 함께 조심스러운 발자국 소리가 들려왔다.

"흘흘, 이 녀석들."

그들은 다름 아닌 켈트를 앞세운 드워프 형제들이었는데, 장난스러운 표정을 지으며 침대 근처로 발걸음을 옮기고 있었다. 침대 앞에 멈춰 선 그들은 서로를 바라보며 고개를 끄덕이는가 싶더니 켈트의 신호

와 함께 다짜고짜 손에 든 무엇인가를 뮤스와 벌쿤을 향해 던지기 시
작했다.

"혼 좀 나봐라, 이 녀석들아! 크크큭!"

"여기도 있다!"

퍽! 퍽!

그들이 던진 것은 단단하게 뭉쳐져 있던 눈이었다. 눈덩어리를 맞은
뮤스와 벌쿤은 고함을 지르며 천장에 머리가 닿도록 뛰어올랐다.

"으악! 차, 차가워!"

"윽! 이게 뭐야!"

기습에 성공한 드워프들은 배를 잡고 웃으며 좋아했다.

"우하하! 첫눈이 왔는데 젊은 녀석들이 이렇게 늦잠이나 자고 있을
거냐?"

"요즘 젊은이들은 점점 더 게을러진다니까!"

"쯧쯧… 젊은 사람들이 낭만을 모르는구먼."

"빨리 일어나서 벨링으로 떠날 채비를 하게나."

저마다 한마디씩 던진 드워프들은 서로 밀치며 방을 빠져나갔는데,
아직도 잠에서 덜 깬 뮤스는 머리에 묻어 있는 눈을 털며 넋 나간 얼굴
을 하고 있었다.

"벌쿤, 방금 뭐가 지나갔냐?"

그의 옆에 앉아 있던 벌쿤도 뮤스와 비슷한 모습으로 눈을 비비고
있었다.

"글쎄… 몸매와 남아 있는 눈덩어리를 봐서는 틀림없이 움직이는
눈사람이었을 거야."

"그럼 드워프 아저씨들이겠군. 이제 일어날까?"

"아저씨들이라… 몸매는 비슷한 것 같군."

뮤스와 벌쿤이 고개를 끄덕이며 몸을 일으키려 할 때였다. 또다시 문이 벌컥 열리며 주먹만한 눈덩이 두 개가 날아왔는데, 놀람으로 입을 벌리던 뮤스와 벌쿤은 꼼짝없이 눈덩이를 입으로 받아야만 했다.

퍽! 퍽!

"으악! 퉤! 퉤!"

"퉤! 이건 왜 이렇게 짜?!"

그들이 입에 들어간 눈을 뱉어내며 문밖을 바라보자 그곳에서 크라이츠가 신이 난 표정으로 그들을 향해 손을 흔들더니 또다시 쏜살같이 사라져 버렸다. 이게 무슨 일인지… 아침부터 두 번이나 봉변을 당한 뮤스와 벌쿤은 동시에 같은 말을 내뱉고 있었다.

"역시 누님이 빠질 리가 없지."

"역시 큰누님이 빠질 리가 없지."

어찌 됐든 간에 자리에서 일어난 뮤스가 창밖을 내다보자 세상이 하얀 눈으로 뒤덮여 있었다. 자기 전만 해도 울긋불긋하던 지붕들이 도시를 뒤덮고 있었건만 불과 몇 시간 만에 모두 흰색으로 바뀌어 버린 것이다. 새삼 자연의 위대함에 감탄을 하고 있을 때 창밖에서 들리는 소리에 시선을 옮겨야만 했다.

"호호호홋! 다 덤비세요!"

"크라이츠님, 각오하십시오!"

"스노우 스톰 같은 마법 쓰기 없깁니다!"

요란한 목소리에 인상을 찌푸린 뮤스는 눈을 돌려 아래를 내려다봤다. 그곳에서는 크라이츠와 드워프들이 눈싸움을 하고 있었는데, 일대 사라는 수적인 우세에도 불구하고 드워프들이 밀리는 듯했다.

"쯔쯧, 저 나이에, 저러고 싶을까?"

몸을 일으켜 엉그적 걸어오던 벌쿤 역시 그 모습을 보며 고개를 설레설레 저었다.

"아무래도 큰누님은 정말 사람 같지 않아. 저게 어떻게 사람의 체력이야?"

지나가는 말에 순간 흠칫한 뮤스는 벌쿤의 눈치를 살폈지만 아무 뜻 없이 던진 말인 듯했기에 가슴을 쓸어 내렸다. 뮤스는 잠시 후 옷걸이에 걸려 있는 옷을 껴입기 시작했다.

"벌쿤, 이제 짐을 싸야지? 오후에 떠날 듯한데."

하지만 아직도 창밖을 보고 있던 벌쿤은 움직일 생각을 하지 않았다.

"형, 나는 이번에 남아 있고 싶은데?"

"응? 그게 무슨 소리야?"

"세이즈 일 때문에 심란하기도 하고 가봐야 별로 할 일도 없는 것 같아서."

턱을 쓸며 생각을 해보던 뮤스는 고개를 끄덕였다.

"그렇기도 하겠군. 누님께 내가 말해 볼게."

"응, 고마워."

뮤스는 힘없이 말하는 벌쿤의 얼굴을 보며 안쓰러운 표정을 지었다.

오후가 되자 벨링으로 떠날 채비 때문에 공학원이 분주해지기 시작했다. 그중 가장 바쁜 이들은 드워프들이었는데, 라이노의 짐칸 가득히 언제 필요할지 모를 연장들을 챙기고 있었기 때문이다. 뮤스 일행들이 돌아올 때까지 공학원은 임시 휴원을 하기로 했고, 그로 인해 직원들은 한동안의 휴가를 받고서 좋아하고 있었다. 벌쿤은 결국 남기로 했기 때문에 뮤스의 일손을 돕고 있었다.

"형, 그럼 언제쯤 돌아오는 거야?"

짐 꾸러미를 전뇌거의 짐칸에 올려 자리를 정리하던 뮤스는 손을 털며 대답했다.

"글쎄, 그건 잘 모르겠어. 한 달 정도는 지나야 하지 않을까?"

"생각보다 오래 걸리는구나."

밝지 못한 벌쿤의 목소리에 살짝 웃던 뮤스는 다른 짐을 들어 올리며 말했다.

"심심하면 친구들 불러다가 놀던지. 친구들에게 인사 못하고 떠난다고 미안하다고 전해줘. 다녀와서 한턱 낸다고."

"응, 그렇게 할게."

"아, 그리고 심심하다고 뜨개질만 하고 있진 말아."

"후훗. 알았어, 형. 지금 뜨고 있는 형 스웨터만 마치고 안 할게."

뮤스가 이것저것을 세심하게 챙겨주며 벌쿤과 작별 인사를 나누고 있을 때 레딘이 급히 뛰어오며 말했다.

"뮤스 군, 문제가 생겼어!"

마지막 짐을 전뇌거에 실은 뮤스는 그의 얼굴을 보며 의아한 표정을 지었다.

"무슨 일이죠?"

"전뇌거가 눈에 미끄러져서 바퀴가 구르지를 않는구먼."

"알았어요. 곧 갈게요."

레딘에게 대답한 뮤스는 벌쿤을 바라보더니 가방에 손을 넣었다. 잠시 무엇인가를 찾던 그는 찾던 것을 꺼냈는데 금 한 덩이가 그의 손에 들려 있었다. 그것을 벌쿤에게 내밀며 말했다.

"이건 나 없는 동안 네가 필요한 곳에 쓰도록 해. 아무래도 연애를 하려면 돈이 많이 필요할 테니까."

하지만 벌쿤은 그의 손을 다시 밀어 넣으며 말했다.

"형, 괜찮아. 나도 큰누님이 준 것들이 꽤 있어. 큰누님 성격 잘 알잖아?"

"후훗, 그래도 받아둬라. 형의 성의니까."

"괜찮다니까."

"벌쿤, 너 이 형 말 안 들을래?"

"…알았어. 고맙게 쓸게."

계속되는 사양에도 불구하고 뮤스가 뜻을 굽히지 않자 벌쿤은 고개를 끄덕이며 받아 들었다. 그리고 자신의 손에 들린 금덩이를 보던 벌쿤은 다시 한 번 뮤스의 마음 씀씀이에 감동을 받고 있었다. 뮤스가 벌쿤과 함께 드워프들이 있는 곳으로 걸어가자 그곳에는 눈에 미끄러져 헛돌고 있는 전뇌거가 보이고 있었다. 뮤스가 다가오는 것을 발견한 켈트가 손을 흔들며 말했다.

"이거 난처하게 됐는걸? 아무래도 바퀴가 너무 미끄러워."

허리를 굽혀 헛돌고 있는 전뇌거의 바퀴를 살펴보던 뮤스는 턱을 쓰다듬으며 근심스러운 표정을 지었다.

"흠, 그렇군요. 어쩐다……."

"바퀴에 못이라도 박아볼까?"

그의 말에 옆에서 상황을 주시하던 브라이덴이 고개를 가로저었다.

"바퀴의 재질이 나무라서 못을 박는다면 얼마 가지 못해 균열이 생길 겁니다."

"흠, 나무 전문가인 자네가 그렇게 말한다면 그렇겠지. 그럼 어떻게 하지?"

이번에는 레딘이 끼어들며 자신의 생각을 말했다.

"쇠사슬로 바퀴를 감으면 어떨까? 그럼 잘 미끌어지지 않을 텐데."

하지만 그의 생각도 한계점이 있는지 눈이 쌓인 곳을 발로 밟아보던 블뤼안은 무릎 어림까지 들어감을 확인하며 입을 열었다.

"도시에서야 사람들이 눈을 밟고 다니니 괜찮다고 하지만, 도시 밖으로 나가면 이 눈들이 그대로 쌓여 있어. 결국은 바퀴가 눈에 파묻힐 거야. 지금도 적설량이 40셀라나 되는데, 북부 쪽으로 갈수록 눈이 더 많이 내렸을 가능성이 많거든."

이것도 저것도 못하게 된 드워프들이 또다시 고민에 빠져 있을 때 뮤스는 뭔가 떠오르는 것이 있는지 드워프들에게 말했다.

"그럼 이왕 이렇게 된 것 제설전뇌거를 만들도록 하죠."

"제설전뇌거?"

드워프들의 되물음에 전뇌거의 이곳저곳을 짚어가며 설명을 하기 시작했다.

"네. 힘 좋은 라이노의 이쪽 앞부분에 두꺼운 철판을 설치하는 거예요. 연결은 여기로 하면 되고요. 또 철판을 바깥쪽으로 약간 휘게 만들어 눈을 길 옆으로 쌓을 수 있게 말이죠."

"흠, 그렇지만 눈의 무게가 장난이 아니라서 힘이 좋은 라이노라도 버거울걸? 또 그 라이노의 바퀴 역시 미끄러질 거고."

"이 라이노의 바퀴에는 미끄러지지 않도록 날카로운 쇠사슬을 감더라도 앞에 장착된 철판이 눈을 다 치운 상태이기 때문에 눈에 파묻힐 일은 없을 거예요. 또 전뇌거 경주 때 쓰던 동력기를 라이노에 설치하

면 충분할 거예요. 거기다가 제가 전뇌력을 직접 충당한다면 충분한
힘을 얻을 수 있을 것이고요.”

“그 뇌전력을 감당할 수 있겠냐?”

“뇌공력의 손실이 크겠지만 그 정도는 괜찮아요.”

켈트는 그의 말이 일리가 있다고 생각했는지 고개를 끄덕이고 있었
다. 어느덧 드워프들은 뮤스의 의도를 충분히 이해할 수 있을 정도의
지식을 갖추게 되었는데, 맹목적으로 시키는 대로 하던 예전과는 많이
달라져 있는 모습이었다. 가볍게 대답을 한 뮤스는 금속 자재실로 자
리를 옮겼고, 드워프들 역시 그를 따라 움직였다. 시간이 조금 지나 그
들이 들고 나온 것은 잘 엮인 쇠사슬과 3멜리 정도의 폭을 가진 두꺼운
금속판이었는데, 금속판의 표면은 상당히 매끄러워 보였다. 철판의 한
쪽 모서리를 잡고 있던 켈트가 뮤스에게 물었다.

“이 정도 휘어 있으면 충분히 눈을 바깥쪽으로 밀어내겠지?”

“아마 그럴 거예요.”

라이노에 도착한 켈트와 드워프들은 자신들이 옮겨온 철판을 라이
노에 부착하기 시작했고, 뮤스는 손에 들린 쇠사슬을 바퀴에 감기 시작
했다.

“형님, 그쪽을 조금 더 올려야겠는걸요!”

“이렇게 말이야?”

“조금만 아래로요. 좋아요!”

툭탁! 툭탁!

뇌공력으로 쇠사슬 용접을 끝낸 뮤스는 이마의 땀을 훔쳐 내며 허리
를 폈다. 드워프들이 작업하던 라이노의 앞부분을 보자 철판 부착 작
업이 끝났는지 켈트가 수건으로 손을 닦으며 뮤스를 불렀다.

“뮤스, 다 됐어. 이제 동력기만 설치하면 돼.”

“빨리 끝났네요. 동력기는 제가 설치할게요.”

뇌동체술법을 사용하여 기계실에서 동력기를 들고 나온 뮤스는 라이노의 본체를 열어 그것을 설치하기 시작했다. 얼마 되지 않아 능숙한 손놀림으로 작업을 끝내자 그를 지켜보던 드워프들은 흐뭇한 표정을 짓고 있었다.

“이제 더 이상 배울 것도 없겠군.”

“그러게 말입니다, 형님.”

윤활유가 묻은 장갑을 벗어 한쪽에 던져 놓은 뮤스는 드워프들을 향해 가볍게 웃었다.

“하하, 아직 멀었어요. 이제 다 됐으니 한번 가동해 볼게요.”

드워프들의 말에 겸손하게 대답한 뮤스는 라이노에 올라타자마자 전뇌선을 몸에 접속시켜 시동을 걸었다. 그와 동시에 힘차게 돌아가는 동력기 소리가 들려왔는데, 동력기가 제대로 설치됐음을 느낀 뮤스는 전진 발판을 천천히 밟았다.

쿠쿠쿠쿵—

과연 바퀴에 감은 날카로운 쇠사슬이 눈 위로 박히며 전뇌거는 앞으로 나가기 시작했다. 앞부분의 철판은 눈을 조금씩 밀어냈는데, 철판 위로 일정한 양이 쌓이자 전뇌거가 지나간 길의 왼쪽 편으로 보기 좋게 쌓기 시작했다. 그것을 보고 고개를 끄덕인 켈트는 벌쿤을 향해 입을 열었다.

“이제 준비 다 됐군. 벌쿤, 들어가서 크라이츠님께 출발할 시간이라고 전해줘. 그건 그렇고 너는 정말 안 가는 거냐?”

별 감흥 없이 그들의 작업을 지켜보던 벌쿤은 힘없이 대답했다.

"후우~ 복잡한 일이 있어서 갈 상황이 아니네요. 큰누님이나 모시고 올게요."

등을 돌리고 들어가는 벌쿤을 보던 켈트는 전뇌거에서 내려오는 뮤스의 옆구리를 찔렀다.

"그나저나 저 녀석 무슨 일이 있었길래 씩씩함은 사라지고 예전의 너 같은 모습만 남았냐?"

"예전에 제가 어쨌다고 그래요."

"그건 스스로에게 물어보고 질문에 대답이나 해줘."

"후훗, 좋아하는 애가 생겨서 그래요. 더 이상은 복잡하니까 그냥 그런 줄 아세요."

"호오, 역시 청춘이 좋긴 좋구먼."

나직한 목소리로 중얼거린 켈트는 진심으로 부러운지 왕년에 날리던 자신의 모습을 떠올리며 씁쓸한 표정을 짓고 있었다. 크라이츠가 저택에서 나오자 드워프들과 뮤스는 전뇌거에 올라타 벨링을 향해 출발했다.

공학원에서 벨링을 향해 출발한 전뇌거는 총 세 대였다. 선두에는 제설전뇌거로 변신한 라이노가 뮤스와 켈트를 싣고 달렸고, 중간의 전뇌거에는 크라이츠가, 마지막 전뇌거에는 드워프 형제들이 타고 있었다.

쿠구구구궁—

뮤스 일행이 지나간 자리의 눈은 모두 그들의 왼쪽 편으로 쌓이고 있었는데, 제설전뇌거의 효과가 좋았기에 뮤스와 켈트가 타고 있는 전뇌거가 지나가는 자리에는 반듯한 길이 생겨나고 있었다. 운전을 하던 켈트는 뮤스를 바라보았다. 그는 뇌공력을 운용하는 중이었기에 편안하게 말을 할 만큼 여유롭지는 않았지만 참을 만은 했는지 조심스럽게 입을 열었다.

"이곳에서 벨링까지 가려면 얼마 정도나 걸리죠?"

"흠… 전뇌거로 나흘 정도는 잡아야 할 거야. 도시처럼 도로가 포장되어 있다면 또 모르겠지만, 대부분 비포장이니 시간이 많이 걸릴 거고, 게다가 눈까지 왔으니……."

"상당히 멀군요. 전뇌거로 나흘이라니……."

"뭐, 그렇지만 따분하지는 않을 거야. 플란포르와 헤눕이라는 대형 도시를 거치니까 볼 것도 많을 거라고."

더 이상 말을 하는 데 어려움을 느낀 뮤스는 켈트로부터 지금 향하고 있는 도시에 대한 설명을 듣기만 했다. 물론 설명은 길었지만 요약해 본다면 플란포르라는 도시는 마일 강을 따라 발달한 상업 도시로 인구가 40만에 달하는 초대형 도시 중에 하나라는 것이었다. 이곳은 상업 도시인만큼 자연스럽게 금융의 중심지로 발달되었고, 한 달에 한 번씩 벌어지는 경매가 유명하다고 했다. 켈트에게서 플란포르에 대한 설명을 듣던 뮤스는 뇌공력을 운용하느라 정신이 없는 와중에도 또 다른 도시에 대한 호기심에 가슴이 설레이고 있었다.

산 너머로 해가 저물어가며 붉은 노을이 은빛 눈 속으로 녹아들고 있을 즈음 세 대의 전뇌거가 조용한 눈길을 헤치며 북쪽을 향해 달려가고 있었다. 눈이 내린 후 아무도 이곳을 지나지 않았는지 그들의 앞으로는 발자국 하나 없이 새하얀 벌판이 이어지고 있었다. 가장 앞의 전뇌거에 타고 있던 켈트가 뮤스에게 물었다.

"벌써 네 시간째인데 괜찮겠냐? 이 정도의 전뇌력이면 공학원의 설비들을 이틀은 돌리겠군."

컬트의 말에 뮤스는 이제 힘에 부치는지 식은땀을 흘리고 있었다.

"으음… 그럭저럭 참을 만해요. 한데 얼마나 더 가야 하죠?"

"조금만 더 가면 플란포르 변두리의 작은 마을에 도착하지. 오늘은 거기서 쉬어가야겠어."

뮤스에게 대답을 한 켈트는 전뇌거에 설치된 원거리대화기를 이용해 다른 전뇌거에 의사를 전달했다.

"크라이츠님, 슈바론 마을에서 쉬어가는 게 어떻겠습니까?"

하지만 대답이 없자 고개를 갸웃거리던 켈트가 다시 입을 열었다.

"크라이츠님?"

─지직… 어머, 깜빡 잠이 들었군요.

그녀의 말에 뮤스를 한번 쓸어본 켈트는 한숨을 쉬었다.

"크라이츠님은 팔자도 좋으시군요. 누구는 운전하랴, 뇌전력 생산하랴 기운이 다 빠지는데 운전사까지 거느리고 주무시다니."

─호홋! 슈바론 마을이면 조금만 가면 되는군요. 그럼 켈트 씨 말대로 쉬어가도록 하죠.

켈트의 말에 전혀 개의치 않는 크라이츠의 목소리였다.

"네, 알겠습니다. 아우들도 잘 따라오게."

─네, 형님. 지지직……

사실 가장 힘이 드는 사람은 켈트와 뮤스였다. 크라이츠야 운전사를 채용해서 대신 운전을 해주었고, 드워프 형제들은 서로 번갈아가며 운전을 했기 때문에 큰 피로가 거의 없었으나 켈트는 네 시간 동안이나 앉은 자세로 운전을 해야 했으니 그것의 피로도 만만한 것이 아니었다. 하지만 바로 옆 자리에서 동력기를 가동하기 위해 진땀 빼고 있는 뮤스를 보고 있으니 불평을 할 수도 없었다.

반 시간 정도를 더 달린 후 뮤스 일행은 슈바론 마을에 도착할 수 있었다. 이곳은 불과 백여 명의 사람들이 살고 있는 작은 마을이었지만 자연과 어우러진 마을의 전경이 전원적인 아름다움을 뿜어내고 있었다. 전뇌거에서 내린 뮤스는 지친 표정이었지만 소박한 마을의 향취에 눈을 떼지 못했다. 짐을 내리던 켈트가 그런 뮤스의 등을 치며 말했다.

"헐헐, 아름다운 마을 아니냐?"

"네… 환상적이군요."

"그래도 이 나이에 이 짐을 내가 다 옮기랴?"

"아앗! 죄송해요, 아저씨."

"농담이었다, 녀석아. 뇌공력을 운용한다고 기운을 다 뺀 것 같은데 너는 숙소에 올라가 있거라."

"하하, 고마워요."

켈트의 선심에 머리를 긁적인 뮤스는 가볍게 웃으며 등을 돌려 여관으로 들어갔다.

"허… 그렇다고 정말 가다니. 아무튼 다 좋은데 눈치가 없는 게 문제야."

자신이 한 말을 후회하던 켈트는 전뇌거 옆으로 쌓인 짐을 힘겹게 나르기 시작했다.

문을 열고 여관으로 들어가자 따뜻한 공기가 뮤스를 맞아주고 있었다. 돌로 만들어진 벽난로를 가진 식당 내부가 눈에 들어왔는데, 바닥과 장식이 목조로 되어 있어 더욱 아늑한 느낌이 들었다. 그를 보던 한 중년의 여성이 웃으며 다가왔다.

"안녕하세요. 저희 마을에 오신 것을 환영합니다. 방을 원하시나요?"

“저… 저희 누님이 들어오면 알아서 하실 거예요. 전 의자에 좀 앉아 있어도 될까요? 지금 너무 피곤하거든요.”

“호홋, 그야 물론이죠. 저쪽에 편안한 흔들의자가 있으니 앉아서 쉬도록 하세요.”

“고맙습니다.”

가볍게 감사의 표시를 한 뮤스는 벽난로 앞에 놓여 있는 흔들의자에 앉았다. 생전 처음 앉아보는 흔들의자가 신기하기도 했지만, 몇 번 흔들다 보니 재미도 있었고 편안하기도 했기 때문에 몸을 늘어뜨리며 만족해하고 있었다. 그때 입구로 크라이츠와 드워프들이 들어오는 소리를 들으며 뮤스는 어느새 잠이 들고 있었다. 그를 본 블뤼안이 입을 열었다.

“크라이츠님, 뮤스 군이 저기서 잠이 든 것 같은데요?”

“저런… 많이 지친 모양이니 저기서 좀 자도록 놔두세요. 아주머니, 나중에 제 동생이 깨면 방으로 안내 좀 해주세요. 우리는 올라가도록 하죠.”

주인 아줌마에게 당부를 한 크라이츠는 드워프들과 함께 방으로 올라가고 있었다.

잠을 자던 뮤스는 손가락이 따끔하다고 느끼며 눈을 떴다. 아직 뿌옇게 보이는 눈앞에 조그마한 무엇인가가 잡혔는데 조금 지나자 또렷한 모습을 볼 수 있었다. 그의 눈에 비친 것은 여덟 살가량의 남자 아이였는데, 볼이 불그스름한 모습이 꽤나 귀여운 아이였다. 이상한 기분에 눈을 더 내려 자신의 손을 내려다보니 타 들어가고 있는 나무 심지가 손가락 사이에 꽂혀 있었다. 고개를 갸웃거리던 뮤스는 그제야 뜨거움을 느꼈는지 소리를 질렀다.

"앗! 뜨뜨뜨거!"

"푸훗!"

그가 손을 부여잡으며 펄쩍 뛰자 아이는 그의 모습이 재미있다는 듯 웃었다. 그러나 그것도 잠시, 혼날 것을 걱정했는지 계단 뒤에 숨어서 빼꼼히 뮤스를 바라보고 있었다. 화가 치밀어 오른 뮤스가 아이에게 뭐라고 말을 하려 했지만 이내 자신의 옛 모습을 떠올리곤 그만두기로 했다.

"혼내지 않을 테니 이쪽으로 나와."

하지만 아직도 아이는 뮤스의 말을 믿지 않는지 계단 뒤에 숨어 움직일 생각을 하지 않았다. 피식 웃은 뮤스는 가방에서 예전에 사두었던 봉봉을 한 주먹 꺼내 내밀었다.

"자, 이거 먹고 싶지 않아?"

역시 뮤스는 아이들의 심리를 잘 파악하고 있었는데 얼마 전까지만 해도 자신이 그런 처지였기 때문일 것이다. 그의 생각대로 아이도 봉봉이 먹고 싶은지 계단에서 천천히 걸어나오고 있었다. 하지만 여차하면 도망치려는 기색이 남아 있었다. 그를 바라보던 뮤스는 한심하다는 표정을 지었다.

"녀석, 겁도 많군. 내가 너만 할 때는 무조건 달려들고 봤다."

"누가 겁이 많다고 그래요!"

"하하, 그럼 지금 네 모습이 용감해 보이기라도 한단 말이냐?"

자신의 아래위를 훑어보던 아이는 어색한 포즈로 앞으로 걸어가는 자신을 발견했는지 얼굴을 붉히며 말했다.

"이건 제 버릇이란 말이에요."

“후훗, 그렇겠지.”

둘러대는 소년을 보던 뮤스는 봉봉을 가방에 넣는 시늉을 했다.

“그건 그렇고, 이거 안 먹을 거면 다시 넣는다?”

“머, 먹을 거예요!”

“하하, 여기 있다.”

몇 마디의 오고 가는 대화로 두려움은 사라졌는지 뮤스에게 다가와 봉봉을 받아 입 안에 넣었다. 그를 보던 뮤스는 자기도 봉봉 하나를 조각 내어 입에 넣으며 물었다.

“네 이름은 뭐지?”

“소어이이어.”

“뭐라고? 소어?”

봉봉이 입에 가득 차서 발음을 못하고 있던 소년은 대답을 하다 말고 답답한지 손으로 봉봉을 빼내며 말했다.

“숍! 제 이름은 숍이에요!”

“하하, 재미있는 이름이구나.”

“놀리지 말아요. 안 그래도 친구들이 놀려서 걱정이란 말이에요. 그러는 아저씨는 이름이 뭐예요?”

아저씨라는 말에 발끈한 뮤스는 주먹으로 숍의 머리를 쥐어박았다.

“이 녀석, 아저씨라니! 이제 겨우 열아홉 살인데.”

“아야! 저보다 두 배나 더 살았으니 아저씨 맞네요. 칫!”

끝까지 아저씨라고 우기자 두 손을 든 뮤스는 정상적인 호칭 되찾기를 포기할 수밖에 없었다.

“그래그래, 마음대로 해라. 내 이름은 뮤스다.”

“푸하하! 아저씨, 이름도 괴상해!”

그의 비웃음에 기분이 상한 뮤스는 자신의 이름을 지어준 켈트에게
일러줄까도 생각했지만 자신 역시 숍의 이름을 듣고 웃었었고 무엇보
다 켈트에게 알려진다면 숍의 미래가 걱정되었기에 그만두기로 했다.
이때 주방 쪽에서 주인 아줌마의 목소리가 들려왔다.

"아, 손님, 일어나셨군요?"

뮤스가 고개를 돌리자 행주로 손을 닦으며 주방에서 걸어나오는 아
주머니를 볼 수 있었다.

"아, 네. 그런데 제 일행들은 어디 있죠?"

"누님 되시는 분께서 일어나면 올라오시라고 하더군요. 이층의 가장
왼쪽 끝 방 세 개죠."

"네, 고마워요."

"뭘요. 그럼 편히 쉬세요."

뮤스와 대화를 하던 아주머니가 눈을 돌려 숍을 바라보자 그녀와 눈
이 마주친 숍은 봉봉을 다시 입에 넣으며 그녀의 곁으로 뛰어갔다. 그
를 내려보던 아주머니는 눈 높이를 맞추며 볼을 쓰다듬었다.

"이런, 숍. 이제 그만 들어가서 자거라."

아주머니의 말에 숍은 고개를 끄덕였고 뮤스에게 손을 흔든 후 어디
론가로 사라졌다. 그에게 미소를 지어 보이던 뮤스 역시 이층의 방으
로 자리를 옮겼다.

아침이 되자 뮤스는 일행과 함께 식사를 하기 위해 내려왔다. 드워
프들은 평소와 같이 엄청난 양을 주문하여 하나씩 처리하고 있는 반면
크라이츠는 고상한 품위를 유지하고 있었는데, 공학원의 일을 시작하
면서부터 고상한 여인으로 행동하고 있는 그녀였다. 수프를 떠먹던 뮤

스가 크라이츠에게 물었다.

"오늘 언제쯤 출발하죠?"

"음, 점심 식사를 하고 출발하자꾸나. 뭐, 기한이 없어서 느긋하긴 하지만 눈 때문에 빨리 이곳을 떠나고 싶구나."

"후훗, 눈 왔다고 좋아하던 때가 언제라고 벌써부터 그런 말을 하시나?"

그의 말에 냅킨으로 입을 닦던 크라이츠는 태연하게 대답했다.

"원래 쉽게 변하는 게 여자의 마음이야."

일행이 식사를 거의 마치고 있을 때 마을의 주민인 듯한 사람들이 모자로 몸에 묻은 눈을 털며 들어오고 있었다.

"헐헐헐. 이봐, 모르쉬. 장사는 잘되는가?"

"잘되겠지! 그래도 우리 마을에 여관은 여기밖에 없으니 잘되지 않겠나?"

주인 아줌마의 이름이 모르쉬였는지 양손에 음식을 잔뜩 들고 나오던 그녀는 능숙한 입담으로 대꾸를 했다.

"호호호, 억울하면 댁들도 여관이나 해보시죠?"

옷거리에 외투를 걸던 사람들은 그녀의 말에 손을 저었다.

"에휴~ 당신의 요리 실력을 따라갈 자신이 없어서 관뒀어."

식사를 하던 뮤스는 화기애애한 마을의 분위기가 마음에 들어 자신의 기분까지 덩달아 좋아지고 있었다. 조금 더 지나자 더욱 많은 사람들이 몰려들었다. 뮤스 일행이 식사를 다 마쳤을 때는 쉰 명 정도의 사람들이 식당에 자리를 잡고 앉아 있었다. 하지만 그들은 대화를 하고 있을 뿐 음식을 시키거나 먹는다거나 하는 일은 없었다. 크라이츠와 드워프들도 호기심이 생기는지 그들을 둘러보고 있었다. 빈 그릇을 치우던 모르쉬는 호기심 어린 눈빛으로 바라보는 뮤스 일행들에게 말했다.

"오늘은 한 달에 한 번 있는 마을 회의 날이죠. 손님들께는 시끄럽게 되어서 정말 죄송하군요."

물을 마시며 입을 헹구던 켈트는 고개를 저으며 말했다.

"가르르륵. 꿀꺽! 마을의 회의는 정말 중요하지. 마을의 앞날에 대한 의견을 나누는 시간이니까."

"호홋, 그렇게 생각해 주신다니 정말 감사합니다."

"그나저나 사람들이 많이 모였는데 무슨 일이라도 있는가?"

그릇을 다 치우고 행주로 테이블을 닦던 모르쉬는 고개를 끄덕이며 대답했다.

"이곳은 농업을 주로 하는 마을인데, 올해 예상치 못한 흉년으로 마을 전체가 어렵답니다. 그래서 뭔가 해결 방안이라도 있을까 싶어서 이렇게 모인 것이죠."

"흠… 그렇구먼. 이곳에 무슨 특산물 같은 건 없나?"

"이런 겨울에 무슨 특산물이 있겠어요. 있는 것이라곤 쌓인 눈밖에 없는데."

"막막하겠구먼."

켈트가 혀를 차고 있을 때 사람들이 대부분 온 듯하자 식당의 가운데로 노인이 불편한 몸을 이끌고 걸어나와 회의를 이끌기 시작했다.

"쿨럭! 오늘 내 이렇게 여러분에게 모이라고 한 것은… 쿨럭! 쿨럭!"

노인이 기침을 해대며 말을 하자 넉살스럽게 생긴 중년의 사나이가 자리에서 일어나며 말했다.

"하하하, 촌장님! 이유는 알고 있으니 그 부분은 넘어가고 진행하시죠."

"맞습니다, 촌장님. 이제 몸 생각도 하셔야죠."

마을이 어려운 상황에 처해 있었으나 마을 사람들의 여유마저 빼앗아가지는 못했는지 모두들 밝은 표정으로 웃고 있었다.

"쿨럭! 고맙네, 바로엘. 아무튼 뭔가 의견이 있는 사람 없는가?"

하지만 촌장의 물음에도 불구하고 바로엘이라는 사내가 앉은 후에는 잡담도, 잡음도 없이 적막한 분위기가 연출되고 있었다. 그로부터 삼십여 분 정도가 지날 때까지 시원찮은 의견 몇 개가 나왔을 뿐, 대부분 아무런 대책도 생각해 내지 못하는지 전혀 이득없는 회의가 계속되고 있었다. 초반부를 조금 듣던 크라이츠와 드워프들은 지루하다며 방으로 올라갔지만 뮤스는 뭔가 도울 방법이 없을까 생각하며 자리를 지키고 있는 중이었다. 그러던 중 식당 안의 정적을 깨며 어린아이들이 손에 나무판을 들고 밖으로 뛰어나가고 있었는데, 그중에는 숍의 모습도 보이고 있었다.

달그닥! 타다다다닥!

"숍, 빨리 와!"

"잠깐만! 신발 끈이 풀렸어!"

아직 어린아이들이었기에 마을의 상황은 안중에도 없는 듯한 모습이었다. 그들을 바라보며 미소 짓던 뮤스는 마침 몸도 뻐근했기에 바람이나 쐴 겸 아이들을 따라 밖으로 걸어나갔다. 문을 열고 나가 보니 언덕으로 오르고 있는 아이들이 보였는데, 궁금함을 느낀 뮤스가 숍을 향해 외쳤다.

"숍! 어디 가는 거냐?"

등 뒤로부터 뮤스의 목소리가 들려오자 언덕을 열심히 오르던 숍은 뒤를 돌아보며 외쳤다.

"지금 썰매 타러 가요! 아저씨도 같이 갈래요? 어제 봉봉 주신 보답으로 한번 태워줄게요!"

"하하, 그래, 같이 가자!"

재미있겠다고 생각한 뮤스는 오랜만에 아이들 앞에서 자신의 실력을 보여줘야겠다고 생각하며 그들을 뒤따르기 시작했다.

만만하게 생각하고 언덕을 올라가던 뮤스는 어느새 이마에서 땀이 나는 것을 느꼈다. 공학뇌동심결을 사용하게 된 후로 체력 하나는 자신있었지만, 어른이 되어가는 지금 겨우 썰매를 타기 위해 이렇게 고생을 한다는 것이 썩 마음에 들지는 않았다. 앞서 가던 숍 역시 힘이 들어 보였지만 그는 곧 느낄 스릴을 생각하고 있었기에 발걸음이 즐겁기만 한 듯했다. 이윽고 가장 높은 곳까지 올라가자 숍의 발걸음이 멈췄다. 그를 따라 발걸음을 멈춘 뮤스는 소매로 땀을 훔치며 걸어 올라온 언덕을 내려다보았다. 얼마나 높이 올라왔는지 마을은 이미 장난감처럼 작게 보이고 있었다.

"휘유~ 정말 대단한 언덕이구나. 이 정도 되는 거리를 썰매를 타고 내려간다면 정말 재미있겠는걸?"

숍은 소매로 코밑을 쓸며 당연하다는 듯이 자랑스럽게 말했다.

"그럼요. 이 언덕이 여기 주변에서 얼마나 유명한데요? 도이첸 제국에서도 이만한 길이의 언덕을 보기는 힘들걸요?"

"정말 그렇겠군."

둘이 대화를 나누고 있을 때 숍 또래의 친구들은 더 이상 언덕의 유혹을 기다리지 못하겠는지 소리치며 썰매를 타고 내려가기 시작했다.

"숍, 빨리 내려와! 나 먼저 출발한다!"

"이야호! 출발!"

그들은 썰매를 들고 뛰어가더니, 곧 그것을 땅에 깔며 몸을 날리는 것이었다.

쇠아아아악!

그 모습을 본 뮤스는 자신이 해왔던 것과 전혀 다른 이 동네 썰매 타는 방식을 신기하게 생각하고 있었다. 뮤스의 옆에서 썰매를 들고 서 있던 숍이 아쉬운 듯한 얼굴로 그의 소매를 잡아당겼다.

"아저씨, 우리는 하나밖에 없으니까 같이 타고 내려가요. 재미가 좀 줄겠지만 어쩔 수 없죠."

숍의 얼굴을 살피던 뮤스는 잠시 동안 아무런 말도 하지 않더니 곧 볼을 꼬집으며 말했다.

"후훗. 녀석, 같이 타고 가기 싫다고 얼굴에 쓰여 있구나. 내가 타고 갈 것은 직접 만들 테니까 잠시만 기다려 봐."

뮤스는 숍이 대답을 하기도 전에 가방에서 넓적한 나무판을 꺼냈다. 숍은 그 모습을 보고 입을 벌렸는데, 아무리 봐도 방석보다 작은 가방에서 저 길쭉한 나무판이 나온 것이 신기한 듯했다.

"우와! 어떻게 가방에서 이렇게 큰 게 나올 수가 있죠?"

"후훗, 이건 신기한 가방이거든."

"피~ 그건 당연한 거죠!"

이어 가방 속에서는 여러 가지 연장들이 나오고 있었는데, 잠시 그 것들을 손에 들고 나무판을 때리고, 깎고, 밀고, 달구고 하던 뮤스의 손에는 이내 거칠기 그지없던 나무판은 온데간데없고 매끈한 나무판만이 남아 있었다. 그것의 폭은 두 뼘 정도, 길이는 뮤스의 어깨 정도 됨 직했는데, 긴 쪽의 면은 안쪽으로 잘록하게 처리되어 있었다. 숍은 그 나무판을 보며 물었다.

"아저씨, 솜씨 대단하네요! 그런데 이걸 앉아서 타기에는 너무 좁지 않아요?"

나무판의 잘록해진 선을 따라 철사를 때려 박은 뮤스는 그 철사를 숫돌로 날카롭게 갈며 대답했다.

"하하, 누가 앉아서 탄다고 했냐? 이건 서서 타는 거야."

"엥? 그게 무슨 썰매예요?"

"누가 썰매를 만든다고 그랬어? 이건 설상주판이라고."

"아저씨 이름처럼 이상한 이름이네."

계속 나무판을 손질하던 뮤스는 혀를 삐죽 내밀며 말했다.

"왜 또 내 이름을 들먹이냐? 설상주판이라는 것은 눈 위를 달리는 판때기라는 깊은 뜻을 담고 있는 멋진 이름이야."

"여하튼 괴상해."

이제 설상주판이라는 것이 다 완성됐는지 뮤스는 연장을 챙겨 가방 안에 넣고 튼튼한 끈을 이용하여 설상주판과 자신의 신발을 단단히 묶었다. 이리저리 살펴보던 뮤스는 아직도 뭔가 부족해 보였는지 작은 나무판을 몇 개 꺼내어 신발 주위를 단단히 고정시켰다. 이제 모든 작업이 끝나자 그제야 만족한 웃음을 띤 뮤스는 숍에게 말했다.

"숍, 너 먼저 내려가 봐. 내가 따라잡을 테니까."

"아저씨, 그러다가 죽는 거 아니에요? 튼튼해 보이기는 한데, 그런 걸 과연 탈 수 있을지… 이 언덕은 생각보다 가파르다고요."

"녀석, 걱정 말고 내려가 보라니까. 나중에 네 썰매가 느리다고 징징대지 말고."

뮤스가 계속해서 괜찮다고 하자 그에게 가볍게 윙크한 숍은 친구들처럼 썰매를 들고 뛰다가 그것을 땅에 깔며 몸을 날렸다.

"헤헷, 그럼 먼저 내려갑니다! 이야호!"

쏴아아악!

숍은 썰매를 탈 때마다 느끼는 것이었지만 차가운 바람과 눈이 볼을 때리는 기분이 상쾌했고 눈을 가르는 소리가 귀를 간지르는 느낌이 좋았다.

"하하하하! 그래, 이 느낌이야! 달려라, 달려!"

그가 바람 소리를 즐기며 달리고 있을 때였다. 갑자기 등 뒤로부터 요란하게 눈 가르는 소리가 들려오기 시작하는 것이었다.

촤아아아악! 촤아아아악!

"어라? 이건 또 무슨 소리야?"

빠른 속도로 달리는 도중에 뒤를 돌아보는 것이 위험하기는 했지만 궁금함을 참지 못한 숍은 힘들여 고개를 돌렸다. 그러자 그의 눈에 는 설상주판을 타고 빠른 속도로 내려오고 있는 뮤스의 모습이 보였다. 한데 뮤스의 그런 모습에 엎드려 썰매를 타고 있는 자신의 모습이 초라하게 생각되고 말았다. 뮤스는 신이 났는지 손을 흔들며 방향을 이리저리 바꾸고 있었는데, 이것은 오목하게 들어간 옆면에 박힌 철사가 눈을 가르며 방향을 바꿔주기 때문에 가능하였다. 속도를 내 그의 옆으로 다가온 뮤스는 잘난 척을 하며 외쳤다.

"이야호! 숍, 부럽지? 네 썰매 정도는 어린애 장난감이야!"

가슴 한구석을 긁어내리는 듯한 그의 말에 숍은 콧방귀를 뀌었다.

"흥! 아저씨야말로 애들 장난감 타고서 뭐 하는 거예요!"

"후훗, 이래도 애들 장난감이냐?"

숍의 빈정거림에 회심의 미소를 지어 보인 뮤스는 숍의 썰매의 옆으로 지나치며 둔덕을 향해 미끌어져 갔고, 그 끝에 닫자 힘차게 뛰어올랐다. 그와 동시에 뮤스의 몸은 그림같이 날고 있었다.

"이야~ 멋있다!"

그 모습에 넋을 빼앗긴 숍은 자신의 앞에도 둔덕이 있다는 것을 깨닫지 못하고 있었다. 잠시 후 자신의 몸도 떠오르는 것을 느꼈는데, 뮤스의 모습과 같이 멋진 모습이 아니라는 것은 스스로도 절감하고 있었다.

퍼버벅!

공중에서 중심을 잃고 눈 더미에 처박힌 숍은 신경질적으로 몸을 일으키며 외쳤다.

"아저씨! 나도 타고 싶어요!"

하지만 메아리만 울릴 뿐 뮤스의 뒷모습은 사라진 지 오래였다.

뮤스가 설상주판을 타고 마을 근처까지 내려오자 크라이츠와 드워프들이 짐을 챙겨 떠날 준비를 하고 있는 모습이 시야에 들어왔다. 신이 난 그는 일행들을 향해 손을 흔들며 외쳤다.

"아저씨! 누님! 저 멋지죠!"

어디선가 들려오는 뮤스의 목소리에 드워프들은 짐을 올리다 말고 소리가 들려온 쪽으로 고개를 돌렸다. 그들의 눈이 멈춘 곳에는 무엇인가를 타고 쏜살같이 달려 내려오는 뮤스가 있었는데, 그를 보던 드워프들은 서로에게 묻고 있었다.

"형님, 저런 것 타본 적 있으슈?"

"끌… 나는 본 적도 없네. 저 녀석이 하는 걸 언제는 본 적이 있었던가?"

"그걸 말이라고 하는 거요? 당연히 없었지."

크라이츠 역시 하던 일을 멈추고 뮤스를 바라보았는데, 그녀의 눈가에는 기이한 일렁임이 일고 있었다. 잠시 후 뮤스가 일행들 앞에 멈춰서자 그의 앞으로 걸어나온 크라이츠는 사무적인 표정으로 간단명료하게 말했다.

"뮤스야, 잠시 줘봐."

뜬금없이 날아드는 크라이츠의 목소리에 고개를 갸웃거린 뮤스는 신발을 설상주판으로부터 분리해 그녀에게 건네주었다.

"네? 여, 여기요. 뭐가 잘못됐어요?"

뮤스가 의아해하며 물어보았지만 기묘한 웃음을 짓던 그녀는 뮤스의 물음에 대꾸조차 하지 않고 드워프들을 향해 돌아보며 말했다.

"호홋, 일정이 하루 정도 늦춰지는 것은 상관없겠죠? 빨리 하나씩 만들어 따라오세요!"

"헐헐, 기다리고 있었습니다, 크라이츠님."

드워프들 역시 그녀와 같은 뜻을 가지고 있었는지 재빨리 고개를 끄덕이고 있었다.

찻잔에서 모락모락 올라오는 따뜻한 김이 허공으로 흩어지고 있었다. 벽난로 앞의 흔들의자에 앉아 있던 모르쉬는 정성스럽게 뜨개질을 하고 있었는데, 그것은 할 일이 많지 않은 겨울에 그녀의 손을 즐겁게 해주는 유일한 일이었다. 그녀가 실을 잡아당기며 실타래를 풀고 있을 때, 바로엘은 창밖을 보며 차를 마시고 있었다.

"모르쉬, 혹시 저런 것 본 적 있어?"

실타래를 풀다가 멈춘 모르쉬는 언제나 장난이 심하던 그를 바라보며 웃었다.

"오늘은 또 무슨 장난을 하려고 그래요?"

"장난이 아냐. 자세히 보니 이 여관에서 머물던 손님들 같은데?"

바로엘의 말을 듣고 뜨개바늘을 흔들의자 위에 내려놓고 일어난 모르쉬는 그의 옆으로 다가와 창밖을 바라보았다. 창밖으로는 저 멀리 언덕에서부터 뮤스 일행들이 무엇인가를 타고 빠른 속도로 활강하고 있는 모습이 보이고 있었는데, 그들의 얼굴은 하나같이 즐거움이 넘쳐 보였다. 그 모습을 보다 말고 고개를 돌린 모르쉬는 바로엘에게 물었다.

"저 사람들이 타고 있는 것이 뭐죠?"

"후훗. 이봐, 그건 내가 먼저 물은 거잖아."

눈을 떼지 않고 그들의 기행을 바라보고 있던 바로엘은 시간이 지남에 따라 기이하다는 생각보다 흥미롭다는 생각이 커지기 시작했는지 찻잔을 테이블에 내려놓으며 호기심이 가득 찬 목소리로 혼잣말을 했다.

"그나저나 상당히 즐거운 표정인데 정말 저렇게 재미있나?"

"흠… 그러게요. 위험해 보이기도 하고 무서워 보이기도 하네요. 하지만 저 여자는 신나는 듯이 타고 있는걸요? 볼수록 신기하네."

"그렇지? 나가서 직접 물어보는 것이 어떨까?"

"뭐, 그러죠."

이렇게 의견을 맞춘 두 남녀는 외투를 입고 문을 열어 밖으로 걸어 나갔다. 그들이 집 밖으로 나가 주변을 둘러보니 자신들 외에도 많은 마을 사람들이 문앞이나 창가에 서서 신기한 표정으로 뮤스 일행을 바라보고 있었다. 멍청한 표정으로 서 있는 그들을 바라보며 쓴웃음을 지은 바로엘과 모르쉬는 눈이 마주친 몇몇의 마을 사람들에게 가벼운 인사를 건네며 가장 가까이 있는 크라이츠에게로 다가갔다. 그녀는 다른 일행들에 비해 너무 빨리 내려왔는지 아직 설상주판을 타고 내려오는 뮤스에게 소리치고 있었다.

"왜 이렇게 늦어! 빨리 내려오렴!"

약간의 광기마저 흘리는 그녀에게 쉽사리 말을 붙이기가 힘들었지만 용기를 낸 바로엘이 조심스럽게 입을 열었다.

"저… 아가씨, 실례지만 지금 타고 계시는 것이 뭐죠?"

바로엘이 크라이츠에게 질문을 던지고 있을 때 그녀의 시선은 다른 곳을 향하고 있었다. 그녀의 시선이 머문 곳에서는 뮤스가 설상주판을 타고 둔덕을 이용해 뛰어오르고 있는 중이었다. 그의 멋진 도약을 구경하던 마을 사람들은 여기저기서 탄성을 내지르기 시작했다.

"이야~ 멋지군!"

"대단해! 재미있겠는걸?"

뮤스의 모습을 본 크라이츠는 이제야 볼일을 다 봤다는 듯이 고개를 돌리며 입을 열었는데, 바로엘의 질문을 듣지 못한 것은 아닌 듯했다.

"아, 이거 말인가요? 호홋, 제 동생이 만든 것인데 설상주판이라고 하던걸요? 발음이 좀 어렵지만 정말 재미있죠."

처음에야 단순한 궁금증에 물었지만, 방금 전 뮤스의 화려한 실력을 보자 마음이 변했는지 머리를 긁적이며 머쓱한 모습으로 물었다.

"저… 그거 타기 어려운가요?"

그의 물음에 설상주판과 바로엘을 번갈아 보던 크라이츠는 조금 생각을 해보더니 어깨를 으쓱거리며 대답했다.

"뭐, 타는 법이 정해져 있지 않으니 중심만 잘 잡고 내려오면 되죠."

“아, 그렇군요.”

자신감없는 목소리로 대답한 바로엘은 다시 고개를 돌려 뮤스를 바라보았는데 다시 봐도 멋진 모습이었다. 뮤스가 다시 한 번 둔덕에서 도약을 하려 할 때 뭔가 생각난 것이 있는지 크라이츠가 입을 열었다.

“그나저나 저희가 언덕을 저렇게 만들어서 어떻게 하죠?”

그녀의 말을 들은 바로엘이 눈을 돌려 언덕을 바라보았는데, 매끈하기만 하던 언덕길 위에는 인공적으로 만들어진 둔덕이 듬성듬성 생겨나 있었다. 언덕이 이렇게 변해 버린 이유는 크라이츠가 설상주판을 타고 내려오던 중 우연찮게 둔덕을 통과하자 그로 인해 그녀의 몸이 공중으로 뜨게 되었는데, 그 짜릿한 느낌을 잊지 못한 그녀가 뮤스와 드워프들을 시켜 이 인공 둔덕을 만들게 했던 것이다.

뜬금없이 그녀의 명령을 받은 뮤스와 드워프들은 약 한 시간에 걸쳐 제설전뇌거를 몰고 눈과 씨름을 해야만 했다. 하지만 지형을 바꾼 것이 아니라 눈이 쌓인 위치만을 바꾼 것이었기에 크게 잘못된 것은 아니라고 생각하고 있는 바로엘이었다.

“그 점은 크게 상관없습니다. 다만…….”

크라이츠는 말끝을 흐리는 그의 표정을 보며 생각을 읽기라도 했는지 웃으며 말했다.

“아, 설상주판을 타보고 싶군요?”

“아… 네.”

“하지만 제 것은 안 돼요. 드워프 분들 것도 짧아서 안 될 테니 제 동생 것을 타보시죠. 호홋, 그럼 전 이만.”

그렇게 말한 크라이츠는 일 분 일 초라도 아까운지 서둘러 언덕을 올라갔고, 바로엘은 이미 지나간 그녀의 등에 대고 인사를 하고 있었다. 그의 뒤에서 하는 양만 지켜보던 모르쉬는 제대로 말 한번 못해본 바로엘을 보며 고개를 가로저었는데, 당사자는 어쩔 수 없었다는 듯한 표정을 하고 있었다.

잠시 후 뮤스가 내려오자, 사정을 이야기한 바로엘은 그에게서 간단한 설명과 함께 설상주판을 건네받을 수 있었다. 모처럼 만에 흥분한 마음으로 서둘러 언덕 중간까지 올라간 바로엘은 설상주판을 타고 천천히 미끌어져 내려오기 시작했는데, 어색하기 짝이 없는 모습이었지만 그럭저럭 넘어지지 않고 내려오고 있었다.

"우하하하! 이거 정말 신나는군!"

환호성을 지르며 내려오는 그의 모습을 지켜보던 마을 사람들은 너나 할 것 없이 집 밖으로 뛰어나오며 뮤스에게 허락을 받기 시작했고, 심지어 그중엔 겨우 걸을 수 있는 노인들까지 끼어 있었다. 노약자나 임산부는 안 된다는 뮤스의 주의에도 불구하고 떼를 쓰는 몇몇 노인들이 있었으나 마을의 청년들이 나서서야 겨우 말릴 수 있었다. 하지만 노약자들을 빼더라도 수요가 너무나 많았기에 그들을 그냥 보고만 있을 수 없던 뮤스는 열 개의 설상주판을 더 만드는 데 황금 같은 저녁 시간을 보내야만 했다.

툭딱툭딱!

새벽의 어둠이 채 가시지도 않은 이른 아침이었다. 머리끝까지 이불을 덮어쓰고 잠을 자던 뮤스는 귀를 때려오는 소음에 인상을 찌푸려야만 했다. 결국 참지 못한 뮤스는 이불을 옆으로 걷어내며 둥글게 나 있는 창가로 발걸음을 옮겼다.

"하암, 새벽부터 이게 무슨 일이야?"

늘어지게 하품을 하며 창밖을 바라보니 온 마을 사람들이 분주하게 움직이고 있었는데, 저마다 거친 나무판을 대패로 깎고 있었다. 그 모습을 보고 가볍게 웃은 뮤스는 옷을 챙겨 입으며 아래층으로 내려갔다. 아래층으로 내려가자 모르쉬는 아침 식사 준비를 하느라 바쁜 모습이었지만 계단을 내려오는 뮤스를 보자 반갑게 인사를 건넸다.

"좋은 아침이에요, 손님. 손님 덕에 마을에 활력이 생겼어요."

그녀의 말이 아직 이해가 가지 않은 뮤스는 볼을 긁적이며 물었다.

"그게 무슨 말씀이시죠? 마을에 활력이 생기다니요?"

행주로 쟁반을 닦던 그녀는 환한 미소를 지으며 대답했다.

"호홋, 어제 손님께서 만든 그 설상주판이던가? 그것 때문에 급히 마을 회의를 열었거든요."

"저희가 무슨 잘못이라도?"

뮤스의 말에 모르쉬는 손을 내저으며 도리질을 쳤다.

"아뇨! 잘못이라뇨. 그것을 몇 번이나 타본 사람들이 모두 재미있다고 하자 그것으로 관광 사업을 하면 어떨까 하는 의논을 했답니다."

"아! 하하, 그렇게 되었군요. 그래서 아침부터 저렇게 분주한 건가요?"

"네. 마을의 목수들과 대장장이들이 손님께서 만들어놓은 것을 보고 그대로 따라 만들고 있답니다."

"이것 참, 그럼 저도 조금 도와야겠군요."

그녀의 말에 기분이 좋아진 뮤스는 빙그레 웃으며 여관 밖으로 자리를 옮겼다. 공터까지 걸어나와 보니 마을 사람들은 나무판의 기본 손질을 하고 있었고, 그들의 중심에는 능숙한 솜씨로 나무를 세공하고 있는 목수가 보이고 있었다. 손놀림을 보아하니 드워프들만큼은 아니었지만 오랜 시간 동안 그 일을 해왔는지 상당히 능숙한 솜씨였다. 나무판을 불며 톱밥을 털어내던 목수는 뮤스를 발견하고 외쳤다.

"안녕하시오, 손님!"

"하하, 좋은 아침이에요."

인사를 하며 목수에게 다가가는 뮤스에게 마을 사람들은 저마다 인사를 건네기 시작했는데 고마움이 한껏 깃든 표정이었다. 그 목수는 자신이 세공하던 나무판을 뮤스에게 내밀며 말했다.

"이게 처음 만든 설상주판이랍니다. 이 정도면 되겠습니까?"

"하하, 잠시 살펴보죠."

뮤스는 그에게서 건네받은 설상주판을 작업판 위로 올려놓으며 면의 상태와 휨 정도, 그리고 방향을 바꿀 때 필요한 쇠가 박힌 모서리를 살펴보았다. 그리곤 만족한 표정을 지으며 입을 열었다.

"아주 좋은 실력이시군요. 이 정도면 충분하겠어요. 그리고 시간이 될 때 바닥 면에 초칠을 하시면 더욱 빠른 속도를 낼 수 있게 되죠."

그의 칭찬에 밝게 웃음 짓던 목수는 마을 사람들을 보며 엄지손가락을 치켜들었고, 그 모습을 본 마을 사람들은 용기를 얻었는지 더욱 열심히 나무판을 다듬기 시작했다. 열심히 일을 하고 있는 마을 사람들을 둘러보던 뮤스는 또 다른 생각이 떠올랐는지 가방에서 설계 용지를 꺼내 뭔가를 그리기 시작했다.

"흠… 이왕 하는 김에 언덕의 정상까지 쉽게 올라가면 더욱 좋겠지? 언덕의 끝과 마을에 고성능 동력기를 설치하고, 중간중간 30멜리마다 연결 도르래를 이중으로… 또 손잡이는 이 정도의 크기면 되겠고……."

차를 한잔 마실 정도의 시간이 흐르자 설계를 끝냈는지 도면을 손으로 털며 훑어봤다. 이곳저곳을 손가락으로 짚으며 힘의 분배를 계산해 보던 뮤스는 확신이 들었는지 고개를 끄덕였다.

드워프들의 방으로 서둘러 뛰어 올라간 뮤스는 방문을 두들기기 시작했다.

쾅쾅!

"아저씨들, 일어나요!"

그의 외침에 방문이 천천히 열리며 레딘이 얼굴을 내밀었는데, 머리에 수면용 모자를 쓴 모습이 나이에 걸맞지 않게 귀여웠다.

"으함~ 뮤스 군이군. 꼭두새벽부터 무슨 일이냐?"

"해야 할 일이 있으니 다른 아저씨들 좀 깨워주세요."

잠시 고개를 돌려 형제들을 살펴보던 레딘은 고개를 내저으며 말했다.

"자네, 나 죽는 꼴을 보고 싶은가? 형제들 성격 알잖아?"

"후훗, 그럼 제가 하죠."

곤란해하고 있는 레딘을 지나쳐 방으로 들어간 뮤스는 장난스러운 표정을 지으며 목소리를 가다듬더니 큰 소리로 말했다.

"흠흠! 공학원에는 실력은 쥐뿔도 없으면서 돈에만 독이 오른 네 명의 드워프가 있답니다!"

뮤스의 말이 끝나기가 무섭게 드워프들이 누워자던 침대는 부서질 듯 흔들리기 시작했고, 동공이 풀린 모습으로 몸을 일으킨 드워프들은 뭔가에 홀린 듯 뮤스에게 다가오고 있었다. 이 순간 방 안에는 진한 살기가 감돌고 있었는데, 침을 한번 꼴깍 삼킨 뮤스는 이때다 싶었는지 준비해 놓은 다음 말을 외쳤다.

"자! 이제 식사할 시간입니다!"

과연 그 외침의 효과는 탁월했는데, 그 한마디에 드워프들의 풀려 있던 동공은 어느새 제자리를 되찾았고 이상한 포즈로 서 있던 자신들의 모습을 발견하며 얼떨떨한 표정을 짓고 있었다. 켈트가 붉은색의 수면용 모자를 벗으며 말했다.

"허허, 뭔가 악몽을 꾼 듯한데? 근데 왜 이렇게들 서 있는 거지?"

그의 옆에서 자신도 모르겠다는 목소리로 브라이덴이 말했다.

"그러게 말입니다. 누군가 우리 욕을 한 듯도 하고……."

모든 사실을 목격했던 유일한 드워프인 레딘은 식은땀을 흘리며 진상을 말해야 할지 말아야 할지 고민을 하고 있었다. 이때 뮤스가 모두 깨어난 것을 확인하고서 그들의 등을 떠밀기 시작했다.

"아저씨들, 아침부터 해야 할 일이 있어요. 짐은 어제 다 싸놨으니까 좀 도와줘요."

아닌 밤중에 홍두깨 격으로 등을 떠밀려 나가는 드워프들은 정신이 없을 뿐이었다.

어느덧 해가 떠올라 언덕 위로 얼굴을 내밀고 있었다. 언덕의 시작점에서 햇빛을 받으며 얼어 있는 땅 위로 말뚝을 때려 박고 있던 블뤼안이 옆에 있던 레딘에게 허무함이 풀풀 나는 목소리로 말했다.

"아침부터 이게 뭐 하는 짓이람."

철로 만들어진 도르래를 들고 오던 레딘 역시 그 점이 이해가 안 되는지 블뤼안의 말에 동의하고 있었다.

"그러게 말이야. 우린 벨링으로 여행하던 중이 아니었던가?"

레딘은 자신도 모르겠다는 듯 어깨를 으쓱거려 보이고 있었다.

"쩝, 뮤스 군의 착한 마음이 나쁜 것은 아니지만……."

"왜 우리가 고생을 해야 하는지… 라는 말이지?"

"잘 아는군."

대화를 하던 레딘은 손에 들고 있던 도르래를 말뚝에 튼튼히 끼워 넣으며 기름 묻은 손을 작업복에 닦아냈다. 그때 뮤스는 언덕 위로부터 두꺼운 로프를 들고 내려오며 30밀리마다 박혀 있는 도르래에 로프를 2중으로 엮는 중이었다. 시간이 조금 지나자 그는 레딘과 블뤼안이 있는 곳까지 내려와 로프를 엮었다. 꼼꼼한 손을 놀리며 일을 마치자 손을 털며 말했다.

"하하, 이제 다 됐네요. 수고하셨어요."

뮤스의 공치사에 손을 내저은 블뤼안은 궁금한 듯 물었다.

"그건 그렇고, 우리가 하는 일이 무엇인지나 알았으면 좋겠구먼."

레딘 역시 뒷짐을 지며 말했다.

"맞아. 나 역시 그것이 궁금하네."

남은 로프를 접어 어깨에 짊어지던 뮤스는 그들의 물음에 가벼운 미소를 지으며 말했다.

"하하, 마을 사람들이 모인 곳에서 함께 설명해 드릴게요. 저쪽으로 가시죠."

뮤스는 언제나 이런 식의 대답으로 일관했기에 거기에 익숙해진 드워프들은 별다른 불만을 표명하지 않고 있었다. 뮤스가 등을 돌리며 걸어가기 시작하자 블뤼안과 레딘 역시 고개를 끄덕이며 뮤스를 뒤따르고 있었다.

마을 앞의 공터에는 수십 개의 완성된 설상주판들이 자리를 메우고 있었다. 켈트는 그것들을 살펴보며 상태를 점검하고 있었는데, 까다로운 그의 검사에도 불구하고 불합격한 것은 몇 개 되지 않는지 대부분

그대로 놓여졌다. 한편 불합격한 설상주판들은 한곳에 모아져 불태워지거나 다시 손을 보고 있었다. 눈 위에 로프를 내려놓은 뮤스는 이곳에 모여 있는 마을 사람들을 향해 외쳤다.

"여러분, 저희들의 작은 선물이 완성되었습니다! 이쪽을 봐주십시오!"

그의 말에 두 가지 반응이 나오고 있었는데, 드워프들은 이건 결코 작은 선물이 아니라며 투덜거렸고 마을 사람들은 궁금함에 웅성거리고 있는 것이었다. 하지만 드워프들의 반응이야 어떻든 간에 하고자 하는 일을 마친 뮤스는 또랑또랑한 목소리로 말했다.

"궁금하신 점이 많으시리라 생각되니 직접 보여드리도록 하겠습니다. 숍, 준비됐어?"

마을 사람들에게 이야기를 하던 뮤스는 고개를 돌리며 숍을 불렀는데, 그의 눈길이 머문 곳에서는 숍이 손을 흔들고 있었다. 그것을 확인한 뮤스는 주먹을 쥐며 외쳤다.

"자, 가동시켜!"

뮤스가 신호를 하자 고개를 한 번 끄덕인 숍은 자신의 앞에 설치된 손잡이를 아래로 내렸다. 그와 동시에 아침부터 드워프들과 함께 설치한 로프들이 돌아가기 시작했는데, 그 모습을 보던 마을 사람들은 움직이는 로프들을 손으로 가리키며 놀라워했다.

"저 언덕 끝까지 이어진 밧줄이 돌아가며 움직이는데?"

"정말이군! 저걸 대체 언제 만든 거야?"

한편 전뇌왕복로프의 모습을 주시하던 뮤스는 생각대로 작동이 되는 것을 확인하며 그것에 대한 설명을 하기 시작했다.

"이것은 전뇌왕복로프라고 부르는 것이에요. 설상주판을 들고 언덕

정상까지 오르는 것이 상당히 힘들기에 만든 것인데, 올라가는 방향의
로프를 잡고서 설상주판을 탄다면 손쉽게 정상까지 오를 수 있어요.”

그의 설명을 듣고서 전뇌왕복로프의 쓰임새를 알게 된 마을 사람들
은 감탄의 눈빛으로 뮤스를 바라보고 있었다. 이때 그들 중에 끼어 있
던 촌장이 걸어나와 뮤스에게로 다가와 눈물을 머금으며 뮤스의 손을
잡았다.

“고맙소, 손님. 정말 고맙소.”

촌장이 고마움에 어쩔 줄 몰라 하자 쑥스러운 기분이 든 뮤스는 손
으로 머리를 긁적였다.

“하하, 뭘 이런 걸 가지고. 앞으로 잘되길 바랄게요.”

“고마우이.”

뮤스와 촌장이 따뜻한 광경을 연출하고 있을 때에도 드워프들은 혼
자 다 한 듯 폼을 재고 있는 뮤스에게 입이 아프도록 투덜거리고 있었
다.

슈바론 마을의 여관 앞은 오후가 되자 시끌벅적해졌다. 아직 설상주
판 관광 사업을 시작하지는 않았지만, 그들의 마음속에는 자신감으로
부풀어 올랐기에 더욱 활기 찬 모습이었다. 마을 사람들이 이렇게 모
여 있는 이유는 그들의 가슴에 자신감을 불어 넣어준 은인들이 떠날
시간이었기 때문이다.

뮤스와 일행들이 여관에서 걸어나오자 사람들은 웃는 얼굴로 맞아
주었다. 그들을 얼떨떨한 모습으로 바라보던 뮤스와 드워프들은 조금
씩 가슴 뿌듯해짐을 느끼기 시작했는데, 오직 크라이츠만은 시끄러운
마을 분위기에 아무런 느낌도 받지 못했는지 전뇌거로 발걸음을 옮길

뿐이었다. 뮤스가 그들을 둘러보며 웃고 있을 때 마을 사람들 틈새를
비집으며 숍이 뛰어나와 뮤스에게 말했다.

"뮤스 아저씨, 정말 고마워요."

"하하, 고맙긴. 너와 함께 썰매를 타러 가지 않았다면 이런 일도 없
었을 거야."

깔끔한 접대용 멘트를 내뱉는 그의 모습을 보던 드워프들은 견디기
힘들었는지 자신들의 목을 부여잡으며 괴로워하는 표정을 짓고 있었
다. 이어 숍은 드워프들에게도 웃으며 말했다.

"뮤스 아저씨도 그렇지만 아저씨들은 더 멋있었어요. 짧은 시간에
전뇌왕복로프 같은 것을 만들어내시다니 정말 대단해요."

그의 말에 목을 부여잡으며 추한 몰골을 보이고 있던 드워프들은 정
색을 했고, 그들 중 대표격인 켈트가 숍의 머리를 쓰다듬으며 말했다.

"후훗, 너 같은 아이들이 이제 이 마을을 이끌어 나갈 것이다. 앞으
로도 어려운 일이 생기면 오늘처럼 마을 사람들과 힘을 모아서 헤쳐
나가거라."

그 역시 뮤스의 접대용 멘트와 비슷한 수준의 말을 했는데, 이번에
는 뮤스 역시 다른 드워프들과 함께 자신의 목을 조르며 괴로워하기
시작했다. 일행들의 반응을 충분히 예측했기에 쑥스러운 얼굴을 하고
있던 켈트는 서둘러 전뇌거로 발걸음을 옮겼고, 다른 드워프들 역시 그
를 따랐다. 자리에 남은 뮤스는 숍에게 눈 높이를 맞추며 말했다.

"그래, 켈트 아저씨의 말처럼 씩씩하게 커라. 남들이 뭐라 그런다고
기죽지 말고 하고 싶은 것에 최선을 다하는 거야."

"네, 아저씨. 다음에도 또 만날 수 있을까요?"

"후훗, 먼 훗날에 라이델베르크의 공학원으로 찾아오면 날 만날 수

있을 거야. 그럼 나는 이만 간다.”

“공학원… 네! 알았어요, 뮤스 아저씨!”

흐뭇한 웃음을 지으며 몸을 돌리던 뮤스는 뭔가 잊은 것이 있는지 다시 숍을 바라보며 말했다.

“그런데 그 아저씨라는 말은 좀 안 하면 안 되겠냐? 이왕이면 뮤스 형이라던가.”

“헤헤. 알았어요, 뮤스 형.”

“고맙군.”

가볍게 윙크를 한 뮤스는 서둘러 전뇌거에 올라탔다. 시동 거는 소리와 함께 세 대의 전뇌거가 왔던 길의 반대 편으로 떠나기 시작하자 마을 사람들은 그들의 뒷모습이 사라질 때까지 손을 흔들며 자리를 떠날 줄을 몰랐다.

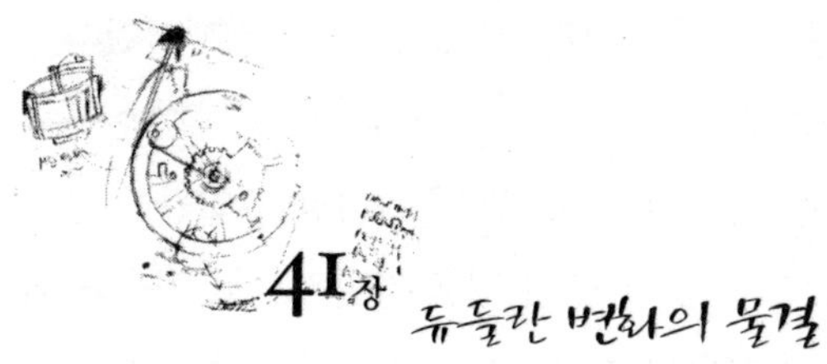

41장 듀들란 변화의 물결

　혹자는 이렇게 말한다. '예술과 예술 혼의 도시 쟈트란'. 바로 듀들란 제국의 제1수도인 도시의 이름이었다. 인구 100만에 달하는 이 거대 도시는 약 2,500년 역사를 가진 고도 중의 고도였다. 그만큼 도시의 곳곳은 역사의 기품을 뿜어내는 듯한 건물들이 즐비하게 들어서 있었다. 또 아름다움을 찬양하기 좋아하는 듀들란의 국민성에 걸맞게 수도인 이곳에는 32개의 대형 미술관과 100여 곳의 크고 작은 극장들을 보유하고 있었는데, 지금도 수많은 문호와 화가, 음악가들이 살아 숨 쉬며 그 역사를 만들어가는 곳이었다.

　땡! 땡! 땡!

　자정을 알리는 종소리가 도시 전체로 울려 퍼지고 있었지만 거리에서 노래를 부르고 그림을 그리던 사람들은 그에 전혀 개의치 않는지 자신이 하는 일에만 매달리고 있을 뿐이었다. 이 도시의 명물 중의 한곳은 바로 이 넓은 거리였다. 눈이 내려 온통 세상을 하얗게 만들고 있었지만, 이곳 '무설의 거리' 만은 맨땅을 드러낸 채 오연히 버티고 있었다.

무설의 거리란 일 년 내내 눈이 쌓이지 않는 거리였기에 생긴 이름으로, 듀들란 제국의 황궁으로 이어지는 쟈트란 중심의 대로인만큼 눈이 쌓이는 것이 용납되지 않았기 때문이다. 이 길을 자발적으로 치우는 쟈트란의 시민들에게는 그것이 그들의 자부심이었고 자랑이었던 것이다.

예술의 도시에 세워진 건물답게 황궁 역시 아름다움의 빛을 발하고 있었다. 수많은 건물이 모여 이루어진 엄청난 규모의 건물임에도 불구하고 마치 하나의 미술 작품을 보는 듯 잘 어울리는 모습이었는데, 체계적인 계획 하에 지어진 것임을 한눈에 알 수 있었다. 게다가 순백색의 건물들이 넓은 정원에 쌓인 눈과 어우러져 자연과 일체되는 느낌을 주었고, 그로 인해 천상의 궁전인 듯한 환상적인 모습이었다.

물결 모양을 한 지붕 아래로 황궁의 방을 밝히던 불빛들이 하나둘씩 꺼지고 있었다. 매일 산더미처럼 쌓여 줄어들지 않을 것 같은 국가 업무들을 마치고 하루를 정리해야 하는 시간인만큼 황궁은 조용하기 그지없었다. 그러나 유독 한 집무실만은 아직도 불을 밝힌 채 자정이라는 시간을 무시하고 있었다.

스스스슥.

펜이 종이 위를 흘러 다니는 소리와 함께 누군가 그곳에서 집무를 보고 있었는데, 놀랍게도 게하임과 수도로 향했던 장영실이었다. 그는 지금 종이에 무엇인가를 열심히 쓰고 있었는데 그것도 잠시, 작성된 서류를 훑어보던 장영실은 이만하면 되었다 생각했는지 한숨을 쉬며 허리를 펴곤 의자에 등을 기댔다.

"벌써 이곳에 온 지도 한 달이 지났군."

놀랍게도 그의 입에서 지금 흘러나오고 있는 말은 듀들란의 언어였다. 잠시 말을 멈추던 그는 손을 눈으로 가져가며 안타까운 목소리로 말을 이었다.

"하지만 이것밖에는 선택의 여지가 없지 않았던가."

나직이 중얼거리던 그는 몸을 의자에서 빼내며 서랍을 열었다. 그 안에는 붉은색의 밀봉된 봉투가 있었다. 듀들란 제국의 휘장이 빛나고 있는 봉투. 그 봉투에서 종이 한 장을 꺼내던 장영실은 그것을 한번 읽어봤는데, 유려한 듀들란 어로 '직위 서약서'라고 적혀 있었다. 그것을 보던 장영실은 쓴웃음을 짓고 있었다.

"후훗, 5년이라는 시간을 이곳에서 보내야 하는 건가? 그렇지만 무한의 지원을 받을 수 있으니 돌아갈 방도를 찾을 수도… 비록 명신이를 만나지는 못했지만 도이첸 제국이라는 곳에서 잘 지내는 듯하니 다행이야."

그의 독백에서 알 수 있듯이 게하임과 함께 황궁에 입성한 그는 재상을 만나 5년이라는 기간의 직위 서약을 해야만 했는데, 그 기간 동안 무한대의 지원을 보장받는 대신 듀들란 제국의 국가 사업에 적극 협조를 해야 한다는 내용이었다. 더 이상 선택의 여지가 없었을 뿐만 아니라, 오히려 자신에게 유리한 조건이라고 생각한 그는 고심 끝에 결단을 내린 것이다. 봉투를 서랍에 넣은 그는 새로운 종이를 마련하며 깃펜을 들었는데, 문득 깃펜이 들려 있는 자신의 손을 내려보며 미묘한 표정을 지었다.

"정말 마법이라는 것은 신기하군. 언어 습득에 글까지……."

그때, 문을 두들기는 소리가 들려왔다.

똑똑.

잠시 문 쪽을 바라보던 장영실은 깃펜을 내려놓으며 손을 모았다.

"누구시오."

그의 물음과 함께 밖으로부터 노인의 음성이 들려왔는데, 그 무거운 목소리 속에는 인간미가 한껏 풍기고 있었다.

"장영실 경, 안에 있는가?"

장영실은 목소리의 주인이 누군지 알 수 있었다. 잠시 반가운 표정을 짓던 그는 특유의 낮은 목소리로 대답했다.

"들어오시죠, 루스티까님."

그의 대답에 방문을 열고 들어온 한 노인. 그 노인의 얼굴에는 수많은 주름살들이 있어 나이를 짐작할 수 없게 했지만 몸에 두른 후드는 그것과 아주 잘 어울리고 있었다. 그는 주름으로 미소를 만들어내며 수염을 쓰다듬었다.

"허허, 루스티커라고 몇 번이나 말했는가?"

노인의 입에서 서슴없이 흘러나온 루스티커라는 이름은 결코 가벼운 이름이 아니었다. 듀들란 제국 왕궁 수석 마법사의 이름이었는데, 노인의 태도로 보아 본인임을 알 수 있었다. 그의 장난기 섞인 꾸짖음에 장영실은 무안한 듯한 표정을 짓고 있었다. 혀를 입 안에서 잠시 굴려보던 장영실이 웃으며 대답했다.

"하하, 덕분에 언어는 습득할 수 있었지만 발음은 아직 조금 서툴군요."

"이 사람, 장난이었네."

"그런데 이 밤중에 어인 일로 저를 찾아오셨는지요."

피식 웃은 루스티커는 볼을 살짝 긁었다.

"후훗, 그 이상한 말투는 여전하군 그래. 내가 찾아온 이유는 이런 물질을 만들 수 있나 해서일세."

장영실에게 다가온 루스티커는 말과 함께 뭔가가 적힌 종이를 내밀며 자신의 수염을 쓰다듬었는데, 아랫부분이 이상한 형태로 구부러진 것으로 봐서 불에 그슬린 것임을 알 수 있었다.

아마 실험 도중에 피치 못할 봉변을 당했음이라 생각한 장영실은 가볍게 웃었고, 그가 내민 종이를 읽어보더니 고개를 끄덕이며 대답했다.

"형상 기억 합금을 말씀하시는 것이군요?"

그가 알고 있는 듯한 말투로 대답을 하자 루스티커는 밝은 표정을 지으며 확인차 물었다.

"이런 기능을 가진 물질을 만드는 것이 가능하단 말인가?"

"뭐, 쉽지는 않겠지만 가능하답니다. 그런데 이것을 어디에 쓰시려는지요?"

장영실이 물어오자 골치가 아픈 듯 고개를 내젓던 루스티커는 머리를 짚으며 거친 말을 내뱉었다.

"망할 놈의 기사단 녀석들이 대마법 방어용 갑옷을 만들어달라고 애걸을 하는데, 애써 만들어주면 뭘 하겠나. 마법에 얻어맞기도 전에 자기들끼리 치고 받다가 다 찌그러져 버리는걸."

노령임에도 불구하고 손을 이리저리 휘저으며 상황 설명을 하던 루스티커의 모습에 장영실은 웃고 말았다.

"하하, 어떤 상황인지 이해가 됩니다. 그렇다면 제작 방법을 적어드리겠습니다."

그의 대답에 고마운 표정을 떠올린 루스티커는 팔을 한번 펴 보이며 한숨을 쉬었다.

"하아! 천만다행이군. 이거 고마워서 어쩌나. 그렇지 않아도 제국개발사업 때문에 자네가 바쁜 걸 뻔히 아는데……."

“글 몇 자 적어드린다고 해서 시간이 늦어지지는 않으니 괘념치 마십시오.”

“허허, 내 이래서 자네가 정말 마음에 들어. 황궁의 누구도 자네만큼 다른 이에게 신경을 써주는 사람이 없다네.”

종이에 글을 적던 장영실은 다 되었는지 그것을 루스티커에게 건네주며 말했다.

“설마 궁내에서 루스티커 수석 마법사님의 부탁을 거절할 사람이 있겠습니까?”

“이야기가 그렇게 되는가?”

책상에서 몸을 일으킨 장영실은 방의 한쪽으로 몸을 옮겼다.

“후훗, 이왕 오셨는데 차나 한잔하시지요.”

받아 든 종이에 쓰여진 내용을 읽어보던 루스티커는 만족한 표정을 짓고 있었다.

“과연 자네는 지혜의 끝을 알 수 없는 친구야. 허허, 뭐 차 한잔 준다면 사양치는 않겠네.”

“그럼 잠시 앉아 계시지요.”

가볍게 말을 한 장영실은 차주전자를 손 위에 올려놓았는데, 스파크가 미미하게 일어나기 시작하더니 조금의 시간이 지나자 물이 끓는 소리가 들리기 시작했다. 이것 역시 공학뇌동심결을 사용한 것이었는데, 뮤스보다 능숙하게 다루고 있음을 알 수 있었다. 김이 모락모락 나는 차주전자를 보던 루스티커는 혀를 내두르며 말했다.

“허허, 자네의 그 능력은 마법보다 실용적이군. 나도 언제 한번 가르쳐 주게나.”

“후훗, 시간이 되면 당연히 가르쳐 드려야죠. 다른 이도 아니고 루스티커님이신데요.”

사실 장영실이 처음 이곳에 왔을 때만 해도 아는 인물은 게하임을 제외하면 전혀 없었다. 그러던 중 장영실에게 언어 습득 마법을 걸어주기 위해 한 마법사가 찾아왔는데, 그가 바로 루스티커였던 것이다. 우연히 언어 습득 마법을 시험해 보기 위해서 이야기를 나누던 그들은 서로 마음이 잘 맞음을 깨달았고, 학문적으로도 이야깃거리가 많았기에 장영실이 이곳에서 유일하게 마음을 트고 지내는 인물이 되었던 것이다.

루스티커의 잔에 차를 따른 장영실은 자신의 잔을 채우고선 한 모금 마셨다. 조선의 차와는 색다른 맛이었지만 따뜻한 느낌이 마음을 안정시켜 줬기에 이곳에 온 이후로 자주 애용하는 편이었다. 찻잔을 들던 루스티커가 조용히 입을 열었다.

“후훗. 그건 그렇고, 자네는 이곳에서의 서약 기간이 끝나면 어떻게 할 생각인가?”

갑작스러운 그의 질문에 장영실은 조금 당황하는 기색을 보이더니 곧 평정을 유지하며 대답했다.

“흠, 저는 한 아이를 찾고 있습니다. 비록 어쩔 수 없는 상황으로 여기에 발이 묶이게 되었지만, 서약 기간이 끝난다면 다시 그 아이를 찾아 나설 것입니다.”

“흠… 그 후에는?”

다시 차를 한 모금 마시며 생각에 잠기던 장영실은 나직한 목소리로 말했다.

“…그곳으로 돌아가야지요.”

“조이센 대륙으로 말인가?”

“그곳은 아니지만… 제가 왔던 곳으로 말입니다.”

굳은 의지가 담긴 눈빛으로 대답하는 장영실을 바라보던 루스티커는 아쉬운 표정을 지었다.

"흠, 안타깝구먼. 자네와 함께 연구를 해보고 싶었는데. 그런데 그 아이는 무슨 이유로 찾는 것인가? 핏줄인가?"

"죄송합니다. 여러 사정이 있어서……."

그가 애써 숨기려 한다는 것을 못 알아챌 만큼 눈치가 없는 늙은이는 아니었는지 손을 내저었다.

"허허, 이야기하기 싫다면 더 이상 묻지 않겠네. 누구나 비밀은 있는 것 아닌가?"

"뭐, 비밀이라고 할 것까지는 없지만… 지금은 말씀드리기가 곤란하군요."

하지만 서운한 것은 사실인지 루스티커는 쓴웃음을 지었다.

"흠, 그건 그렇고 내일 황제 폐하를 알현해 제국개발사업 설명을 한다고 하던데, 준비는 잘 되어가는가?"

차를 한 모금 더 마신 장영실은 겸손한 어두로 대답했다.

"최선을 다하고 있지만 황제 폐하께서 마음에 들어하실지는 모르겠습니다."

"자네라면 잘 해낼 수 있을 것이야. 그럼 이 늙은이는 돌아가 봐야겠네. 늦은 시간에 찾아와서 미안하이."

자리를 털며 일어나는 루스티커를 보며 가볍게 웃은 장영실은 함께 자리에서 일어났다.

"별말씀을. 시간이 나면 제가 언제 찾아뵙겠습니다."

"허허, 언제든지 환영하겠네. 그런 좋은 밤을 보내게나."

"네. 루스티커님, 역시."

장영실에게 손을 흔들어 보인 루스티커는 조용히 문을 열고 나섰고,
방에 남은 장영실은 다시 책상머리에 앉아 하던 일에 다시 열중하기
시작했다.

이곳은 듀들란 제국 황실의 최고 의사장이었다. 무려 300명의 인원
이 수용 가능한 이곳은 제국의 건국과 함께 의사장으로 쓰이기 시작하
여 지금까지도 국가의 중대사를 의논하는 장소로 이용되어지고 있었
다. 바닥에는 그것을 바라보는 이의 얼굴이 비칠 정도로 윤택이 나는
대리석이 깔려 있었는데, 음영이 절묘하게 교차되며 듀들란 제국의 휘
장인 '용맹의 매'가 수놓아져 있었다.
　웅성웅성.
　장내에는 수많은 궁중들이 화려한 옷을 입고 기립해 있는데, 예술의
도시로 이름 높은 쟈트란인만큼 개성 넘치는 의상들이 사람들의 시선
을 빼앗고 있었다. 그들의 대화 내용을 보면 한결같이 아름다움이라는
주제를 두고 있는 듯했다. 장신구들을 자랑하는가 하면, 옷의 모양새에
불만을 늘어놓기도 했고, 새로 생긴 의상실에 대해 얘기하기도 했다.
　저벅. 저벅.
　이때 군중들을 양쪽으로 가르며 문으로부터 당당하게 걸어 들어오
는 세 명의 인물이 있었다. 그중 한 명은 양 겨드랑이에는 잘 말아둔
종이를 끼고 있었는데, 색색의 화려한 군중들 사이에서 흰색으로 일관
되어 있는 의상이 오히려 이색적으로 보이고 있었다.
　그의 옆으로는 두 명의 인물이 함께 걷고 있었다. 한 명은 재상대리
의 지위를 가지고 있는 게하임이었고, 또 다른 한 명은 무표정하지만
평범한 얼굴의 중년 남자였는데, 그는 나는 와이번도 떨어뜨린다는 듀

들란 제국의 재상인 투르코스 드레스덴 공작이었다. 그는 현 황제의
숙부로 선왕이 일찍 세상을 떠나자 어린 황제를 보필하기 위해 스스로
재상이 된 인물이었다. 하지만 냉철한 판단력과 뛰어난 정치적 수완으
로 그에 대한 평은 좋은 편이고, 무엇보다도 황제의 정신적 지주라는
점이 그의 입지를 돈독히 만들고 있었다.

저벅저벅.

의사장의 단상 앞까지 서슴없이 걸어간 세 사람은 뒤를 돌아보며 군
중들을 마주 보고 섰다. 이어 재상이 어딘가를 바라보고 고개를 끄덕
이자 우렁찬 목소리가 들려왔다.

"개회!"

그 소리를 들은 군중들은 하던 말을 멈추고 의관을 단정히 하며 손
을 공손히 모았다. 단상의 앞에 서서 의사장 안을 한번 둘러보던 재상
은 근엄한 표정으로 입을 열었다.

"잠시 후 황제 폐하가 들어오시면 제국개발사업 설명회를 시작하겠
소."

일정을 간단하게 말을 한 재상은 자신의 옆에 흰옷을 입고 서 있는
사내를 소개했는데, 그에 대한 신임이 돈독한 듯 웃지 않기로 유명한
그의 얼굴에 미소가 떠오르고 있었다.

"내 옆에 있는 이 사람이 바로 그 주축이 될 장영실 경으로 남작의
지위가 주어졌소."

짝짝짝짝!

그에 대한 소개와 함께 의사장은 박수 소리로 가득 차기 시작했다.
처음으로 공식석상에서 모습을 드러낸 장영실을 바라보던 사람들은 그
에 대한 소문만이 무성했기에 다들 그가 어떤 사람인지 궁금해하고 있

었다. 하지만 이곳이 무도회장이 아닌만큼 다음 때를 기다리며 그의
얼굴을 살필 뿐이었다. 잠시 후 재상이 손을 들어 올리자 박수 소리는
서서히 멈춰졌다. 장내가 조용해짐을 확인한 그는 고개를 조금 움직여
황제의 시종장을 바라보았는데, 그가 손을 올리며 신호를 보내자 손을
단상 위에 있는 황금 문을 향해 뻗으며 외쳤다.

"듀들란 제국 황제 폐하께서 납십니다!"

그의 말이 끝나자마자 사방에서는 웅장한 음악이 들려오기 시작했고,
단상 위에 위치한 황금으로 꾸며진 거대한 문이 열리며 사람들이 들어오
기 시작했다. 그들의 가운데로 황금의 관을 쓰고 있는 15세가량의 소년이
보이고 있었다. 그 소년이 현 듀들란 제국의 황제인 크로시드 3세였다.

그가 들어서자 군중들은 저마다 허리를 굽히며 경의를 표했고, 아직
이곳의 예절에 익숙지 않은 장영실도 그들을 따라 허리를 굽혔다. 이
어 변성기가 지나지 않은 가는 목소리가 의사장 안으로 울려 퍼졌다.

"모두 예를 거두시오."

"황공합니다, 황제 폐하!"

나이답지 않게 근엄함이 배인 목소리에 군중들은 다시 한 번 경의를
표하며 몸을 일으켰고, 장내를 한번씩 둘러본 황제는 화려하게 꾸며진
의자에 앉았다. 이어 군중들 역시 자리에 앉자 재상은 장영실을 황제
에게 소개했다.

"폐하, 이자가 말씀드렸었던 장영실 남작입니다."

재상이 황제에게 자신의 소개를 하자 장영실은 이런 분위기의 자리
가 처음은 아니었기에 자연스럽게 허리를 숙이며 입을 열었다.

"만나뵙게 되어 영광이옵니다, 폐하."

인사를 받던 어린 황제는 인사보다는 그의 특이한 외모에 더욱 관심

이 끌리는지 고개를 갸웃거리며 물었다.

"장영실 경, 외모가 정말 특이하군. 경은 어디의 출신인가?"

황제의 물음에 자신의 출신을 말하기가 곤란해지자 재상의 눈치를 살피던 그는 이내 생각을 굳히며 입을 열었다.

"저는 조이센 대륙의 출신으로, 그곳 사람들은 이 대륙의 사람들과 다른 외모를 가지고 있사옵니다."

"아… 그렇군."

옆에서 소개해 주던 재상은 이 정도면 인사가 충분하다고 생각했는지 황제를 향해 입을 열었다.

"폐하, 지금부터 제가 추진하려 하는 제국개발사업 설명회를 시작하도록 하겠습니다."

황제는 어린 나이인만큼 궁금한 것이 많았지만, 지금까지 그래 왔듯 자신의 욕구보다는 대외적인 행사에 초점을 맞춰야 했기에 고개를 끄덕일 수밖에 없었다.

"그럼 시작하시오, 재상."

"네, 폐하."

가볍게 대답한 재상은 군중들을 향해 돌아서며 외쳤다.

"지금부터 제국개발사업 설명회를 시작하겠소! 장영실 경, 부탁하오."

재상의 부름에 기립해 있던 장영실이 군중들을 향해 한 발자국 내디뎠다. 장내의 모든 이들이 그의 입을 주시하고 있었다.

〈제3권 끝〉